박인환문학관 학술연구총서 3

박인환 영화평론 전집

앞줄 왼쪽부터 김경린, 조영암, 박인환, 한 사람 건너 소설가 김광주, 뒷줄 영화배우 최은희,
유계선(1951년 4월, 부산에서)

명동 실내 골프장에서. 왼쪽부터 이진섭, 박인환, 이봉래, 차진태 영화감독

서울 수복 후 폐허가 된 명동 거리에서 유두연 영화평론가와 함께

미국에서 만난 사람들과 더불어

〈물랭루주〉

〈내가 마지막 본 파리〉

〈제3의 사나이〉

〈코리아〉

〈내일이면 늦으리〉

〈자유 부인〉

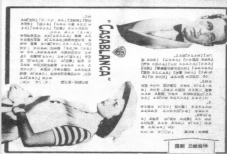

〈카사블랑카〉

〈아리랑〉

〈춘향전〉

〈교차로〉

『영화계』(창간호, 1954년 2월)

『영화계』(창간호, 뒷면)

『신영화』(창간호, 1954년 11월)

『신영화』(1954년 12월)

『영화세계』(창간호, 1954년 12월)

『영화세계』(1955년 3월)

『영화세계』(1956년 3월)

1955년 상영된 외국 영화
(『한국일보』, 1955년 3월 7일)

『아리랑』(1956년 3월)

『주간희망』(1956년 3월 19일)

『상학』(1956년 4월)

『세월이 가면』(근역서재, 1982)

박인환문학관(인제군)   촬영 : 김창수 사진작가

문승묵 엮음 『사랑은 가고 과거는
남는 것—박인환 전집』
(예옥, 2006)

맹문재 엮음 『박인환 전집』
(실천문학사, 2008)

맹문재 엮음 『박인환 번역 전집』
(푸른사상사, 2019)

맹문재 엮음 『박인환 시 전집』
(푸른사상사, 2020)

『선시집』 복각본
(푸른사상사, 2021)

박인환
영화평론

전집

맹문재 엮음

　재작년부터 간행해 오는 박인환 전집 시리즈 중에서 올해는 『박인환 영화평론 전집』을 내놓는다. 그동안 『박인환 번역 전집』과 『박인환 시 전집』을 간행했다. 내년에는 박인환의 산문들을 엮어 간행할 예정이다. 박인환의 작품들을 발굴하고 간행하는 작업은 수월하지 않지만, 박인환 연구에 필요한 토대를 마련하는 일이기에 보람을 느낀다. 성과물이 나올 수 있도록 지원해준 인제군 문화재단에 감사의 인사를 드린다.

　지금까지 발굴한 박인환의 영화평론은 총 59편이다. 동시대의 영화평론가들 중에서 가장 활발한 활동을 보였다. 질적으로도 수준이 높다. 앞으로 박인환은 모더니즘 시 운동을 주도한 시인일 뿐만 아니라 영화평론가로서의 지위도 확고하게 갖게 될 것이다. 마땅히 인정해야 할 것이다.

　『박인환 영화평론 전집』에는 문승묵 선생님께서 많은 자료를 제공해주셨다. 오랜 시간을 들여 자료를 발굴해낸 선생님의 지대한 노력이 있었기에 이 전집의 간행이 가능했다. 김병호 서지학자와 박인환 문학관의 권태훈 학예연구사는 이 전집의 화보 마련에 큰 도움을 주셨다. 〈카사블랑카〉〈아리랑〉〈춘향전〉〈교차로〉(『비블리오 필리』19호, 2017)의 포스터 사용을 허락해준 안병인 선생님께도 감사함을 전한다. 덕분에 이 전집의 화보를 풍성하게 꾸밀 수 있었다. 연보를 감수해준 박인환 시인의 아드님인 박세형 선생님께 감사의 인사를 드린다. 자료 입력에 많은 수고를 해준 이

주희 시인과 김에셀을 비롯한 안양대 국문학과 학생들, 어휘 확인에 도움을 준 김윤아 건국대 교수님과 여국현 번역가, 편집 작업에 수고해준 한봉숙 대표님을 비롯해 푸른사상사 식구들에게도 고마움을 전한다.

"새 시대가 욕구하는 현실과 미래에 걸친 참다운 인간 사회를 우리 영화인은 필름에 기록하고 표현하여야 할 것이다."(「한국 영화의 전환기」 중에서)

"순수한 단체가 다방면으로 노력한다면 법적으로 하등의 근거가 없는 '영화 검열제' 같은 것도 자연 폐지될 것"(「외화 본수(本數)를 제한 ─ 영화 심위 설치의 모순성」 중에서)

"지금의 제작 진행의 성과로 보아 앞으로 한국뿐만 아니라 해외까지도 진출될 충분한 가능이 엿보이고 있다."(「산고 중의 한국 영화들」 중에서)

위의 글들에서 보듯이 박인환 시인은 한국 영화를 매우 사랑했다. 그 깊은 애정이 있었기에 한국전쟁으로 인한 폐허의 땅에서도 한국 영화가 발전할 수 있었다. 영화평론가 박인환의 열정에 경의를 표하며 그의 목소리에 다시 귀 기울인다.

2021년 9월
맹문재

제5부 1956년

제1부

1948~1950년

아메리카 영화 시론(試論)

　우리들은 너무나 가혹한 견지에서 아메리카 영화를 감상하여 비판하며 왔다. 아메리카인의 습성과 기질을 잘 알지도 못하고 관념적인 관찰만 하여왔다. 이것은 단지 우리들의 지식의 빈곤에서만 온 것이 아니라 어떤 종(種)의 사회 제도가 주는 계급의식에서 유달리 지나치게 한 것이다. "아메리카 문학의 연구자는 예외적으로 그 연구의 제 조건이 좋다. 최초서부터 하려 해도 불근(不近)[1] 350년의 역사를 알면 되고, 그 대상의 지리적 고립과 통일에 관한 문헌도 비교적 완비되어 있다. 또 발전 그 자신이 직선적이며 아메리카 생활은 야성적인 개척의 세계에서 고도로 기계화된 문명으로 급속히 움직이며 세계 어느 나라에 비할 수 없는 변화를 하고 있다." 이 글은 어떤 아메리카 문학사를 『런던 타임스』의 문학 주보(週報)가 비평한 것이다.

1　원본에는 '불근(不僅)'으로 표기됨.

1. 콜로니의 세계

그러나 우리들이 아메리카 영화를 이해하기 위해선 아메리카 영화의 역사가 아니고, 차라리 그 배후의 아메리카 문화와 사상의 유동을 아는 것이 오늘의 영화 관상(觀賞)에 좋은 도움이 될 것이다. 우리들은 350년을 연구하지 않아도 오늘의 아메리카에서라도 우리와는 먼 거리의 정신적 풍속을 발견한다. 요즘 신문이나 잡지에서 읽을 수 있는 아메리카의 사회 현상, 그리고 유나이티드 뉴스의 경마장 풍경, 새로운 형(型)의 자동차 경주 등으로서도 아메리카의 측면을 알 수 있다. 사상을 알려고 하는 것은 약간 힘들지는 모르나 트루먼 대통령의 의회 보고 연설이 절대적인 찬성리에 그치고 그다음 날이면 아메리카 시민은 모두들 이 연설이 가진 의의를 잊어버린다. 아메리카는 350년의 새로움을 가질망정 더한층 복잡하다. 여기에 오늘의 아메리카의 비극이 있다. 콜로니의 세계의 전형적인 절망이 있다. 아메리카가 신세계였으므로 기다릴 만한 전통을 가지지 못했으므로 아메리카 영화의 이면은 더욱 비참한 것이다. 우리는 콜로니 문명을 절대적으로 알지 못하면 아메리카, 즉 콜로니의 세계를 말할 수 없다. 오늘의 아메리카의 표정, 그 비극성은 다른 어떤 예술보다도 늦게 영화에 나타났다. 무엇보다도 오늘의 감촉이 민감한 영화에서 가장 늦게 나타났다.

2. 오락성

아메리카 영화의 숙명, 즉 오락성을 새삼스럽게 말하고 싶지 않다. 아메리카 영화는 오락영화로선 세계 어느 나라보다도 단연 우수하다. 그것이 비교적 재미있고 기교 있게 되어 있다는 것은 아메리카 영화의 제작 기구와 필요적인 관계를 맺고 있는 까닭이다. 여러 가지 작품이 비슷비슷하다는 것도 결과로선 오락성이 비슷하다는 것밖에 없다. 전통이 없는 아메리카에서 영화가 기성 예술에게 방해당하지 않고 자유스럽게 진행된 것은 극히 자연스러웠으나, 오락 이상의 것을 추구한 사람들에게는 불만을 주었다. 완성기 이후의 영화가 그 예술적 완성을 본 것은 차라리 아메리카가 아닌 다른 나라에서 하였다고 보는 것이 당연할지도 모른다. 2차 대전 전 〈꺼져 가는 등불〉 〈평원아(平原兒)〉 〈잃어진 지평선〉 등은 서정시적인 데도 있으며 대체로 꿈과 로맨스를 그린 작품이었다. 이 무렵의 아메리카 영화는 무난한 오락성을 가지고 있었다. 꿈을 그리고 사랑을 표현한다는 것은 영화가 처음부터 지닌 커다란 특징이었다. 리스킨, 캐프라의 지난날의 작품을 생각할 때 역시 꿈이나 로맨스라는 것은 아메리카 영화의 특징이 아닐 수 없다. 요는 꿈의 종류와 그 수법이겠으나 영화를 오락으로서 볼 때에는 건전하고 아름답고 즐거운 꿈을 그린다는 것이 가장 충실한 사명이라 하겠다. 그러나 천편일률의 로맨스, 결말적인 해피엔드에선 거기에 얼마나 아름다운 꿈이 그려 있다 할지라도 몇 번 지나면 관객은 완전히 권태할 것이다. 아메리카 영화는 무슨 일이 있다 하여도 예술성보다 오락성을 가지고 있지 않으면 관객을 실망하게 한다. 관중층에게 만족하게 하려면 고답적(高踏的)인 영화는 벌써 실패다. 문학적이다, 과학적이다 하더라도 물론 오락성이 필요하지만 아마 우리들은 기상천외의 생각을 하지 않는 한 아메리카 영화에서 재래적 예술성은 찾아보지는 않을 것이다. 해방 후 서울에서 상영된 영화를 보더라도 우리는 영화 수법이나 제재가 예전 것보다 이상하게도 달라진 것을 지적할 수 있었다. 이것은 만일에 그들 영화 제작자들이 예술성을 도모하여 만들었다 할지라도 우리는 능숙하게 그 예술성을 알지 못하고 있다. 왜냐하면 우리들의 일상생활과 경험과 사고방식이 너무 이반(離反)되어 있고 우리는 아메리카 영화의 과거의 성격을 신경이 마비될 지경으로 잘 알고 있는 까닭이다. 우리들이 모르는 곳에 아메리카 영화는 오락과 함께 예술성을 동반하고 있다. 그러나 그 예술성 자체를 분명히 모르는 것은 날이 갈수록 우리가 더 많은 영화를 접견하면 완전히 알게 된다고 믿고 싶다. 그렇다 해서 모든 아메리카 영화가 단순한 의도 아래 스타 중심으로 오락성의 작품만을 기계적으로 제작한다면 그 경향이 심할수록 할리우드는 정서 없는 예술가의 집단이 될 뿐이요, 영화인은 공업적 생산가 외의 아무것도 아닐 것이다.

3. 문학과 영화

아메리카에서는 소위 베스트셀러는 대반(大半) 영화화되는 모양이다. 아메리카의 영화 회사에서는 새로 출판되는 작품을 보는 부문이 따로 있어가지고 그 작품을 영화화하면 어느 정도의 흥행 가치를 얻을 수 있는가를 제일 먼저 염두에 둔다. 『라인강의 감시(監視)』의 원작자 릴리언 헬먼도 신진 극작가로 유명하기 전까지는 그런 일을 했다. 흥행 가치만 있다면 어떤 예술적 소설이라도 저속하지 않을 정도로 영화화한다. 외지(外誌)를 보면 마가렛 미첼의 명작 『바람과 함께 사라지다(Gone with the Wind)』는 영화화된 작품으로선 미증유의 역사적 대작으로 소설보다도 떨어지지 않는다고 한다. 이 소설의 영화화는 여러 가지 점에서 흥미가 있는 것으로 출판되기도 전에 1,037페이지의 대작을 영화사로 먼저 보냈다. 영화사에서는 5만 불을 지불한 다음 영화를 만들기 시작했다. 이런 모양으로 아메리카의 소설은 베스트셀러만 된다면 내용은 여하튼 간에 모두 영화화된다. 소설만 많이 읽게 되면 그 내용이 영화화하기에는 힘든 것이라도 영화사 내의 전 기능을 가지고 촬영 개시로 옮기는 것이다.

이러한 때에는 그 작품의 선전 가치에 커다란 매력을 느끼는 것이다. 예를 든다면 존 스타인벡의 『노한 포도(The Grapes of Wrath)』 『다람쥐와 사나이(Of Mice and Men)』, 펄 벅의 『대지(Good Earth)』, 크로닌의 『성채(城砦·The Citadel)』, 에리히 마리아 레마르크의 『개선문(Arch of Triumph)』, 드라이저의 『아메리카의 비극(An American Tragedy)』, 브룸필드의 『비는 온다(The Rains Come)』, 힐턴의 『굿바이 칩스 씨(Good-bye Mr. Chips)』, 다프네 듀 모리에의 『레베카(Rebeca)』, 존 허시의 『아다노의 종(A Bell of Adano)』, 헤밍웨이의 『탈출(To Have and Have not)』, 헤밍웨이의 『누구를 위하여 종은 울리나(For Whom The Bell Tolls)』, 허비 앨런의 『앤터니 애드버스(Anthony Advice)』, 레이첼 필드의 『땅 위의 모든 것과 천국도(All This and Haven Too)』, 싱클레어 루이스의 『공작부인(Dodsworth)』 등이 있다. 여기에 쓴 작품 『아메리카의 비극』 『대지』 『비는 온다』 『공작부인』 등은 조선에서도 상영되었는데 놀랄 만한 사실은 영화는 소설의 일부분만 나타내고 있다는 것이다. 『땅 위의 모든 것과 천국도』 『누구를 위하여 종은 울리나』 『탈출』 같은 작품도 근일 중 상영될 것이다. 외지(外誌)의 평을 보면 상기(上記)한 영화는 소설이 가지고 있는 표현의 반도 없다는 것이다. 영화에는 소설의 골격만 앙상하게 남길 뿐이요, 영화로서의 특별한 조합은 도저히 만들기 힘든 모양이다. 이제부터 아메리카 영화도 소설을 영화화하는 중. 차차 그 표현의 범위도 넓어질 것이고 그들이 이러한 문학작품을 추종하는 동안에 문학에 떨어지지 않을 만한 영화를 만들 것이다. 또 거기에 문학 자체가 아메리카의 현재의 생활과 인간 정신의 심각한 면을 그리기 위하여 애쓰고 있는 까닭에 아메리카의 소설로부터 영화화된 작품은 아메리카의 생활의 표현으로서 보통의 영화보다도 대단한 흥미가 있을 것이다. 이러한 의미에서 아메리카 영화와 아메리카 문학과의 관계는 흥미 있는 아메리카의 단면을 장차는 나타낼 것이다. 문학과 영화는 아메리카뿐만 아니라 세계 어느 나라에서든지 밀접한 관계인 것이다. 좋은 문학작품과 좋은 영화는 어느 시대에도 필요하다. 천학(淺學)한 나는 베스트셀러만 이야기하였는데 아메리카 영화에는 베스트셀러 외의 소설을 가지고 영화를 만든 작품이 허다하다는 것도 말하겠다.

4. 예술성

물질문화가 극도로 발전하고 전통의 배경은 없는 아메리카는 예술의 온상은 되지 못한다. 그러나 구라파의 예술가들이 걱정하고 있는 탈피의 고뇌는 없다. 현재의 레벨은 작으나마 아메리카는 아메리카로서의 자신의 예술을 만들고 있다. 구라파의 영화와 아메리카의 영화의 예술을 우리는 평가할 때(구라파의 영화─이것은 주로 불란서 영화를 말한다) 구라파 영화는 내향성이고 아메리카 영화는 외연성(extensive)이라 한다. 현대의 아메리카 문학의 특색을 문학자들이 표현할 때 '외연적(外延的) 방법'이라는 용어를 쓰는 것처럼 아메리카 영화는 외연성과 밀접히 관련되어 있다. 아메리카 영화에서 불란서 영화의 내향성을 찾고 그것이 보이지 않는다는 이유로 예술을 부정하는 것은 틀린 일이다. 그러나 구라파의 예술 유산과 주지(主知)를 더 많이 알고 있는 우리로선 간혹 이러한 생각을 하게 된다. 이것은 아메리카의 문화뿐만 아니라 아메리카의 영화에 접할 때에는 더욱 주의할 문제다. 그러나 그렇다고 해서 우리는 아메리카의 영화를 전적으로 홀륭한 예술이라고는 할 수 없다. 이유는 사회 기구의 혼란과 개인의 윤곽이 똑똑치 못한 데다 예술을 창조하려는 근본적인 예술가의 정신이 없다.

아메리카 영화는 단지 아메리카의 중요한 산업의 하나다. 그러므로 영화 제작의 기구(機構)는 벌써 현대 아메리카 사회의 조직과 혼란을 표현하고 있다. 모든 아메리카의 예술가들이 무질서하게 동요하는 기계문명에 도전하는 것을 보더라도 자본주의가 부서지지 않는 한 아메리카 영화는 참다운 의의의 진실한 예술성은 갖지 못할 것이다. 예술적인 영화를 만들고 아메리카 영화의 발전에 지금까지 힘써 온 사람 중에 예술적 앙양성(昻揚性)을 가진 아메리카 영화 작가들이 몇 명이나 되는가. 지금까지 아메리카 영화의 예술적 작품은 모두들 구라파의 영화 작가들의 것이었다. 에른스트 루비치, 프랭크 카프리, 요제프 폰 스턴버그, 루벤 마물리안, 루이스 마일스톤, 프랭크 로이드, 프리츠 랑, 에드먼드 굴딩, 로베르 플로레, 그리고 최근에 이르러 줄리앙 뒤비비에, 앨프레드 히치콕 등. 그러나 아메리카 영화의 제작 기구 속에 구라파의 예술의 전통을 꽃피게 할 수 없을 것이다. 영화 작가 자신이 외연적인 아메리카의 사회에서 생활하고 구라파 예술의 전통에는 미련을 가지지 말고 예술가로서의 고매한 정신을 잊지 말 것이다. 그다음 처음부터 아메리카 영화 기구의 기계성을 극복하고 새로운 독자(獨自)의 예술을 만드는 것이다.

* 외연적 방법 : 프리스토리의 말을 옮기면 현대 아메리카 문학은 "전연 객관적인 양식의 소설, 전연 서술과 대화로 된, 인간의 마음을 조금도 보이지 않는 소설"이고 "말하자면 토키의 시나리오와 같이 대화와 서술이 주동이고 장소가 빈번하게 변화하는 것"이다.

5. 향수와 판타지

수년 전에 본 싱클레어 루이스 원작인 〈공작부인〉(원명은 Dodsworth)은 1929년의 베스트셀러 소설을 시드니 하워드가 각색한 다음 윌리엄 와일러가 감독하였는데 이 영화는 여러 점으로 보아 절대로 우수한 아메리카의 영화다. 주인공 도즈워스(월터 휴스턴 분)는 오랫동안 자동차 제조로서 사회에 공헌하여왔다. 자기의 일이 얼마나 사회 문화 발전에 도움이 되었다는 것을 철(鐵)과 같은 신념으로 믿어왔다. 그는 공장을 양도한 다음 잠시의 위로를 위하여 구주(歐洲) 여행을 떠난다. 내용은 이 영화를 본 사람이라면 누구나 다 잘 알 줄 안다. 무식한 처 프랜(러스 채터튼 분)은 여러 가지 행동에서 아메리카 여성의 진실을 잊어버린다. 코트라이트 부인(메리 애스터 분)은 그러한 아메리카 여성을 상실하지 않았다. 그러면 아메리카인의 진실이란 무엇이냐? 싱클레어 루이스는 그것은 구대륙의 전통을 벗어나 신대륙에 희망을 찾고 영국에서 건너온 아메리카인의 조상들이 가지고 있던 건전한 건설의 정신, 자유한 문명을 건설하려는 의지라고 하고 있다. 문명이 건설함에 따라 이 건전한 정신은 상실되었다. 도즈워스는 기선 갑판 위에서 20대의 청년처럼 건강히 흥분되어 "아 비숍의 등대입니다. 그야 나는 이 여행이 처음이니까요. 나는 저 등대를 보니 웬일인지 영국에 관하여 여러 가지를 읽던 생각이 떠오릅니다. …(중략)… 그리고 존 오스틴, 올리버 트위스트, 그리고 셜록 홈스—영국, 어머니와 같은 영국, 아, 나의 모국" 하고 말한다. 영국을 그리워하는 마음, 이것은 기계문명 속에서 시달린 아메리카인의 향수다. 도즈워스는 건전한 아메리카 정신을 구현한 것이고, 그의 처 프랜은 향수를 잊은 아메리카의 자칭 문명인을 대표한 것이다. 캐프라와 리스킨의 이상향의 꿈처럼 기계문명과 물질문명에 골머리가 난 아메리카인은 간혹 현실 사회에서 떠나고 싶어 한다. 그리고 〈오페라 하트〉 〈잃어진 지평선〉은 옛 작품이었으나 그 영화적 가치는 항상 높이 평가할 수 있을 것이다. 해방 후 상영된 작품 중에도 이러한 제재와 표현 방식을 새롭게 갖추어 만든 작품도 있었으나 그 수법이 너무도 유치하며 도저히 상기한 영화의 수준이 되지도 못했다. 나는 막연히 향수라 하였으나 이 노스탤지어가 말하는 것은 현대 문화와 부패되는 아메리카 물질 정신에 대한 합리적인 비판일 것이며 혼란된 사회 제도를 혐오하고 반항한다는 슬로건일지도 모른다. 그들의 향수와 이상은 아메리카 영화인만 아니라 솔직한 아메리카 대중의 것인지도 모르겠다.

이 향수와 좀 다른 데서 나는 판타지의 세계를 그리고 있는 요즘의 아메리카 영화의 진로를 재미있게 본다. 그러나 그들이 의도하고 있는 점은 너무도 소극적에 지나지 않다.

제2차 대전 중 아메리카는 물질과 정신 양면에서 다소나마 타격을 받았을 것이다.

물질과 정신이 일상생활에서 차츰차츰 부서져간다는 것은 아메리카인으로서는 가장 쓸쓸한 현상이었다. 그러나 그들은 전시 중 모든 인적, 물적 국력을 쏟아냈다. 아메리카 영화도 역시 힘 도와 일을 하였다. 일선의 병사를 위한 영화, 대외 선전 영화, 반나치 영화, 총후 생활 영화로서 ─ 그런데 일방 아메리카 시민의 생활고는 심해가고 정신적 위기는 어느 곳에서도 볼 수 있었다. 전쟁이 주는 현실이란 몇 년 전의 따스한 생리적 기억이 아니고 살아 나갈 앞날의 생활적 빈곤이다. 이러한 여유 없는 경지에 빠진 아메리카인은 한두 사람이 아닐 거다. 불안과 혼란은 "우리들은 20세기의 문명의 세상에서 살고 있는 것이에요." 하는 사람이면 누구나 느끼는 실망일 게다. 그러므로 아메리카 영화는 내향성을 무시치는 못하고 외연적이면서도 생활과 정신의 두 가지를 표현하려고 애써본 모양이다. 여기서 처음으로 그들은 예술 유산의 정다움을 알고 사회상의 비참을 똑바로 볼 줄 알게 되었다.

아메리카 영화 예술가는 관념적이나마 재래 예술의 본질인 외면 묘사에만 고집(固執)되지 않았다. 그들은 판타지를 그려냄으로써 불건강한 생리를 돕고 물질의 허식으로 된 아메리카의 사회에서 도피하였다. 판타지는 가까운 의미의 생활에의 반항이다. 향수와 판타지, 이것은 시대의 유동으로 변화된 아메리카인의 가장 큰 꿈이요, 현실에 대한 예민한 감수성은 현실 사회의 표면적 현상인 결함을 폭로하고 있다.

6. 감상

아메리카 영화를 감상하는 데 가장 중요한 것은 우리들의 의식을 뺏기지 않는 것이다. 아메리카가 자본주의 문명이 극도로 발달한 나라라는 것은 누구나 잘 아는 일이다. (일본의 어떤 영화평론가는 아메리카 영화를 감상하는 데 제1조건은 그 영화 제작에 있어 최대의 주체가 된 작자를 알지 않으면 못쓴다 했다. 물론 이것도 영화를 알기에는 중요한 것이지만 우리는 수많은 영화 제작자를 전문적 이외에는 알 수는 없다.) 전기(前記)한 바와 같이 아메리카 문명은 우리의 생활과 사고와는 너무도 떨어져 있고 아메리카의 영화 정책은 될 수 있는 한에서 국가 정책과 동행하고 있는 것이다. 우리는 아메리카인의 기계화되고 모노폴리화된 영화 가치보다도 흥행 가치에 중점을 둔 영화로 잠시간은 재미있게 보내나 그 고화(考畵)가 우리에게 주는 한 가지 의문은 자기 계급이 어디 있는지 똑바로 생각하라는 것이다. 1년에 수백의 영화를 만드는 할리우드의 예술가의 제작 양심은 어떻게 하면 관객에게 감명 깊을 수 있게 할까, 또는 그들을 어떻게 하면 잘 울릴 수 있는가 하는 데 경향 (傾向)하고 있다. 지금까지 생각해온 단순한 아메리카니즘도 아닌 면에 비통속적인 예술도 있는 한편 관객의 신념을 쉽사리 부수게 하는 오락도 있는 것을 우리는 날카롭게 판단하지 않으면 못쓴다. 아메리카 영화에 있어서는 탄압을 당한 몇 명의 예술가의 영화 외에는 모두 우리의 사상보다도 퇴보된 것을 그리고 있다.

영화의 제재와 주인공을 모두 자본주의 문명과 사회에 충실하게 하고 그것을 옹호하는 데 전력을 다한다. 우리의 선입감이 아메리카 영화라면 곧 예술 또는 오락이라고 믿는데 그 제작자 자체는 미안하게도 경제를 위한 산물로 알고 있다. 허위와 속악한 점도 구라파의 영화에서는 볼 수 없게 많다. 옛날 영화에는 혁명을 취급한 것, 농업 개량과 경영에 관한 것, 인종 문제와 지리적 해방 또는 노동자의 생활을 그린 영화도 간혹 있었으나 요즘에는 겨우 인간 생활과 죽음의 신비 정도의 영화를 만들고 만족하는 모양이다. 나는 또다시 아메리카 영화가 영화예술과 오락의 발전을 위하여 새로운 단계로 들어가고 기계문명의 지반을 벗어나기를 급하게 애쓰라는 것을 말하고 싶다. 그러면 아메리카 영화를 불안 없이 자본주의 문화일지언정 사랑하는 마음으로 감상할 수 있을 것이다.

(『신천지』 3권 1호, 1948년 1월 1일)

아메리카 영화에 대하여_(설문)

해방 후에 보신 미국 영화 중에서 가장 감명이 깊었던 영화

〈운명의 맨해튼〉

이런 것은 수입하지 말았으면 좋겠다고 생각하신 영화

엉터리 투우사, 루팡 등장, 도깨비 소동과 같은 저속하고 비문화적인
것 또는 양키ー 난치기(亂痴氣)며 비도덕 외잡(猥雜)한 영화.

대전 전의 영화와 특히 달라졌다고 느끼신 점

우선 시나리오의 빈곤.

반파쇼 운동.

미(美) 국가와 국민 생활 선전의 노골.

판타지로 인한 일상생활의 윤택을 의도한 점.

귀하가 좋아하시는 스타는 누구

리타 헤이워드

험프리 보가트

조안 폰테인

헨리 폰다

미국 영화에 대한 귀하의 비판

지나치게 개인주의적이며 관객의 의식을 자본주의 문명으로 끌고 가려고 애쓰고 있다. 그러므로 예술의 진실성이란 없다고 본다. 콜로니 문화의 특수 면인지 몰라도 비지적(非知的)이고 흥행 가치에 너무 중점을 두고 있다. 자세한 비판은 다음 기회로 민다. (끝)

『신천지』 3권 1호, 1948년 1월 1일)

전후(戰後) 미·영의 인기 배우

　어느덧 취미와 심심풀이로 보고 온 해외 영화, 특히 아메리카, 불란서, 영국의 영화 등에서 나는 하나의 교양과 지성의 영역이 어느 사이에 확대되고 환영처럼 나타나며 사라진다는 것을 알게 되어 오늘의 불안한 지구의 사면(斜面)에서 남모르는 향수를 느끼며 고독을 즐길 수 있게 되었다. 루이스 마일스톤의 '비'가 줄줄 내리는 폐허의 길목에서 목사의 기도 소리와 함께 가느다란 세인트루이스 블루스의 애조(哀調) 거기에 한없이 죽음의 연기를 풍겼던 존 크로퍼드의 모습! 모든 것이 떠나고 오고 가는 대로 나는 영화의 끊어진 한 토막에서 또 하나의 기억을 더듬는 것이다.

게리 쿠퍼

　헨리 그리스라는 아메리카 영화평론가는 그를 위하여 다음의 몇 마디를 우리에게 전해주었는데 그것은 "검은 레이스와 금색의 의상을 입은 키가 크고 매력 있는 블론드 소녀가 화장실¹의 문을 열고 나왔을 적에 그 소녀는 침실의 불란서풍 도어를 열고 들어온 키가 큰 점잖은 남자를 찾아 낸다." 그는 영화 도시에서 가장 선량한 시민의 한 사람인데 그의 초연한 태도가 그의 명성을 올리게 했고 동시에 많은 적을 얻었던 것이다. 그의 무표정한 얼굴은 그의 가슴속에서 유동하는 심적 표정을 간혹 나타내는 것인데 그의 23년간의 여행은 참으로 의연하게도 로맨틱 히어로로 만들고 전연 나이를 먹지 않은 것 같다(그러나 그는 지금 48세). 최근의 그의 작품으로는 앤 쉐리던과 공연한 〈선인(善人) 샘〉²이 있다.

험프리 보가트

1899년 1월 23일 뉴욕에서 출생한 그는 1차 대전 후 무대를 거쳐서 영화계에 발을 디뎌놓았는데 그의 출연 작품 〈하상(河上)의 별장〉〈각국의 여자〉〈화석(化石)의 삼림〉〈데드 엔드〉 등에서 냉정한 인간의 반항을 보이었던 그는 어느덧 인기 스타가 되어버려 〈카사블랑카〉〈탈출〉〈빅 슬리프〉〈황금(Treasure of the Sierra Madre)〉³과 같은 명작에서 우리의 기대를 어그러뜨리지 않고 있으나 〈화석의 삼림〉과 〈데드 엔드〉의 낭만의 그 소리 없이 불꽃을 던지었던 그는 로렌 바콜과의 결혼 생활에서 새로운 연기의 세계를 발견하고 있는 모양이다. 그와 동 연대(年代)를 두고 영화에 나타났

---

1 원본에는 '北粧室'로 오기됨.

2 원본에는 '善人 샴'으로 표기됨. 원제는 레오 맥커리(Leo McCarey, 1896~1969) 감독의 영화 〈Good Sam〉.

3 존 휴스턴(John Huston, 1906~1987) 감독의 영화 〈시에라 마드레의 황금〉.

던 조셉 칼레이아(골든 보이), 로이드 놀런, 1930년까지 뉴욕의 나이트클럽급 홀의 댄서로서 그 후 무대에 나왔다가 영화계에 진출하였던 세자르 로메로의 활동을 알 수 없다. 지금 미스터 보가트의 눈부신 인기는 나로서는 참으로 슬픈 일의 하나다.

빅터 머추어

린다 다넬과 공연하였던 〈광야의 결투〉에서 그는 병든 의사와 희망을 잃은 전형의 인간 타입을 우리에게 보여주었다. 그는 무거운 입술로 셰익스피어의 비극을 서슴없이 읊으며 절망의 황지(荒地)를 찾아가는 것인데 그가 아메리카 영화에 출현되었던 날 지금까지의 모든 연기자는 패배의 손을 올렸다. 그의 지적인 행동과 그의 이성(理性)의 음성은 새로운 아메리카 영화의 방향을 가르쳐줄 것이다.

잉그리드 버그만

아메리카에 건너가 처음으로 출연하였던 영화가 지금은 이미 세상을 떠난 〈화석의 삼림〉 〈치인(痴人)의 사랑〉 〈로미오와 줄리엣〉에 나온 레슬리 하워드와 공연하였던 그레고리 라토프 감독의 〈간주악〉이었다고 나는 기억하는데 해방 이후 우리가 본 그의 작품은 〈카사블랑카〉 〈아들 사 형제〉 〈가스등〉 등의 세 편에 불과하였으나 이 외의 출연 영화로서는 어니스트 헤밍웨이 원작인 〈누구를 위하여 종은 울리나〉에서는 게리 쿠퍼와 공연하여 명연(名演)을 하였고 〈사라토가 트렁크〉, 레마르크의 〈개선문〉 〈잔 다르크〉에 주연하여 그의 이름이 일약 세계적으로 되었는데, 최근의 외신은 또 하나의 빅뉴스를 전하고 있다. 즉 이태리의 명감독 로셀리니와의 연애 관계로 센세이션을 야기시키고 있다. 그는 그레타 가르보의 뒤를 이어 스웨덴에서 도미(渡美)한 운명의 명우(名優)인 것이다.

비브카 린드포스

그레타 가르보의 뒤를 이은 여우로서는 이미 잉그리드 버그먼의 위치는 부동한 것인데 또다시 그를 따라 비브카 린드포스의 이름이 최근에 클로즈업되어 있다. 그도 또한 스웨덴 출생이며 가르보, 버그먼처럼 스톡홀름 왕립 연극학교의 출신이다. 연극학교 졸업 후 8년간에 걸쳐 스웨덴을 비롯하여 구라파 각지의 무대에 서는 한편 15본(本)[4]의 영화에 출연하였다. 1945년 워너[5]에 주목되어 다음 해 1946년 동사와 장기 계약을 하고 할리우드에 건너가 우선 맹렬히 영어 공부를 시작하고 약 1년간은 이 훈련에 소비하였다. (어학적 소질을 가진 그 모국어 이외에 4개 국어로 자유롭게 말할 수 있다.) 그리하여 1947년 〈폭풍의 청춘〉에 출연하였던 로널드 레이건과의 상대역으로서 필립 와일리의 철학적 소설 〈밤서부터 밤에〉의 주연으로 스타트하였는데 스크린 데뷔는 이 영화보다 먼저 공개되었던 제2회 작품 〈승리자에게〉(데니스 모건 공연)였다. 이 제2작에 대해서 영화 잡지 『바라이어티』지는 "버그만풍의 스웨덴 방언을 가진 미모의 재능"이라고 평하고 있다. 북구인 같은 경선(硬線)과 특장 있는 그의 얼굴은 버그만보

---

4 영화 필름을 세는 단위.
5 워너브러더스 영화사(Warner Brothers Pictures). 1923년 극장을 경영하던 해리, 앨버트, 새뮤얼, 잭 워너 등 4형제가 설립. 장편 유성영화를 처음 선보였다.

다도 가르보 직계를 연상시킨다. 금년 28세. 스톡홀름에서도 일류의 변호사로 이름난 폴케 로가르 씨와 결혼하고 있다.

로렌스 올리비에

〈헨리 5세〉와 〈햄릿〉 등 셰익스피어의 명작을 영화화한 로렌스 올리비에의 이름은 오늘날 영국에 있어서는 윈스턴 처칠이나 애틀리 수상의 이름보다도 높이 평가되고 있다. 올리비에는 1944년 말부터 45년의 전시(戰時) 중에 촬영된 총천연색인 〈헨리 5세〉를 제작, 연출, 주연하였고 또다시 〈햄릿〉을 제작, 감독, 주연한 것으로 그는 20세기 영화계의 혹성(惑星)으로 되어버렸다. 그는 금년 42세. 영국 도킹에 출생. 15세 때에 무대에 데뷔한 이후 영미의 무대에서 활약하고 1925년에는 독일 영화에 의하여 스크린에 나타났다. 출연 영화에는 조선에서도 상영되었던 런던 필름사의 〈무적함대〉 등이 있으며 〈헨리 5세〉는 그의 최초의 감독 작품으로 그 성과를 나타낸 것은 참으로 경이라고 할 수 있다. 〈헨리 5세〉나 〈햄릿〉[6]은 셰익스피어 극에서도 〈오셀로〉와 함께 최고급에 속하는 것이며 그 훌륭한 성량과 당당한 체격을 가진 올리비에 이외의 사람은 이를 성과 있게 할 수 없다고 한다. 아메리카에서는 〈헨리 5세〉의 아쟁쿠르의 전투 장면처럼 색채적으로도, 연출적으로도 인상을 받은 일은 없다고 하며 또한 진보적인 비평가들에 의하여 1946년도의 가장 우수한 영화라고 추상(推賞)되어 동년의 아카데미 특별상이 수여되었다. (올리비에 자신은 또 이 영화를 제작한 공적에 의해 "서[卿]"라는 칭호를 받았다.) 그는 계속하여 〈햄릿〉을 1948년

---

6 원본에는 〈은세헨〉으로 표기됨.

에 완성하였는데 여기에서는 또다시 독창적 신경지를 개척하고 흑과 백의 화면에 동판적(銅版的) 중후감을 나타내어 또다시 아카데미상을 획득하였다. 올리비에는 올드빅 극장에 프로듀서 겸 배우로서의 관계가 있고 그의 부인은 〈바람과 함께 사라지다〉〈안토니오와 클레오파트라〉 등의 명화에 출연하였던 비비안 리이다. 아메리카에서도 귀재 오손 웰스가 〈맥베스〉를 작년에 완성하였다.

진 시먼스

상기한 로렌스 올리비에의 최근작 〈햄릿〉에 데뷔한 진 시먼스는 18세의 연소한 몸으로 햄릿의 순정한 애인 오필리어의 중역을 무난히 성공하여 일약 스타로 되었다. 그는 그 후 인디펜던트사에서 〈푸른 산호초〉에 로널드 휴스턴과 공연하여 더욱 인기를 얻었다.

제임스 메이슨

조선에서도 상영된 〈처녀의 애정〉〈요부 바바라〉에 출연한 그는 오늘의 대표적인 영국 배우일 뿐 아니라 그의 독특한 성격은 오늘의 세계 영화에 큰 충동을 주었다. 그의 출연 영화는 〈안개 낀 밤의 전율〉〈비련의 여자 화니〉 등이 있는데 〈안개 낀 밤의 전율〉은 〈거꾸로 된 글라스〉의 개제(改題)로 그의 부인 파멜라 켈리노와 공연한 영국에서 만든 최후의 작품이었다. (그들은 현재 할리우드에 이주하여 메이슨은 아메리카 영화에 간혹 출연하고 있다.) 이것은 불란서 순연(巡演) 중에서 찾아낸 소설을 켈리노 여사가 각색하여 로렌스 헌팅턴이 감독한 살인 심리를 묘사한 일종의 스릴러. 계획

적 살인은 정신이상자에 가능하다는 주제를 좀 하이브라우의 수법으로
영화화했다.

　나의 일상생활의 중요한 취미와 방편의 하나로서 남들의 이해보다도
오해를 받아가며 보고 듣고 한 영화의 여러 부문에서 특히 인기 배우에
관해서 쓸 것을 요구당한 나의 공허감은 이루 말할 수 없는데 지정된 매
수란 편집에 있어 지극히 정확한 작용을 하는 관계상 더욱 연장시킬 용기
를 갖지 못하고 이 외에도 수십 명에 달하는 영화인(배우에만 한함)의 잡고
(雜考)는 다음 기회에 밀기로 한다. 기억이란 참으로 어리석은 것으로서
미칠 듯이 좋아했던 폴 무니, 루이스 레이너, 폴 루카스, 클로드 레인스,
헨리 폰다, 마르크스 4형제, 그리고 전후에 알게 되었던 리타 헤이워드,
오손 웰스와 그리고 시인 장 콕토의 발견으로 그의 세 편의 영화에 주연
한 최고 인기 배우 장 모레의 편모(片貌)는 쓰지도 못하고 그치기로 했다.
아마 지금쯤 아메리카의 제일 인기자인 빙 크로스비는 뉴욕 교외 브루클
린에서 야구 연습을 할 것이다. 그리고 그의 파이프에서는 무럭무럭 유쾌
한 노래의 연기가 흐를 것이다.

(『민성』 5권 11호, 1949년 11월 1일)

미·영·불에 있어 영화화된 문예 작품

졸고 「아메리카 영화 시론」(1948년 『신천지』 신년호)에서 '문학과 영화' 라는 서브타이틀 아래 1947년까지 아메리카에서 영화화한 베스트셀러 작품에 관한 것을 언급한 바 있으므로 이와 중복되지 않기 위해 최근의 문학작품의 영화화에 대해서만 쓰기로 한다.

근 10년간에 이르러 아메리카를 비롯한 영·불 양국의 영화 회사에서는 문예 작품의 영화화를 계획하여 거액의 원작료를 지불해가며 영화화하였다. 영화에 흥미를 가진 사람이면 누구나 다 잘 아는 M. 미첼 여사의 소설 『바람과 함께 사라지다』의 영화화······ 특히 이 남북전쟁을 배경으로 한 무명작가의 장편이 영화화됨으로써 전 세계적으로 그 명성을 올리게 되었는데 이외에도 펄 벅 여사의 『대지』, 존 스타인벡의 네 가지의 소설 『노(怒)한 포도(葡萄)』 『다람쥐와 사나이』 『웨이워드 버스』 『진주 훈장』(『베니의 훈장』은 영화를 위한 원작), 어니스트 헤밍웨이의 『소유한 자와 소유치 못한 자』 『전장(戰場)아 잘 있거라』, 『누구를 위해 종은 울리나』, 레이첼 필드의 『땅 위의 모든 것과 천국도』도, 그리고 전후에는 레마르크의 『개선문』, 존 허시의 『아다노의 종(鐘)』 등 문학작품의 영화화는 영화 제작자의 유행병처럼 그 유례는 허다한데 이것은 아메리카뿐만 아니라 역시 영·불에서도 성행되고 있다.

그러면 어떠한 이유로 문예 작품의 영화화가 성행하고 있는가 하면
1. 베스트셀러는 적어도 수십만 부 이상이 발매되고 있으므로 그 작품의 애독자와 일반은 영화화되면 원작과의 비교 또는 궁금해서도 모두 영화를 본다. (그러나 작품을 읽은 관객은 모두 실망하고 마는 것이 지금까지의 예다. 특히 레마르크의 『개선문』은 아메리카 영화 유사 이래 최대의 선전에도 불구하고 실패로 돌아갔다.)
2. 베스트셀러가 아니라도 원작자의 네임 밸류로 인기를 얻을 수 있다.
3. 시사성을 띠고 있는 문학작품은 적어도 일부의 관객들에게 그 흥미를 돋운다.

이상의 이유는 상업주의적 처지에서 오는 것인데 이와 별도인 예술적인 처지에서 본다면
1. 영화인 자체가 가지고 있지 못한 표현의 범위를 문학작품에 있어 추종할 수 있다. 특히 리얼리틱한 영화 표현은 이러한 데서 얻는 영향이 많다.
2. 현대 생활과 인간 의식(정신)의 심각성을 묘사하고 있는 문학작품은 영화화되면 언제나 재래의 외연적인 영화보다는 감명 깊은 인상을, 즉 내연성을 관객에게 제공하게 된다. (싱클레어 루이스의 『공작부인』과 릴리언 헬먼의 『라인강의 감시』 등을 들 수 있다.)

3. 고전 작품이 주는 흥미와 아울러 고전에의 음미. 『노틀담의 꼽추』, 서'로렌스 올리비에의 감독으로 압도적인 성공을 올린 셰익스피어의 〈햄릿〉〈헨리 5세〉 오손 웰스의 〈맥베스〉, 최근 조선에서도 상영되었던 불란서 영화 〈카르멘〉 등.

그런데 최근에 있어서 할리우드는 1948년 여름부터 불황 시대에 들어가고 말았다. 제작 코스트의 절하, 촬영 일자의 단축 등 여러 가지의 대책을 세우게 되었는데 그 결과 베스트셀러의 영화화는 참으로 감소되어버렸다. 우선 수십만 달러를 던져가며 문학작품인 원작의 판권을 사는 경쟁이 없어졌다. 한때 큰 화젯거리로 된 고액의 원작료의 소문이 전연 들리지 않는다. 단 하나의 예외는 어니스트 헤밍웨이의 단편소설 「킬리만자로의 눈[雪]」을 12만 5천 달러로 사서 단편소설 영화화권(映畵化權)의 기록을 만든 정도이다.

따라서 새로운 베스트셀러가 영화화된다는 말도 전연 없어졌다. 1, 2년 전에 본다면 거짓말 같은 현상인 것이다. 그러나 『타임』지 금년 5월 9일 호의 보도에 의하면 제작 본(本) 수는 1월 말의 주 23본에서 36본으로 증가하고 있으며 엑스트라는 15퍼센트가 더욱 채용되어 할리우드의 실업자는 300명 이하(以下)²로 되었다고 한다. 그러므로 할리우드에는 하여튼 경기 회복의 징조가 나타날 것 같은데 그러나 본격적인 원작 매입 경쟁은 당분간 나타날 것 같지도 않다.

금년에 들어 문예 작품이 영화화된 중요한 것을 보면 다음의 네 가지뿐

---

1 원본에는 '써'로 표기됨. Sir. 경(卿).
2 원본에는 '以上로'로 표기됨.

이다.

윌리엄 위스터 헤인즈의 『명령 결단(Command Decision)』(MGM)[3], 윌라드 모틀리의 『아무 도어라도 노크해라(Knock on Any Door)』(컬럼비아), 로버트 네이슨의 『제니의 초상(Portrait of Jennie)』(셀즈닉), 스타인벡의 『레드 포니(Red Pony)』(리퍼블릭), 이 외에도 오래된 작품으로 오스카 와일드의 『윈더미어 부인의 부채』(20세기폭스의 〈부채(The Fan)〉), 루이저 메이 올콧의 『연소한 여자』(MGM의 〈리틀 우먼(Little Women)〉)의 재영화화나 대중적인 소설의 영화화는 다수 있었다.

〈황금〉 〈키 라르고〉의 2작(作)으로 할리우드의 제1급 감독으로 된 명배우 월터 휴스턴의 아들 존 휴스턴은 로버트 실베스터가 1947년에 발표한 〈러프 스케치(Rough Sketch)〉를 〈우리들은 타국인이었다(We Were Stranger)〉라고 개제하여 발표하였는데 이것은 기대에 어긋났다고 한다.

도리어 가톨릭 작가 그레이엄 그린이 자작의 단편 소설을 자신이 각색하여 캐럴 리드가 감독하였던 〈떨어진 우상(Fallen Idol)〉이나 W. 서머싯 몸의 네 개의 단편소설을 모은 네 사람의 감독이 합작한 〈사중주(Quartet)〉와 같은 영국 영화와 레몽 라디게의 대표작을 스크린에 옮긴 클로드 오탕라라 감독의 불란서 영화 〈육체의 악마(Le Diable au corps)〉가 뉴욕 비평가들 사이에서 문제되고 있다.

문예 작품이 나타날 때마다 문제되는 것은 할리우드의 제작면을 지배하는 '제작 법규'의 간섭이다. 아메리카 영화가 문제되는 제재를 영화화할 때에는 꼭 이것에 저촉된다. 예를 들면 전기(前記)의 〈명령 결단〉의 원작에서는 항공대 사령부 내에 있어서 작전 목표의 대립을 보고 여러 가지

---

3 Metro Goldwyn Mayer. 미국의 영화 회사.

의 확집(確執)이 터지게 되는 모양이 대담하게 표현, 묘사되고 있는데 영화에서는 이러한 장면이 전연 없어지고 만다.

또 〈아무 도어라도 노크해라〉에서도 그러한 실례가 일어나 저널리즘을 떠들게 했다.

이 원작은 앤드루 모턴이라는 명성 있는 변호사가 경관을 죽인 죄로 문초되어 있는 닉 로마노라는 청년의 변호를 담당하는 이야기다. 모턴은 시카고 빈민가에서 출생하여 고생 끝에 변호사의 지위를 얻게 된 인물로서 그는 빈민가에서 자라나는 소년들에게 얼마나 악의 유혹이 많으며 얼마나 불행한 생활에 시달리고 있는 자들이 많다는 가를 자신이 통감하였던 것이다. 그러하므로 혹은 이 재판에는 실패하여 자기의 명성이 손상될지도 모른다고 생각하나 그래도 이 사건의 변호를 맡는다. 그는 빈민가의 진상을 세상 사람들에게 호소하여 세론(世論)의 환기를 일으키려고 했다. 영화는 법정에서 모턴이 진술함에 따라 닉 로마노가 차차 악의 길로 빠지게 되는 과정을 플래시백의 수법으로 그려 나간다. 모턴의 진술은 사람들에게 큰 감명을 주는데 로마노가 범한 죄는 명백하다. 그가 전기의자가 있는 곳으로 가는 데서 이 영화는 끝난다.

모틀리의 원작은 1947년에 발표되어 베스트셀러로 되고 『옴니북』지에도 요약되어 있는데 그 이상의 반향을 일으킨 것은 『룩』지가 동년 9월 30일 호에 이 소설을 사진 설명의 형식으로 발표하였던 것이다. 센세이셔널한 저널리즘에 나타나게 되었다면 그뿐이나 참으로 박력이 가득 찬 수 장의 사진은 문자 이상의 생생하고 강력한 인상을 주고 있다. 그리고 영화가 완성되자 『룩』지는 또다시 이 영화를 꺼내 들어 동지(同誌)에서 한 사진 설명의 장면 중 영화가 하지 못한 2, 3의 장면이 있다는 것을 지적하고 있다. 이것은 모두 '제작 법규'에 저촉되었던 장면이다.

그러나 이 '제작 법규'의 존재로서 아메리카 영화가 필요 이상으로 불건전한 것에 빠지지 않는다는 큰 효용이 있는 것도 인정하지 않을 수 없다. 그러나 이에 반하여 〈어머니의 기억〉을 만든 조지 스티븐스가 파라마운트 사에서 시어도어 드라이저의 『아메리카의 비극(An American Tragedy)』을 제작한다고 전해지고 있는데 이것은 재미난 일이다. 이 소설은 1931년 요제프 폰 스턴버그가 영화화하였을 때에도 내용의 처치에 관해서 참으로 문제화된 일이 있었다. 그런데 이번에는 어떻게 될 것인지 그 결과가 주목된다.

상기한 아메리카 이외에 영국에서도 문예 작품이 영화화되고 있다. 올리비에의 〈햄릿〉과 〈위대한 유산〉을 제외하고서도 H·G·웰스의 소설 『폴리 씨의 생애(The History of Mr. Polly)』가 투시티스 필름 회사에서 앤서니 펠리저(Anthony Pelissier) 감독 아래 존 밀스 주연으로 영화화되었는데 이것은 폴리라는 사랑스러운 남자가 불만한 시골 생활을 보내는 동안 결국에는 시골 선술집의 바텐더가 되어 행복을 찾게 되는 웰스 초기의 전형적인 작품으로 은은한 견실을 특징으로 하는 영국 영화엔 좋은 재료라고 생각한다.

또한 영국에서는 탐정 소설(탐정 소설을 문예 작품이라고 하기는 곤란하지만)의 영화 진출이 심한데 작가들에는 아직 이름이 높은 사람들은 적고 스릴러의 대가 앨프레드 히치콕이 또다시 귀영(歸英)한 데도 기인될 것이다. 특히 조르주 심농의 소설을 영화화한 〈Newheaven-Dieppe〉[4], 존 할로의 〈Appointment with Crime〉[5] 등이 있다. 전기한 그레이엄 그린의 소설 『브

---

4 〈뉴헤븐-디에프〉.
5 〈범죄와의 약속〉. 1946년 영국에서 상영된 범죄 영화.

라이튼 록(Brighten Rock)』이 최근 영화화되었는데 이것은 소년 소매치기단을 주제로 한 사회 소설인 것이다.

불란서에서는 오래도록 문학작품의 영화화 이외에 문학인의 영화 진출이 많았다. 최근의 예를 들면 시인 장 콕토, 그는 「비련(悲戀)」과 같이 영화를 위해 원작을 쓰고 또한 〈미녀와 야수〉에서는 감독까지 하였는데 그 원작도 아마 콕토의 작품일 것이다. 그러나 최근 파리에서 봉절(封切)[6]한 영화 중에서 가장 이색 있는 것으로서는 베르코르의 중편소설로 유명한 '심야판(深夜版)'의 제1권인 『바다의 침묵』(1942)을 영화화한 것을 필두로 들지 않을 수 없다. 연출가 장 피에르 멜빌은 원작자가 조직한 레지스탕스의 투사 루이 아라공, 시인 폴 엘뤼아르, 그 외 20여 명으로서 구성된 심사회에서 엄중한 심사에 합격하여 이를 널리[7] 공개하기로 되었다. 주연은 하워드 버닌, 장 마리 로뱅, 니콜 스테판이었다. 세 사람의 등장인물 중에서 두 사람은 전연 말을 하지 않는 이 원작을 충실하게 영화화하는 것이 얼마나 곤란하였던가를 상상할 수가 있을 것이다.

곤란한 점에서는 이와 동일한 난해(難解)인 아르투르 랭보의 시 「취선(醉船)」이 기획되어 촬영은 랭보의 고향 샤를빌을 중심으로 진행되고 있다. 연출은 알프레드 숌므, 음악은 로버트 버그먼, 촬영은 로저 모리드가 각각 담당했다.

실존주의자로 이름난 장 폴 사르트르의 『더러운 손』이 영화화되고 〈승부는 결정되었다〉라는 영화를 사르트르 자신이 제작한 모양인데 그 원작이 문학작품인지 아닌지는 모르겠다. 지난번 처음으로 희곡을 발표하고

---

6 개봉.
7 원본에는 '넓히'로 표기됨.

성공하여 관중에게 놀란 소설가 프랑수아 모리아크가 "나도 영화를 쓰겠다"라고 말하였다. 그뿐 아니라 예술을 단지 '자신'만에 두고 아무 보상도 구하지 않는데 진의를 느끼고 있던 앙드레 지드까지 그의 『전원교향악』의 영화화가 너무도 아름다웠던 까닭인지 최근엔 손수 시나리오를 쓰는 데 열중되어 있다. 연출가 앙드레 카야트가 『로미오와 줄리엣』에 취재한 〈베로나의 연인들〉, 여류 감독 재클린 오드리가 콜레트의 소설 『지지』를 각각 완성하였다.

이상 간단히 문예 작품의 영화화에 대해서 뉴스 정도로 기술하였는데 영화의 원작을 문예 작품에 의거한다는 것은 영화 원작자와 원작 시나리오 라이터의 빈곤에서 초래되는 것이라고 일언(一言)할 수는 없다. 이것은 문학과 영화의 적극 협조이며 문학의 영화적 진출을 의미하는 것보다 영화에게 흡수되는 문학이라고도 할 수 있는데 아직까지 문학작품의 세계와 표현보다는 영화가 뒤떨어져 있을 뿐만 아니라 단지 소설의 스토리만 앙상하게 나타낼 때가 많았다.

상업적이든 예술적이든 '어떠한 의욕' 아래서 문예 작품의 영화화는 외국에 성행되고 있다. 그리고 영화화된 영화는 언제나 새로운 영화의 발전을 의미하였으며 그것은 간혹 명작으로 될 때가 많았다. 영화에 미치는 문예 작품의 위대성보다는 문예 작품을 영화화하는 영화인의 재능이 더욱 앞으로의 문제를 제시할 것으로 믿는 바이다.

부기

장 폴 사르트르의 〈승부는 결정되었다〉는 파리의 봉절관(封切館)에서 겨우 3주일간 상영되고 모습을 감추어 거리의 영화관에는 나오지 못한 채 단기 흥행의 레코드를 작성하였다. 배우들 때문은 아니다. 전부가 두뇌의 트릭에 불과한 이 영화에 관중은 권태만 느끼었던 때문이다. 그들은 관념의 작란(作亂)에는 함께 어울리기를 싫어했다.

또한 G. 그린의 〈떨어진 우상〉은 『뉴욕 타임스』지 상례의 보슬리 크라우더 선정에 의해서 1949년 영화 베스트 텐의 하나로 되었다. 이 외에도 지면 관계로 기입하지 못한 작품들이 많은데 특히 열거한다면 다음의 문예 작품이 영화화되었다.

〈안나 카레니나〉: 레프 톨스토이 원작, 줄리앙 뒤비비에 감독, 비비안 리 주연(20세기폭스 사).

〈스네이크 핏〉: 『리더스 다이제스트』 기재, ○○○○○원작[8], 아나톨리 리트바크 감독, 올리비아 하빌랜드 주연(RKO[9] 사).

〈보바리 부인〉: 귀스타프 플로베르 원작, 빈센트 미넬리 감독, 제니퍼 존스 · 제임스 메이슨 주연. 이 영화에서 제임스 메이슨은 귀스타브 플로베르의 역을 담당한다(MGM사).

(『민성』 6권 2호, 1950년 2월 1일)

---

8 원본에는 원작자 이름이 밝혀져 있지 않음. 소설 『스네이크 핏』의 원작자는 미국의 소설가 메리 제인 워드(1905~1981).

9 Radio Keith Orpheum : 미국의 영화 제작 및 배급 회사.

로렌 바콜에게[1]

바콜에게 내가 친애에 넘친 편지를 쓴다 해도 바콜은 이와 같은 편지를 읽을 수도 없을 뿐만 아니라 우리나라와 같은 세계의 한촌(寒村)에서 이러한 사실이 있다는 것도 당신은 모를 것이니 나는 혼자 더욱 유쾌한 미소를 띠우는 바입니다. 예전부터 자기가 생명을 걸고 아끼는 것은 타인에게는 비밀로 하는 것이 관습으로 되어왔고 일방적 애정이란 참으로 숭고한 어떠한 존엄성을 정신적으로 내포하여왔으니 나는 이 이상 나의 처지를 바콜과 이 글을 읽을 우리나라 독자에게 제시할 필요는 그리 없다고 생각하는 바입니다. 그리고 내가 지금까지 의식하여온 바콜에 대한 열광적인 애정이란 흔히 시정에서 발생하는 단순한 연애 의식이 아니라는 것을 오해와 추측을 일삼는 시민들을 위해 명확히 부언하지 않을 수 없습니다. 단지 영화 감상을 최대의 교양 급 취미로 여겨온 나는 바콜에 대한 선량

---

1 Lauren Bacall(1924~2014)은 미국의 배우이자 모델.

한 애호자의 처지를 좀 더 친밀감으로 끌고 가기 위해서 '내가 세상에서 가장 사랑받는 여우'로 선택한 것이니 이는 서로 하등의 이해관계는 없을 것으로 믿는 바입니다. 그러므로 '정신과 희망' 이외의 어떠한 것을 나는 욕망할 수 있겠습니까? 나는 『채털리 부인의 연인』의 작가 D. H. 로렌스와 같은 강렬한 열정의 윤리로 소유치 못했고 만일의 경우 나에게 불의의 용기와 사회(국제)적 영예가 생겨 어떠한 모험을 한대도 바콜은 노팅엄대학 교수 어네스트 위클리의 부인 프리다[2]와는 전연 다른 성격의 여성으로 나는 보고 있습니다.

처음 바콜을 발견하였을 때의 나의 환희는 하늘을 나는 천사와도 같았고 연못가에서 사랑을 고할 때와도 같은 치밀어오는 즐거움을 느끼었습니다. 수만 리를 떨어져 사는 비극으로 지상(紙上)에서 사진으로 볼 수밖에 없었는데 그 사진을 촬영한 사람은 현대 아메리카 사진 예술가로서는 제1인자인 필립 할스먼이었습니다. 그는 윌리키, 버그만, 미술가 달리의 긴 수염이 특징인 얼굴과 음악가 레오폴드 스토코프스키 그리고 당신의 허즈번드 험프리 보가트 등 여러 인상적이며 사실적인 프로필을 보여주는 한편, 로렌 바콜의 이름은 루크(LOOK)라는 설명문을 걸고 오늘의 근대적 시각을 상징하고 있는 불안의 의혹에 넘친 지성적인 눈과 황폐한 현대문명에서 떠나간 과거의 노스탤지어를 회상케 하는 당신의 원시적(야성적이라는 것이 지당할지도 모름)인 자태를 소개하였던 것입니다. 나는 그 무렵 우리들의 비상업적인 동인시지 『신시론』의 표지 구성에 부심하였을 때인 만큼 동인들과 당신의 포트레이트(이는 할스먼 작품이라는 데 더욱 의의가 있었다)를 우리 잡지의 겉장으로 하자고 주장하였는데 이들의 대부분은 영

---

2 D.H 로렌스와 프리다(어네스트 위클리 노팅엄대학 교수 부인)는 사랑에 빠져 결혼한다.

화 잡지가 아닌 순수한 시지의 표지를 여배우의 얼굴로 조화시킨다는 것은 저속한 일이라고 거부했었으나 수일 후 당신의 얼굴이 발산하는 페시미스틱한 어떠한 영감이 우리의 시 정신과 흡사하며 우리의 문명 비판적 시각이 당신의 근대적인 눈의 모색과 복합이 빚어내는 환상의 감정과 공통된다는 데 의견의 일치를 보고 우리 잡지는 바콜의 얼굴과 함께 인습의 거리에 나타났습니다. 일반은 물론 여러 문화인의 비난의 소리는 높았고 표지에 대한 공격은 전개되었습니다. 이 잡지는 이 호로 절명되어버렸고 비난이 고조할수록 나의 당신에 대한 애호감은 가일층 점고(漸高)되었습니다. 이것이 당신을 처음으로 우리나라에 소개한 나에 대한 박해이었습니다.

나는 여러 영화 잡지에서 당신의 모습을 접하였습니다. 영국의 심리 작가 그레이엄 그린의 소설 『Confidential Agent』[3]의 영화화에서 샤를르 보와이에와 공연한 로즈 컬렌으로 분(紛)한 당신, 〈키 라르고〉의 여러 장면 외에도 『라이프』『룩』지 등에서 원색사진이 게재되어 있는데 그때그때 나는 새로운 매혹을 느끼지 않을 수 없었습니다. 48년도의 『무비 랜드』와 『스크린 가이드』는 당신과 보가트의 단란한 향기로운 가정생활 스냅을 나에게 보여주었고 더욱 놀랄 만할 일은 당신을 가리켜 늙은 보가트의 베이비라는 것이었습니다. 여하튼 두 사람의 결혼은 할리우드의 전 이목이 집중된 센세이션이었고 이후에 도래한 것은 문자 그대로의 행복이었습니다.

내가 처음으로 본 당신의 출연 영화, 즉 어니스트 헤밍웨이의 야심작 〈가지고 있는 자와 갖지 못한 자〉(개제(改題)하여 〈탈출〉)을 본 후 무조건하

---

3 *The Confindential Agent* : 『비밀 요원』 내지 『첩보원』.

고 이 영화를 선전하였습니다. 그 이유를 다시 말할 필요는 없고 내가 생각하여온 당신의 모든 성격이 참으로 정확하게 묘사되었다는 점도 큰 이유이었습니다. 영화의 스토리 백그라운드는 원작과는 전연 다르고 프로파간다에 경주(傾注)되었는데 주인공 해리 모건의 사랑의 상대로 출연하는 당신의 병적인 연기와 그 성적 매력은 전후에 나타난 어떠한 인기 여우보다도 나의 우울한 불안을 위안하여주었습니다. 그러한 데서 나의 당신에 대한 끊임없는 애호감은 더욱 견지해져갑니다. 굿바이 미시즈 보가트.

(『신경향』 2권 6호, 1950년 6월 1일)

제2부

1952~1953년

그들은 왜 밀항하였나?[1]

― 악극계의 혜성 손목인 · 신카나리아 · 박단마 등 10여 명
'문제의 밀도일 진상기'

　지난 6월 19일, 20일부 각 신문은 2면 기사에 '저명 연예인 밀도일(密度日)'이란 타이틀로 어트랙션계의 혜성 손목인(孫牧人), 영화인 안경호(安慶浩), 악극계의 프리마돈나 신카나리아, 박단마(朴丹馬) 등을 위시한 5, 6명의 도일을 대대적으로 보도함으로써 사회로 하여금 큰 센세이션과 아울러 비난의 소리를 높이게 하였다.

　과연 이들은 밀항을 한 것인가? 또는 다른 지방(국내)에 남몰래 가 있는 것이 아닌가? 이와 같이 의혹을 품는 자들도 있을지 모르나 필자는 오래전부터 그들의 여러 가지 사정을 사적으로 규지(窺知)하고 차마 방조는 못했으나마 마음의 동정만은 해오던 터이므로 편집자의 의뢰에 따라 몇 마디의 글을 쓰게 된 것이며 이 글이 일반 사회에 발표될 시기에는 적으나마 이들의 행동에 대해서 동의를 표하여줄 것을 바라 마지않는다.

1　필자명 '博人環'으로 표기됨.

영화인 안경호와 한국 악극계의 지배자 손목인은 틀림없이 수명의 동료와 함께 도일하였다. 물론 신문에 보도된 바와 같이 이들은 암야를 이용한 선편(船便) 밀항이었다. 이들이 부산 제○부두에서 출항할 적에 그 밤의 모험의 여행을 축복한 자나 더욱이 앞으로의 성공을 바란 자는 나와 K라는 친구와 R 씨뿐이었다.

6월 10일 밤 부산의 거리는 유달리 흐렸다. 배를 타기 전에 적어도 저녁밥만은 취하여야 할 안과 손은 발걸음이 떨어지지 않는 땅 위를 걸어가며 발작적인 우울과 불안에 잠겼다. 밥은 목을 넘어가지 않았다. 가슴을 치밀며 눈물이 흘렀다.

부산아 잘 있어라. 이런 감정보다도,[2] 폭풍과 거센 파도를 헤쳐가며 일본으로 간다는 생각보다도 이들을 한없이 괴롭힌 것은 집안사람과 조금 전까지 같이 앉아 이야기하던 친한 사람들이 걱정되는 것이었다. 서울에 잔류시키고 일본으로 떠나기 위하여 3개월여 전부터 하부(下釜)하였다. 그는 자기 스스로도 그렇게 생각하고 있지만 소위 어떤 학구적이나 예술적인 견지에 있어서의 완전한 영화인은 아니다.

해방 후 어떤 우연과 심각한 민족정기 때문에 영화를 제작하려고 했고 그럭저럭하는 사이에 영화에 취미라기보다도 일종 변태적인 정력을 경주하였다.

더욱이 극영화엔 흥미는 가졌으나 하나의 작품도 만들지 못했으며 단지 초보자로서 습득하여야 할 기록(다큐멘터리)적 장면을 촬영하였던 것이다.

---

2 박인환은 모든 원고에서 조사 '보담'으로 사용했으나 이 전집에서는 현대 맞춤법에 따라 '보다'로 표기한다.

안은 일부의 오해와 편견에 의한 불평의 대상자이기도 했으나 여하간 그가 처음 필자와 만났던 금년 2월부터 현재까지 나는 별로 특기할 만한 그의 결점을 발견치 못했다.

부산에서 일본으로 떠나기 약 한 시간 전 그는 나를 만나서 다음과 같이 이야기하는 것이다.

"서울에 남겨둔 식구들은 아마 지금쯤은 죽었을 것이오. 하나[3] 제 목적만은 관철할 작정이며 더욱이 우리의 일이 완성되기 위해서 물심양면으로 진력하여 주신 분의 기대에 어그러짐이 없도록 하여야 하겠습니다."

안은 다른 악극인들처럼 가족에게 일언도 하지 않고 떠난 것은 아니다. 그는 작년부터 도일의 계획을 착착 준비하였으며 나아가 그의 부인은 남편이 하는 영화는 국가와 민족을 위하여 지극히 이로운 것이 틀림없다고 믿어왔던 것이다.

그러므로 부인은 자기의 치마저고리, 반지, 기타 생활비마저 절약하여서라도 남편인 안이 8·15 행방 후 꾸준히 영위하여오는 기록영화 제작에 조력하였다.

세 번째의 밀항 도일

안은 지난 6월 10일의 도일을 합쳐 해방 후 세 번째의 밀항이다. 6·25 사변 전 2차에 걸친 밀항은 그의 정신과 행동에도 큰 충동을 주었다. 일

---

3 박인환은 원고에서 접속부사 '하지만'을 '허지만'으로, '하나'를 '허나'로 사용한다. 좀 예스럽게 이르는 말로 박인환의 어투를 느낄 수 있지만, 이 전집에서는 현대 맞춤법에 따른다.

본에 상륙해서라도 거류민증 같은 것도 하나 없고 그렇다 해서 일본 특히 동경의 지리에 밝지 못한 그는 발 한걸음을 옮겨놓는 것도 극히 주의하여야 하는 것이다. 이유는 단순하다. 만일 그가 일본 경찰이나 무허가 입국을 취체(取締)하는 기관에 발각된다면 아무 소기의 목적도 수행치 못하고 추방되기 때문이다.

그래서 조바심이 나고 공포심도 생긴다. 그전이나 지금이나 일본에 입국하는 데는 두 가지 방법, 즉 공식과 비공식의 수단이 자연적으로 취하여지게 되는데 안은 언제나 '공식적 입국'에는 완전 실패하였다.

지루한 20여 종의 서류 수속과 장구한 시일을 '여권'을 얻기 위해 소비하였으나 그는 한 번도 여권을 만져보지 못했다. 대한민국 외무부의 절차가 끝났다 하더라도 스캡[4]의 입국 허가증(사증, 査證)을 입수치 못하여…… 이뿐만 아니라…… 외무부 내에 그의 일본행을 반대하는 직원이 확실히 있다고 그는 언젠가 필자에게 말한 적도 있다.

이와 같은 이유로 밀항의 수단을 선택하는 것이 출발 자체에 있어서는 간소하며 편의한 처사이었다.

15톤(대개가 그러하다) 정도의 선박이 상용되는 밀항선이었다. 안은 3만 피트 이상의 촬영된 필름을 생명처럼 거느리고 지난번 두 차례나 일본으로 갔다. 그곳에서 상기하였던 이외의 제 악조건을 극복하면서 영화의 현상, 녹음, 편집, 음악, 자막 등 현대 기록영화로서의 제반 조건을 구비시키는 것이다. 그리하여 겨우 완성되었던 것이 6·25 이전의 〈민족의 절

4　SCAP(Supreme Commander of the Allied Powers). 1945년 10월 2일부터 1952년 4월 28일까지 일본에 있었던 연합국 최고 사령부. GHQ.

규〉 제1부 급(及)[5] 제2부인 바 이것은 최초의 목표는 고사하고 그의 미숙한 촬영 기술로써 어떤 기술적 수준에서는 영화 이전의 것이었으나 여기서 특기하여야 할 것은 해방 후 영화인의 대부분이 좌경하여 '조선영화동맹'이란 괴뢰 단체를 만들고 공산주의 사상의 침투만을 획책한 영화(기록) 제작에 급급하였으나 분연 안은 민족 진영을 위한 유일한 아마추어 카메라맨으로서 제1보를 내디디었다.

일본 영화 제작소 같은 데서 왜정 시 근무한 경험이 있던 전문적 카메라맨은 안을 영화인이라고 부르기를 싫어한다. 그 이유를 필자는 이해한다. 허나 그는 어떠한 시대에 있어서의 선각자가 취하여온 것처럼 가장 초보적인 데서부터 카메라를 움직이기 시작했다.

해방 후 좌우 격심한 대립, 이승만 박사의 귀국…… 그의 최초의 군중 앞에서의 연설, 공산주의자와 민족 진영을 대표한 이 박사와의 역사적인 회견(이것은 민족 진영과 공산당과 합작을 의미한 것은 아니다), 반탁 운동의 전개, 미소 공위의 개막과 그 결렬의 시계(時季), 유엔 한위(韓委)[6]의 내한, 5·10 한국 최초의 자유 선거, 민국 정부의 수립과 맥아더 장군의 내한 등등을 수록한 〈민족의 절규〉는 필자가 보기에는 한국 독립 후 처음으로 이루어진 장편 기록영화라고도 할 수 있고 후세의 국민들이 한번은 필견(必見)하여야 할 산 역사와 민족의 생생한 기록이 될 수 있는 것이다.

이와 같은 영화가 그 당시나 현재의 한국의 기술로써는 도저히 완성시

---

5 '및'으로 순화.

6 유엔한국임시위원단(UN Temporary Commission on Korea). 두 차례의 미소공동위원회가 결렬되자 제2차 유엔 총회의 결정에 따라 5·10 총선거의 공정한 감시 및 관리를 위해 입국한 유엔 산하의 임시기구.

킬 수 없기 때문에 안은 두 차례나 무시무시하게도 밀항(도일)하였던 것이다. 다소 사회와 몇 개인의 재력이 도입도 되었는지는 모르나 그를 아는 몇 사람의 이야기를 들은 바에 의하면 그 자신의 사재와 현재는 조방[7] 사장으로 있는 강일매(姜一邁) 씨의 절대한 원조였다고도 한다. 여하간 이것은 문제가 되지 않으며 금반의 그의 제3차의 밀항이 결국 신문의 사회면에 대대적으로 보도됨을 계기로 영화, 연예계는 물론 일반 사회에까지 큰 파문을 초래케 하고 있다.

제3차의 밀항…… 신문은 손목인, 신카나리아의 도일을 안보다도 더욱 주요하게 취급했으나 역시 금반 사건의 주동은 안인 것이다. 손이나 신은 오래전부터 우리나라 대중악계의 대표적 존재이었고 거기에 그들의 사회적 지위가 다소(?)나마 있었던 까닭에 신문의 착안점을 정확하였다고 볼 수 있으나 어느 하나의 신문치고 그 밀항의 이유를 상세히 취재 못 하고 있다. 그들은 확실히 부산에서 배를 타고 떠났다. 그렇다면…… 적어도 이들이 고국을 등지고 그 지긋지긋한 일본에까지 간다면 여기에는 커다란 사유가 있을 것이다. 부산에서 제주도를 한 번 가려도 반년이나 일 년 가까이 이것저것 등으로 생각하는 자가 있는데 더욱이 가족을 피난지인 살풍(殺風)의 도시 부산에 남겨두고 어째서 일본으로 간 것일까? 필자와 독자의 관심은 이의 초점을 발견하여야 할 것이다.

출발은 힘들다

필자는 지난 3월 어느 날 친우 K를 만났다. 그는 오랫동안 보지 못하였

---

7   조선방직주식회사.

던 나를 만나자 자네의 힘이면 될 수 있는 일이 있으니 꼭 힘써달라고 애걸하듯이 부탁하는 것이었다. 그 부탁인즉 사실 간단하였다. ……하나는 일본 ○○상선회사에 보내는 의뢰장의 초안과 공보처와의 연락을 취해달라는 것이었다. K의 말을 들은즉 안이 '좋은 영화'를 이미 촬영 완료하였는데 이것을 일본에서 완성하여야만 되고 더욱 〈민족의 절규〉의 프린트가 6·25에서 9·28 사이 공산군에게 탈취되어 그것이 현재 한국에는 단 1권도 없는바 겨우 6·25 전 일본에서 완성 시 원판을 두고 온 것만이 남아 있는즉 이를 다시 제작하여야만 된다는 것이다. 대단히 좋은 일이다. …… 나는 우선 이렇게 생각하고 안이란[8] 어떤 인물인가 물은즉 그의 대략 경력을 알려주는 것이다. 정력 하나로 꾸준히 일하는 초보적 영화인…… 영화의 예술성 같은 것은 전연 모르고 건국 초창기의 현실의 움직임을 될 수 있는 한까지는 기록하려고 애쓰는 순진한 청년…… 이런 선입감적 개념을 버리지 않기로 하고 그 후 안과 처음 만났다. 장소는 부산시 만성여관 2호실에서 K와 세세지사(世世之事)를 주고받고 하는데 안은 서울에서 아침에 출발하여 그날 밤 하차하자마자 우리 두 사람 앞에 나타났다.

"지금까지 촬영한 것은 어느 정도나 됩니까."

"약 3만 피트는 될 것입니다. 그리고 이것은 모두 천연색 필름입니다."

"중요한 기록 장면은 어떤 것이지요."

"〈민족의 절규〉 ㅁㅁ의 것으로서 9·28 서울 수복 전 자신이 국군 각 사단과 미8군 사령관의 허가를 얻어 유엔군에 종군하면서 촬영한 전선 묘사와 평양에서 이 대통령을 시민이 환영하는 장면이라든가 초산(楚山)

---

8 원본에는 '安 란'으로 표기됨.

진출에 따르는 압록강의 유구한 흐름 또한 피비린내 나는 청진 진격, 그 후의 철수 작전 등 최선을 다해서 촬영한 것들입니다."

"영화를 완전히 제작하려면 얼마나 걸립니까."

"현재로서는 이것이 천연색이기 때문에 한국에서는 현상조차 할 수 없고 가부간 일본에 가지 않으면 안 되겠습니다. 제작비 ○천만 원을 어떤 독지가가 부담하겠다 하여 공보처의 추천을 받아 외무부에 여권을 신청하였으나 함흥차사입니다. 여하간 일본에 꼭 가는 길밖에 없는데 절망입니다."

대개 이러한 정도의 이야기를 한 후 안과 헤어졌다. 안과도 친한 K는[9] 그 후도 나에게 여러 번 찾아와 영화의 제명을 지어달라고 했으나 그 내용을 잘 모르기 때문에 이것조차 그들의 뜻을 이루어줄 수가 없었다. 안과 K는 계획과 활동을 계속하였다. 그리하여 그는 부산 제○부두에 도착하고 있는 일본 ○○상선회사 군수품 수송선의 사무원인 일본인 우좌미(宇佐美)란 자를 이용하기로 했다. 우좌미에게 K는 영화 완성을 위한 일본행의 절실성과 당신들이 이 일에 조력하여준다면 이는 하나의 한일 친선이 될 것이며 우리 영화, 문화계에도 큰 성과를 초래시키는 것이라고 역설하였기 때문에 순진한 우좌미는 다소의 의향을 표시하였다.

그 후 ○○상선회사 본점에 한국 정부 모 고관은 비공식인 그의 개인의 자격으로 안과 영화 완성에 필요한 인원의 도일을 원조해주기 바란다는 서한을 수교(手交)하였으며 동 서한을 접수한 상선회사에서는 모 고관의 이름만 듣고서도 감격하여 한국에서 임시로 채용한 직원이란 명목으로 안과 수인(數人)의 도일 급(及) 일본에서는 2개월간의 체류를 승낙하였던

---

9 원본에는 '親 K는'으로 표기됨.

것이다. 동 상선회사는 미군의 서플라이를 동란 이래 담당하고 있는 관계상 직원(선원)은 GHQ(총사령부)[10]의 징용원이며 한국인도 다소 근무하고 있으므로 한국인에 한해서는 일본 상륙을 2개월 이내로 제한하고 있다 한다.

그리하여 안과 수명(數名)은 형식상에 있어 ○○상선회사의 임시 직원이 되었으며 그리하여 그들이 도일한 것은 밀항이 아니라는 견해도 성립되는 것이다.

일본에 떠나는 것은 작정되었으나 돈이 제일 문제이다. 독지가 M 씨는 한국은행권밖에 없으므로 이것을 그대로 가지고 갈 수는 없고…… 그래서 외화(정부보유불)와의 환산에 갖은 각도로 노력했으나 어찌 되었는지 나는 잘 모른다. 당시의 내무 장관 장석윤(張錫潤) 씨도 이에 진력하였던 것인데 시일 관계로 실패한 것 같다. ……그렇다면 도떼기시장이나 40계단 아래 달러 상인으로부터 미불(美弗) 혹은 일화(日貨, 350 대 1의 비율)와 교환하였을 것이다.

한국 전체의 죄

안과 손 등 그의 일행의 도일을 신문은 끝까지 비난하였다. 물론 사회의 공기(公器)란 신문이기 때문에 일반 사회 자체도 "적어도 예술인이 조국을 버리고 더욱이 이런 난시에 일본으로 도망치다니" 하며 욕설을 퍼부었을 것이며 몇 사람들로부터 내 자신도 직접 들은 적이 있다. 하나 나는 이들에게는 하등의 죄가 없다고 단정하고 싶다.

---

10 General Headquarters. 연합국 최고 사령부. SCAP.

안은 그다지 영화가 무엇인지, 예술이 더욱 어떠한 것인지 알지도 못하던 사람이다. 그가 해방 후 민족적인 어떤 충동으로 카메라(촬영기)를 들고 마음 옮기는 대로 촬영하였다. 6·25전까지의 어떤 결정(結晶)이 〈민족의 절규〉 1부, 2부이며 이것 역시 일본에서 완성했고 한국에서 상영되자 기술상으로는 큰 성과를 거두지 못했으나 크게 자랑할 것이란 해방 후 최장편의 민족 독립 기록영화라는 것이다.

안은 그리 학식이 많은 사람 같지도 않았다. 그러므로 대 사회관계에 있어 오해를 받기 쉬운 사람이다. 그는 9·28 후에도 초지(初志)를 관철하여 카메라를 들었다. 갖은 방법으로 인간으로서 할 수 있는 최선을 기울여 천연색 필름으로 약동하여 싸우며 이겨 나가는 국가와 민족의 생생한 모습을 캐치하는 데 청춘의 중요한 시일을 바친 것이다. 필름은 안의 이름을 기억하는 이승만 대통령이 손수 주신 것도 있다는 데는 놀라지 않을 수 없었다.

원래 우리 정부가 수립되기 전부터 일인(日人)이 남기고 간 영화 촬영소의 기구와 시설은 공산주의 영화인에게 빼앗기었다. 물론 대부분의 영화인이 좌경되었을 때이긴 하나…… 영화 하나를 현상하기 위해서, 녹음 편성하기 위해서 일본으로 갔다는 것은 안뿐이 아니라 현재 국방부 정훈국 소속 촬영대에서도 그러하지만 한국에는 완비한 시설이 전무한 것이다. 문교부나 공보처나 외무부는 냉랭한 태도이다. 문교부에 예술과가 있으나 국민은 그런 과가 있는지조차도 모르며 그들의 사무나 행정 역시 전연 백지이고 외무부는 이런 영화를 만들기 위하여 도일하는 목적도 인정치 않아주며 혹시 외부의 권고라 할까 입력이 가하여질 때 겨우 한국 정부 측의 승인을 허락하나 일본 정부의 입국 허가증(사증)조차 얻어주지 못하는 애달픈 실정이다.

　무역상인 등은 자유로이 일본에 간다. 특권 계급이라든가 다소 금력과 권력이 있는 자는 일본에 갈 수 있다. 그러나 예술인은 충분한 이유, 문화적 의의, 민족 예술에의 도움을 목표하였음에도 불구하고 거부뿐이다. 불행한 것은 이들임이 틀림없다. 안은 영화를 만드는 데 대중음악인 손목인의 원조가 필요하였다. 영화에 있어서 음악 효과가 차지하는 힘은 참으로 크며 〈대한민국 건국사〉라고 가제(假題)한 동 기록영화는 어디까지나 한국에서의 제 사건과 장면을 기록하고 있는 관계상 한국인 음악적 정서가 절대 필요하였다. 순수 음악인을 선택할 수도 있었으나 안의 지적 수준으로서는 손을 가장 지당한 것이라고 보았으며 손의 간단한 대답이 마음에 들었다.

　"안 형! 내 힘껏 해봅시다. 일본도 오래간만에 구경할 겸 영화 자체의 의의가 크니깐 손목인의 전 실력을 발휘하겠소."

　안, 손은 2개월간에 중대한 사업을 완수하지 못하면 돌아오지 않겠다고 친지에게 맹세하였으며, 오는 8·15 전까지는 여하한 난관이 있더라도 동 영화를 제작 동반하여 해방과 독립의 기념으로서 국민에게 공개할 것이라고 스스로 약속하였다. 부산을 벗어나 험악과 곤란만이 있을 일본으로 그래도 사나이가 하는 일이라고 막연한 자신만을 가지고 떠나야 할 밤 안, 손은 자기들의 심경이나 입장을 모르고 뒤에 남아 있는 사람들이 입으로만 말하기 좋아서 이러니저러니 빈정대는 모습을 생각하였고 더욱 돈 한 푼 제대로 집에 내던지지 못한 까닭에 가족들이 혹시나 굶어 죽지나 않을까 걱정이었다.

　부산을 떠난 2일 후 이들은 일본 신호[神戶]항에 무사히 도착하였으며 태연히 상륙하여 현재 일에 착수하고 있다는 제1신을 K에게 보내어왔다.

신카나리아와 그 외의 일행은 한국에서 24시 노래하고 춤추며 무대 위에 섰댔자 제대로 밥도 먹을 수 없는, 그러한 처참한 현실과 이 이상 타협할 힘마저 잃어서 손목인 등이 떠났다는 소문을 듣고 일본에 간 것이 어느 정도 확실해졌는데 결국 손 등이 귀국할 시엔 필히 돌아올 것이 아닌가 생각된다.

그러나 안은 신카나리아 등의 밀항과는 전연 관련이 없을 뿐 아니라 그는 자기가 영화를 만들기 위해서 도일하는 것만을 밀항의 선량한 이유로 그전부터 생각하고 있었으므로 영화 이외의 밀항이나 그를 기획하고 있는 자는 무시하는 태도이었다.

기록영화에 미친 사나이 안경호, 그는 벌써 일본에 3회나 밀항하였다. 그리하여 그가 남긴 것은 〈민족의 절규〉 1, 2부며 이번엔 총천연색 영화 〈대한민국 건국사〉(아마 이렇게 제목이 될 것이다)를 선물로 가지고 돌아올 것이다.

밀항을 하지 않으면 안 되는 그들의 입장, 명예와 모험과 욕설과 곤란이란 희비 4중주를 인생의 숙명으로 알고 살아가는 이들에겐 밀항이라든가 신문의 비난쯤은 문제가 아니다.

밀항했다고 떠들어대는 인간과 이들과의 인생관이나 목적의식엔 이미 머나먼 거리의 차이가 있는 것이고 일본에서 여기서 발행된 신문을 보고 코웃음을 쳤다는 것도 알려져왔다.

여하간 영화만 완성해 가지고 가자, 여권 하나 제대로 내주지 못하는 조국일망정 예술가에게 우대는 고사하고 헌 신발처럼 취급하는 한국일망정 우리의 초지와 힘과 정성을 기울여 영화를 완성해 가지고 간다는 것이 제2신이며 또한 안은 다음과 같은 부언하였다.

"지금 우리들이 고생하고 있는 이야기를 전하지는 않습니다. 하나 일은 진행 중입니다. 이것만이 무한히 기쁜 일입니다. 끝으로 부탁이 있는바 서울에 있는 가족들이 혹시 죽지나 않았나 그곳에서 문의해주십시오. 참 걱정됩니다. 공보처장 이(이철원, 李哲原) 선생에게 영화는 우수하게 될 것이라고 전해주십시오."

(『재계』 창간호, 1952년 8월 1일)

자기 상실의 세대

— 영화 〈젊은이의 양지〉에 관하여

〈어머니의 회상(回顧)〉을 발표함으로써 전후(戰後)의 아메리카 영화감독으로 특이한 위치를 차지하고 있는 조지 스티븐슨은 근 4년간의 시일을 두고 이 영화 제작에 그의 대부분의 정력을 경주하였던 것이다.

즉 1949년의 여름 그가 시어도어 드라이저의 명작 소설 『아메리카의 비극』을 선정함에 있어 제1차 전후(戰後)의 로스트 제네레이션의 비극과 제2차 대전 후의 세상(世相)에 공통되는 문제는 결코 다름이 없다는 것을 통감(痛感)한 끝에 그 영화화를 결정하였다. 드라이저는 이미 누구나 다 아는 바와 같이 아메리카 문학의 역사에 있어서 종시일관하여 타협할 줄 모르는 자연주의의 투장(鬪將)이었으며 그는 이 세상에 있어서의 생존은 전연 의미와 이유를 가지지 않는 것이라고 확신하며 생활의 결정적인 힘은 물리, 화학적인 반동이라고 믿고 생(生)의 영위는 인간이란 선인과 악인이 아니라 강자와 약자만이 구별되는 것이라고 결론하였다.

그럼으로써 물질적 자연주의가 구극적(究極的)으로 도달한 것은 현대 아메리카에 있어서의 약자의 고립과 그 결말의 비극성이다. 가난한 목사의 아들로 태어난 조지 이스트먼(원작은 Clyde Griffiths)[1]은 남들과 같이 행복을 꿈꾸며 어떻게 하든지 출세하려고 한다. 그리하여 그는 도시에 나가 마침 커다란 회사의 사장인 그의 숙부의 힘으로 세속적인 출세의 제1보를 내디디는 것이다. 그 후 이스트먼은 사교계에서 그 지방의 명가(名家)의 딸 안젤라와 사랑하게 된다. 하나 그전의 여자 앨리스의 존재는 그의 출세와 지금의 지위에 큰 장해를 초래할 우려가 있었으므로 살해할 것을 결심한다. 그러나 살인은 하지 않았는데 우연한 배의 침몰은 그로 하여금 모살(謀殺)의 판결을 받게 한다. 원작이나 영화나 그 스토리에는 변함이 없다.

스티븐슨은 현대에 있어서 적어도 가난한 자의 입장과 그가 살아나가는 데 형성되는 비극의 경우는 주동적인 것이나 그 반대의 것이라 할지라도 '참으로 알맞은 경우'라고 생각하고 있다. 전후에 있어서 젊은 세대는 자기를 발견할 만한 아무 체험도, 조건도 구비되지 못했다. 그저 어떤 야욕과 주제넘은 욕망 때문에 자기는…… 진실한 인간성은 점차 상실되어 가고 이는 하나의 불길한 공통된 세대로써 불리게 되는 것이다.

조지 이스트먼은 결코 한 사람이 아니라 물질의 지배와 그 환경 속에 사는 세계 어떤 나라에서도 손쉽게 찾을 수 있는 전형적인 청년이다. 그는 의식의 확립도, 애정의 조정도 모르며 단지 현재에서 미래에 걸칠 출세와 사랑의 한 줄기 길을 택하면 인간은 즐거운 것이라고 믿었다.

그리하여 그는 전기의자를 향하여 걸어갔다.

〈젊은이의 양지〉는 좋은 원작을 얻고 훌륭한 제작 스태프의 손으로 전

---

1 클라이드 그리피스. 드라이저의 『아메리카의 비극』의 주인공.

후의 가장 우수한 영화로서 우리들 앞에 나타났다. 1925년 즉 이 원작이 발표되던 해와 오늘날 근 20년이 흘렀다. 그러나 그때와 지금 현실의 냉혹과 정신의 상실은 동일하다. 몽고메리 클리프트는 조지 이스트먼이란 역에서 어떤 상징적인 불행한 현대의 청년으로 관객들을 압도적으로 끌고 가고 있다. 감독 조지 스티븐슨은 드라이저 이상의 냉엄한 태도와 이 현대 사회의 비극을 동정이나 감상도 없이 무서울 정도로 묘사하고 있는 것이다. 〈젊은이의 양지〉는 현대 아메리카 영화의 앞으로의 진로에 큰 지표가 된 것이며 지금까지의 저속한 영화 문화의 향상을 말하는 것 같다. '자기 상실의 세대'의 좋은 관념은 영화에 있어서나 또는 우리들에게 처하여서나 항시 부단한 자기반성을 권유할 것이며 이것은 마치 조지 이스트먼이 살인은 결코 하지 않았으나 지금까지의 스스로의 경우가 살인한 것과 다름없었다. ― "한 여자가 죽어 갈 때 구출할 수 있었음에도 불구하고 또 다른 여자만을 생각했다" ―는 것을 통감하고 처음으로 참다운 인간으로 돌아가듯이 요즘에 와서의 아메리카 영화 제작의 의도는 〈젊은이의 양지〉를 계기로 좋은 길을 걷고 있는 것 같다.

(『경향신문』, 1953년 11월 29일)

〈종착역〉 감상
― 데시카와 셀즈닉의 영화

아메리카 부인 메리 포브스는 로마 시가를 구경하고 오늘은 필라델피 아에서 그를 기다리는 어린애와 남편에게로 돌아가기 위해서 로마 중앙 역을 향하고 있었다. 그러나 그의 가슴에는 무겁고 어두운 것이 남아 있었다. 그것은 로마에서 알게 된 조반니라는 청년과의 강렬한 사랑의 모습이었다.

파리행 열차의 발차(發車)는 가까워졌다. 플랫폼은 모든 인생의 축도(縮圖) ─ 시간에 지배되는 분주한 역 구내의 분위기는 그대로 인생의 한 토막이며 연애와 사회와의 관계를 묘사하고 있다. 승복(僧服) ─ 농아 생도 ─ 병정들 ─ 합창하는 단체 ─ 신혼여행의 전송 ─ 그리고 임산부의 내외 ─ 배경의 이러한 조화로서 단순한 연애가 우리의 가슴을 찌른다. 청년도 메리를 찾아서 플랫폼을 방황한다. 그리하여 그는 여자에게 로마에 더 머물 것을 경원(敬願)한다. 그러는 사이에 열차는 떠났다. 다음 열차까지는 한 시간 반이 있다. 청년은 그의 행복의 설계와 지나간 짧은 사랑을 상기시킨다. 두 사람은 삼등 열차의 구석을 찾아 뜨거운 포옹을 했다. 이 광경을 본 경찰은 경범죄로 연행한 후 일체의 고백을 듣고 석방, 메리는 열차에 탄다. 발차, 청년은 더 찾을 수 없어서 열차에 뛰어오르나 그 순간 밀려 내려 멀리 떠나가는 열차를 언제까지나 바라본다…….

〈구두닦이〉 〈자전거 도둑〉[1]의 이태리 명감독 비토리오 데시카와 셀즈닉의 합작, 거대한 제작자 즉 아메리카의 상업주의와 이탈리안 리얼리즘 예술의 타협으로 좋은 극치를 보이고 있다. 떠나는 여자를 정거장에서 찾아 만나고 – 흥분하고 – 격분하여 여자를 때리고 – 헤어지고 – 또 마음을 돌리어 또 찾고 – 최후의 뜨거운 포옹을 하고 참으로 강인한 신(神)□이다. 처음부터 끝까지 긴박하다. 데시카는 완전한 의미에 있어서 명 연출을 하고 있다. 명확히 〈밀회〉의 흥행적 성공을 의식하여 기획되고 있으나 명장 데시카는 감미한 연애 영화로서만 그치지 않고 하나의 사회의 표정을 그린 것이나 다름이 없다. 그 속에는 풍자와 인정이 넘쳐흐른다.

세트는 하나도 사용하지 않고 실제의 로마 중앙역을 심야 육백 명의 엑스트라를 동원하여 2개월간이나 촬영하였다 한다. 부유하나 평범한 주부인 메리(제니퍼 존스)나 청년(몽고메리 클리프트)은 모두 호연(好演)이며 데시카와 셀즈닉의 합작 영화로서가 아니라 우리들에게 적합한 영화 감상의 견식이 있다면 최근에 와서 보기 드문 우수작이라 하겠다. 끝으로 그 여자는 가정에 돌아가 자기 남편에게 지나간 사랑을 고백할 것인가 하지 않을 것인가 – 물론 영화에서는 취급되어 있지 않으나 틀림없이 하나의 잊을 수 없는 아름다운 꿈과 추억으로서 마음에 숨겨둘 것이다.

(『조선일보』, 1953년 12월 19일)

---

1   원본에 〈자전거 도적〉으로 표기된 것을 이 전집에서는 〈자전거 도둑〉으로 통일함.

〈제니의 초상〉 감상

　로버트 네이선의 『제니의 초상』은 그의 대표적인 소설이며 우리나라에서도 허백년(許栢年) 씨의 번역으로 출판 소개된 이색의 작품이다. 이것을 영화 제작자 D. O. 셀즈닉은 W. 디터리의 시정(詩情)과 환상적인 낭만의 수법을 빌려 영화화하는 데 성공하였다. 천성의 재능을 가지고 있으나 그 재능을 자극시키는 인스피레이션을 가지지 못한 청년 화가는 20년 전에 죽은 소녀와 시간의 관념을 초월하며 사랑하게 된다. 즉 1934년의 겨울…… 뉴욕 센트럴파크에서 화가는 소녀와 만나나 소녀는 20년 전에 이미 죽고 있으므로 1934년에 살아 있는 것은 아니다. 인스피레이션을 찾고 있던 화가에게 그 모습을 보이고 있으며 그 이외의 사람에게는 보이지 않는다. 말하자면 애덤스(화가)가 창조한 환상적인 영원한 여성인 것이다. 이것을 "이 작품의 진실은 스크린 속에 있는 것이 아니라 여러분의 마음 속에 있다"고 처음에 해설하고 있다. 애덤스와 만난 제니는 "부모는 하마스타인 극장에 출연하고 있다"라고 말하나 그 극장은 지금은 없어지고 있으므로 관객은 이 작품이 가지는 이상한 분위기에 끌려가버린다. 이 장면으로서부터의 디터리의 수법은 환상적인 것이 되며 우리들은 스크린에서 눈을 돌릴 수 없는 지경에 빠진다. 애덤스는 1년간에 여러 번 제니와 만나게 되는데 그때마다 제니는 놀랄 정도로 성장되어 있다. 즉 이러한 과거와 현재와의 교착을 설명하기 위하여 애덤스의 모놀로그가 여러 번 삽입되어 있다. 결국 모놀로그를 합해서 작품 전체가 애덤스의 1인칭으로 되어 있는 형식을 취하고 있다.

영화의 클라이맥스는 뉴잉글랜드의 해안 등대에서 애덤스와 제니가 파풍(波風)에 휩쓸리는 장면이다. 그날은 1934년의 10월 5일이며 제니는 20년 전의 10월 5일 그곳에서 파풍으로 세상을 떠났던 것이다. 그날 애덤스는 틀림없이 제니와 만나게 될 것을 확신하면서 농무에 싸인 바다에 배를 이끌고 제니가 탔던 배를 만나는 것인데 역시 모진 풍파로써 실신하고 만다. 그리하여 애덤스가 또다시 정신을 차렸을 때에는 제니의 모습은 사라지고 말았던 것이다.…… 현대의 인간이 살아 나가는 데 있어서 어떤 인스피레이션이 나타나지 않는다 하면 공허한 오늘의 현실은 더욱 냉랭한 것이 되고 우리들은 '꿈'을 잃은 것과 다름이 없을 것이다. 〈악마의 황금〉 〈욕망의 사막〉, 그리고 〈여수(旅愁)〉를 감독한 W. 디터리의 시적 정서는 이 영화에서 더욱 그의 예술의 향기를 우리들에게 풍겨 주고 있으며 이 사랑의 줄기찬 환상시(幻想詩)는 테마의 음악으로 쓰고 있는 드뷔시의 곡으로서 더욱 가슴을 찌르는 것이라 하겠다. 끝으로 알리고 싶은 것은 로버트 네이선은 '내셔널 인스티튜드 오브 아트 앤드 레터스'¹의 회원이며

---

1 National Institute of Art and Letters(국립예술문학원) : 미국 문학과 미술의 발전을 목적으로 1898년에 설립, 1913년 의회법에 설립됨.

연기에는 조셉 코튼과 제니퍼 존스 외에 에델 베리모어, 릴리언 기시 등
이 출연하고 있는 것이다.

(『태양신문』, 1954년 1월 9일)

로버트 네이선과
W. 디터리 영화 〈제니의 초상〉의 원작자와 감독

〈제니의 초상〉은 아메리카 영화로서는 이색의 작품이다. 제작은 1947 년에 시작했으나 발매는 1949년 1월이다.

데이비드 O. 셀즈닉의 두 사람이 스타 제니퍼 존스와 조셉 코튼이 출연하여 윌리엄 디터리에 감독시킨 작품이라는 것은 말할 것도 없다. 이 영화의 이색 작품으로서 주목되는 것은 로버트 네이선의 소설이 원작으로 되어 있다는 점이다.

로버트 네이선은 이미 허백년 씨의 번역으로 우리나라에도 소개된 작가이다.

그는 1928년 『사교(司敎)의 처(妻)』라는 소설에서 교회 건설의 기금 모집을 하던 청년이 사교의 아내를 사랑한다는 것과 그 청년은 실에 있어서는 천사이었다는 내용을 그려서 이것도 영화화되었다.

대체로 네이선의 소설에는 이와 같은 이상한 내용의 작품이 적지 않다. 1947년에 『불가사의한 항해』가 영화화됨에 따라 할리우드의 제작자들은 갑자기 네이선의 작품을 영화화하는 경향이 많아졌는데 그 이유는 이와 같이 좀 다른 작풍이 프로듀서의 흥미를 끌게 한 것이다.

이제 〈제니의 초상〉을 말하기 전에 네이선의 소설 중에서 영화화된 것을 열기(例記)하면,

『초부(樵夫)의 집』(1927년)

『사교의 처』(1928년)

『또다시 봄』(1933년)

『불가사의한 항해』(1936년)

『제니의 초상』(1939년)

이 다섯의 작품이다.

처음으로 영화화된 것은 『또다시 봄』이며 이것은 1935년의 일이었다. 『또다시 봄』은 네이선의 출세작으로 당시 베스트셀러가 되고 2년 후에 영화로 되었다. 그 후 1936년에는 네이선은 '내셔널 인스티튜트 오브 아트 앤드 레터스'의 회원으로 선출되었다. 그리하여 일류 작가로서의 그의 지위는 확립된 것이다. 『제니의 초상』은 그 후 3년 후인 1939년에 집필한 것이며 네이선의 가장 성숙한 시대의 작품이다.

천성적인 재능을 가지고 있으나 그 재능의 자극이 되는 인스피레이션이 없던¹ 청년 화가는 어떤 소녀와 사랑하여 그 아름다운 힘에 끌리어 결국엔 걸작을 완성한다. 이것이 테마이다.

이런 테마는 예술가를 취급한 다른 작품에도 흔히 있는 테마이며 특히 이상한 것은 없다. 그러나 『제니의 초상』이 이색 있는 소설로 되어 있는 것은 화가가 사랑하는 소녀는 이미 20년 전에 죽고 있으며 두 사람의 교섭이 시간의 관념을 넘어서 그려져 있다는 것이다.

---

1 원본에는 '인스피레이션이었던'으로 표기됨.

화가 애덤스는 소녀 제니와 뉴욕 센트럴파크에서 처음으로 만난다. 그것은 1934년의 일인데 제니는 이십 년 전에 죽고 있으므로 1934년이란 해에는 실제 살아 있는 것이 아니다. 인스피레이션을 구하고 있던 애덤스 앞에 그는 환영과 같이 나타나는 것이며 다른 사람은 그 모습을[2] 볼 수가 없다.

말하자면 제니는 애덤스의 머릿속에서만 그려지는 존재이며 그가 창조한 심미하고 아름다운 영원한 여성이라고 할 수가 있다. 거기에 제니는 애덤스 앞에 나타날 때마다 성장되고 있으며 애덤스와 손을 잡고 스케이팅도 하며 허드슨강 부근을 서로 이야기하며 산보도 했고 수도원에도 안내한다.

『사교의 처』에서도 그러했듯이 네이선의 작품에는 이와 같이 현실을 떠나서 묘사한 것이 적지 않다. 현실을 초월한 이상을 추구하여 거기서 미와 진리를 찾으려고 한다. 그리고 그려져 있는 세계와 인물은, 특히 목적을 위해 그려져 있는 세계와 인물이 아니고 보편적인 일상의 사회와 그곳에 살고 있는 평범한 인물들이다. 이와 같은 영화의 예는 아메리카 영화계에서도 많이 제작되었으며 장 콕토의 〈미녀와 야수〉〈오르페〉[3]에서 실험된 것이다.

하나 〈제니의 초상〉에서는 〈미녀와 야수〉나 〈오르페〉에서와 같이 시추에이션이나 세트에 현실을 부정하는 것은 하나도 없다. 뉴욕의 마천루가 보이는 센트럴파크의 설풍경(雪風景) 속에서 돌연 20년 전 죽은 소녀가 나

---

2 원본에는 '고슙을'로 표기됨.

3 박인환의 모든 영화평론에는 〈올훼〉로 표기되었으나 이 전집에서는 현대 맞춤법에 따라 〈오르페〉로 표기한다.

타난다. "이 작품의 진실은 스크린 속에 있는 것이 아니라 여러분의 마음 속에 있다"라고 해설이 나온다.

과거와 현재와의 교착을 설명하기 위하여 애덤스와 모놀로그가 수 개 소에 삽입되어 있다. 모놀로그라 하여도 애덤스가 그때그때의 심경을 말 하고 있는 것이며 결국 이 모놀로그를 합해서 작품 전체가 애덤스의 1인 칭으로 되어 있는 형식이다. 따라서 애덤스가 나타나지 않는 장면은 거의 없으며 관객은 1인칭의 소설을 읽고 있는 것과 같은 인상을 받는다. 이와 같은 제재를 취급하는 데는 당연히 생각할 수 있는 형식이나 〈제니의 초 상〉은 그러한 것 중에서도 성공한 일례일 것이다.

영화의 클라이맥스는 뉴잉글랜드의 해안 등대에서 애덤스와 제니가 풍 파에 휩쓸리는 장면일 것이다. 그날은 1934년 10월 5일이며 20년 전에 제니가 죽던 바로 그날이 된다. 애덤스는 틀림없이 제니와 만나게 될 것 을 확신하면서 짙은 안개가 덮인 바다로 배를 타고 나가 거기서 제니와 그가 타고 오는 배를 찾으나 폭풍은 더욱 심해지고 파도는 밀려든다. 그 리하여 배는 가라앉고 실신한다. 애덤스가 다시 정신을 차렸을 때 이미 제니의 스카프만이 남아 있었다. 제니가 인스피레이션을 구하고 있던 애 덤스가 창조한 여성이라면 스카프만이 애덤스의 손에 남아 있었다는 이 유는 맞지 않는 일이나 이 장면에서는 그와 같은 것을 생각할 수는 없다. 우리는 이미 20년의 4월을 넘은 애덤스와 제니의 사랑을 인정하고야 마 는 것이다. 소설의 아다브테-숀[4]과 시나리오의 구성이 좋은 때문이다.

특히 우리들은 이 작품을 감독한 윌리엄 디터리의 환상적인 아름다운 그 연출의 수법을 말하지 않을 수 없다.

---

4 원문대로 표기함.

디테리가 원래가 아메리카인이 아니다. 그는 독일에서 아메리카로 1930년에 건너왔다. 그는 지방 순회의 극단에서 출발하여 1910년 즉 그의 17세 때에 하이델베르크의 극장에서 직업 배우 생활을 하다가 극단의 원로 막스 라인하르트와 알게 되어 그 아래서 무대감독도 겸한 시대를 보냈다.

1930년이 되어 그는 아메리카 영화 〈바다의 야수〉의 독일어판을 감독하여 자신이 주역에 출연하여 대호평을 받고 W. B사(社)[5]의 초청으로 할리우드에 건너가 최초의 아메리카 작품인 〈최후의 탐정〉을 담당했다. 후년(後年) 그의 작품의 특징으로 된 '강력한 터치와 정확한 화면 처리'를 하여 주목을 끌게 되고 그다음에는 케이 프란시스의 희극영화 〈남자가 필요하다〉(1932년), 〈보석 도적〉(1932년)을 발표하였는데 이것은 '지극히 경묘(輕妙)한 터치를 나타내어 격찬을 받게 되었다.

그 후 디터리는 〈풍운의 국제연맹〉(1933년), 〈새벽의 사마〉(1933년), 〈유행의 왕자〉(1934년), 〈듀바리 부인〉(1934년), 〈화조(火鳥)〉(1934년) 등 연이어 제작하여 유능한 활동을 보였고 1935년에는 은사 막스 라인하르트가 제작한 W. 셰익스피어 원작인 〈성하(盛夏)의 밤의 꿈〉을 공동 연출했다. 그 시대의 작품 수준은 〈보석 도적〉에까지는 이르지 못하였다. 하나 "스토리를 형성하는 기본 아이디어에 불필요한 일체의 것을 버리고 직절(直截)하게 묘사한다"라는 그의 신조를 잘 나타내고 있었다 한다.

그가 대감독으로서 형(形)하게[6] 된 것은 1936년에 감독한 〈과학자의 길〉 때문이다. 인류의 은인이라고 할 수 있는 루이 파스퇴르의 전기 영화이

---

5 워너 브러더스(Warner Brothers).
6 외관으로 나타나는 모양. 원본에는 '形'으로 표기됨.

다. 그는 최초 각본을 읽었으나 마음에 들지 않았다. 실전(實傳)에는 충실하지만 극적으로 약했다. 그래서 그는 기본 아이디어에 필요한 일체의 것을 버린다는 주의(主義)를 실행하여 철저하게 뜯어고쳤다. 그 결과 발표된 작품은 일부의 평자한테서는 사실(史實)에 충실하지 못하다는 비난도 받았으나 극적으로는 절대한 감동을 주어 흥행적으로도 대성공이었다.

원래부터 디터리는 사회라는 것에 깊은 관심을 가지고 있다 한다. 어렸을 때의 환경(그는 가난한 집의 아홉째의 아들로 태어나 목수 일을 하였다.)이 그렇게 했을는지 모르나 사회 도의나 정의에 관심을 크게 두고 있다. 〈과학자의 길〉은 그러한 그의 작가적 정신과 성격을 처음으로 나타낼 수 있는 기회를 만든 작품이다.

〈과학자의 길〉은 주연자 폴 무니에게 1936년 아카데미 주연상을 획득케 하였고 이 성공에 힘을 얻은 디터리는 플로렌스 나이팅게일의 전기 영화 〈백의의 천사〉(1936년)를 케이 프란시스 주연으로 제작, 그다음 해에는 〈졸라의 생애〉(1937년)[7]를 만들었다. 공개 당시의 아메리카의 평판은 훌륭한 것이었고 1938년[8] 아카데미 작품상을 받았다. 더욱이 드레퓌스로 나온 조셉 실드크라우트는 조연상의 영광을 입었다. 이것은 〈과학자의 길〉과 같이 드레퓌스 사건을 배경으로 문호 에밀 졸라의 정의감과 휴머니즘을 단적으로 그린 작품이었다.

다음 1938년 그는 월터 와그너에게 초청되어 〈블록케이트〉를 감독, 이것은 매들린 캐럴과 헨리 폰타가 공연하는 서반아(西班牙) 내전을 배경으로 한 것이며 1939년에는 폴 무니와 베티 데이비스가 공연하는 멕시코의

---

7 〈에밀 졸라의 생애〉. 원본에는 〈소라의 생애〉로 표기됨.

8 원본에는 '1937년'으로 표기됨.

토인 정치가 베니토 파블로 후아레스의 전기 영화 〈유아레즈〉를, 그리고 〈노틀담의 꼽추〉를 감독하였다. 하나 평자들은 그의 전(前) 작품만치 평가하지 않았다. 그리하여 그는 전의 작풍(作風)으로 돌아가 〈위인 에를리히 박사〉(1940년)를 제작하였는데 이것은 당신의 나치스 폭학(暴虐)에 대한 분노를 표시한 것이며 유대계 독일 의사의 야애(惹哀)와 그 싸우는 모습을 보고 그리고, 역시 동년 통신왕 로이터의 활동을 그린 〈로이터 사로부터의 지급보(至急報)〉(1940년)를 발표했다.

이상과 같은 전기 영화에 있어서의 그의 노력과 성공은 그의 지위를 부동(不動)한 것으로 하였다. 그는 그렇다 하여 전기 영화만에 재능이 있는 것이 아니라 인간의 성격과 애정의 방법에 있어서도 독자적인 기능을 가지고 있다. 그것도 다른 아메리카에서 성육(成育)한 작가의 밝은 작품이 아니라 어딘지 중후한 힘과 침착한 작풍에 의해서이다.

1941년에는 프로덕션을 설립하여 〈악마의 황금〉을 제작하였다. 이것은 그의 일면을 말해준다. 즉 물질보다도 정신의 중요성을 설득하고 있다. 자기 프로덕션의 제2작 〈싱커페이션〉(1942년)은 아메리카에 있어서 재즈 발달을 그리려고 했으나 실패작이 되고 1943년에는 MGM사[9]에서 〈무기 없는 싸움〉을 감독했다. 이것도 제17대 아메리카 대통령 A. 존슨의 전기 영화.

이곳 MGM에서 로널드 콜먼과 M. 디트리히 공연(共演)으로 〈키스 밋〉(1944년), 다음 〈사랑의 10일간〉(1944년)은 도리 쉐어리 제작의 셀즈닉 인터내셔널 영화로 귀한 장교 조셉 코튼과 진저 로저스의 러브스토리, 담

---

9 엠지엠(Metro-Goldwyn-Mayer). 1930년부터 제2차 세계대전까지 할리우드에서 규모와 영향력이 가장 컸던 영화사.

담한 이야기 속에 거슬고 삼세한[10] 맛을 내고 있다. 이 정신이상자의 연애를 드라마틱하게 취급한 것이 〈러브레터〉(1945년)이다. 『시라노 드 베르주라크』 스타일의 대필의 러브 레터를 쓰는 취미와 기억상실증을 조합시켜 흥미 있게 전개시킨다. 여기에도 조셉 코튼이 등장하는데 압도적인 것은 제니퍼 존스의 이상한 아름다움과 대담한 연기이다. 그리고 그는 〈제니의 초상〉을 감독하고 할 월리스와 함께 〈아름다운 피고〉(1948년), 〈욕망의 사막〉(1949년)을 만들었다. 〈욕망의 사막〉에서는 버트 랭커스터, 클로드 레인스, 폴 헌레이드 등의 공연으로 남자와 정욕의 세계를 그 일류의 강력한 터치로 그려내고 있다. 또한 이태리에 가서 할 월리스의 작품 〈여수(旅愁)〉(원명은 〈구(九) 사건〉)[11]를 감독했다. 이것은 일(日) 아름다운 이태리 풍경을 배경으로 한 아메리카의 중년 기사(技師)와 젊은 피아니스트의 애달픈 사랑을 그린 조용한 러브스토리인 것이다. 여기에는 프랑소와 로제이의 무대에서 이름이 높은 제시카 탠디가 출연한다. 이것에 있어 이태리 파니리아 영화 〈분화산의 여자〉를 안나 마냐니 주연으로 감독하였는데 여기엔 〈여수〉의 감상 같은 것이다. 스토리가 주는 인권 옹호의 문제도 그리 추구치 않고 그치고 말았다.

〈제니의 초상〉은 상기한 바와 같이 현대의 대표적 작가 네이선의 원작이 주는 이색성과 건실하고도 대담한 터치, 그리고 인간의 정서를 파악하고도 남음이 있는 W. 디터리의 낭만적인 연출 수법으로 특이 작품이 되

---

10 '거츨고 섬세한' 정도인 듯.
11 〈9월 사건(September affair)〉

어 우리들 앞에 나타난 것이다. 더욱이 화가[12] 애덤스엔 조셉 코튼, 제니에는 제니퍼 존스가 출연하고 있으며 왕년의 명우 에델 베리모어와 릴리안 기시가 중요한 역으로 나오고 있다.

테마음악으로서는 드뷔시의 〈아마색(亞麻色) 머리의 소녀〉〈목신의 오후의 전주곡〉〈조용한 사원〉 등이 사용되어 스토리의 환상적인 분위기를 높이는 데 도움이 되었다.

끝으로 조셉 코튼의 애덤스는 극의 핵심을 이루는 명연기로써 1949년도의 베니스 영화제에서 주연상을 받았다는 것을 부언하여둔다.

(『영화계』 창간호, 1954년 2월 1일)

---

12 원본에는 '映家'로 오기.

1953 각계에 비친 Best Five는?

1. 〈젊은이의 양지〉(조지 스티븐스 감독)

2. 〈군중〉(F. 캐프라 감독)

3. 〈종착역〉(데시카 감독)

4. 〈영양(令嬢) 줄리〉(스웨덴 감독)[1]

5. 〈여수〉(W. 디터리 감독)

　작품의 제작의 연대는 다르다. 〈젊은이의 양지〉는 현대 영화 기술의 종합적인 결정이라고 할 수 있다. 〈군중〉의 사회성은 시대의 구분 없이 인간의 이상을 묘사하고 있고 〈종착역〉과 〈여수〉의 아름다운 애정과 페시미즘을 우수한 감독에 의하여 그려주는 것이 아닐까. (시인)

（『영화계』 창간호, 1954년 2월 1일）

1　스웨덴의 알프 셰베리(Alf Sjöberg) 영화감독.

한국 영화의 현재와 장래
— 무세(無稅)를 계기로 한 인상적인 전망

　한국 국산 영화에 대한 입장료 무세(無稅)를 국회에서 가결하자 이는 곧 국무회의에서 토의되고 아마 본문이 발표될 시기에는 법령으로서 공포될 것으로 믿어진다.

　국산 영화에 대한 입장료 무세는 전 세계에서 우리나라가 최초이며 이것은 현재 곤란에 처하고 있는 우리나라 영화계의 제반 실정 및 앞으로의 발전을 위하여 큰 서광이 될 것이며 문화 전반의 향상을 위해서도 참으로 즐거운 일이 아닌가 생각하는 한 사람이다.

　물론 매스커뮤니케이션으로서의 영화의 처지는 실로 의의 깊은 바가 있으며 외국에서의 현대 문화 및 예술의 분야에 있어서 영화의 발전은 참으로 경이할 바가 있다. 아메리카는 더 말할 것도 없고 불란서, 영국, 이태리의 전후(戰後)의 작품은 오늘날까지 찾아보지 못한 예술적인 향상을 하였다. 그리하여 우수한 작품은 국내에서 대중의 지적 양식과 아울러 오락을 주었을 뿐 아니라 널리 해외에까지 수출되어 외화 획득을 하는 한편 그 나라의 문화 선전에도 큰 도움을 거두었다는 것은 우리나라에 있어서의 실례를 보아도 확연히 나타나 있는 일이다.

그리하여 무세라는 절대적인 좋은 조건과 환경하에 놓인 우리나라 영화계는 지금까지의 악조건과는 앞으로의 방향이 전혀 달라지고 말았다. 즉 영화 제작비에 있어서 수지 균형을 계획 여하에 따라 충분히 계정(計定)할 수 있게 되었고 지금까지 보아온 영리상의 결손도 다소 또는 전부를 면할 수 있게 되었다. 그뿐만이 아니라 제작비의 증대는 좋은 훌륭한 작품을 만드는 데 하나의 모멘트가 될 것이다. 그럼으로써 한국의 영화는 시장이 좁다. 그리고 촬영소가 없다는 이외에 거의 구비된 처지에서 앞으로의 희망을 걸머지고 있다. 하나 여기서 문제 되는 중대한 난관을 나는 말하지 않을 수가 없다.

즉 한국 영화의 최대의 결함이며 위기를 자아낼 몇 가지의 일을 우선 해결하지 않고서는 한국 영화는 현재보다 제작에 더 박차를 가할 수는 없을 것이다.

그것은 촬영소나 시장보다도 앞서야 할 영화의 가장 주요한 요소인 제작자, 감독, 시나리오, 촬영, 연기자들의 문제이다.

제작자의 문제

우리나라에서는 현재까지 제작자는 영화에서 문제시되어 오지 않았다. 대개의 작품은 영화감독이 구상하고 그 비용을 여기저기서 주선하였다. 그보다도 비용을 지출하는 자를 '물주'라고 부르고 이들은 영화에 대한 아무 식견도 없는 자가 대부분이었다.

여기에 처음부터 한국 영화의 애로가 있는 것이다.

구미(歐美)의 예를 들기 전에 지금 전 세계 영화는 제작자 중심으로 나가고 있다. 훌륭한 제작자 아래서 좋은 작품이 나오기 마련이고 이들은 영화제작의 계획을 위해서는 작품 선택에서 배우들에까지 이른다. 그런데 한국은 그렇지 못했다.

이것은 단적으로 말하면 영화의 기업성이 전혀 없었다는 것을 의미하여 감독이나 연기자가 비용에까지 골몰해서는 도저히 '예술'을 할 수 없었다는 것도 증언될 수 있다.

그러므로 영화 제작자의 출현이 가장 긴급한 일이다. 아메리카에서의 사무엘 골드윈, 셀즈닉, 스탠리 크레이머, 영국의 알렉산더 코다와 같은 제작자는 그들의 작품뿐만이 아니라 영화 자체의 시스템을 전혀 변환시키고 말았다. 그리고 이들은 현대 영화의 새로운 창조자인 동시에 훌륭한 기업가로서 영화가 가진 상업주의도 앙양시킬 사람들이다.

한국에 지금까지 몇 사람의 제작자가 있었다. 현재도 일을 하는 최완규(崔完奎) 씨와 김관수(金寬洙) 씨 및 이재명(李載明) 씨 등……. 그러나 좋은 작품을 제작한 사람은 거의 없다 해도 과언이 아니다. 최 씨가 감독 최인규(崔寅奎) 씨와 전창근(全昌根) 씨를 중심으로 〈자유 만세〉 〈독립 전야〉 및 〈죄 없는 죄인〉 등을 8·15 직후에 제작하였고 작년에는 아직 미개봉인 김성민(金聖珉) 감독의 〈북위 41도〉를 제작했다.

하나 지금까지의 악조건은 제작자로서의 최 씨가 충분한 역량을 발휘치 못하게 하였다. 김·이 씨는 완전한 의미에서 현재 일을 못 하고 있다. 더욱이 6·25 이후 이분들은 작품 하나도 만들지 못했다.

그럼으로써 역시 앞으로의 활동에 기대할 수밖에 없는데 여기서 제일 먼저 영화 제작에 착수할 분은 역시 최 씨일 것이다.

제대로 촬영소도 가지고 있지 못한 제작자라면 해외에서 볼 때 우습기 짝이 없을 것이니 한국의 현재의 실정에서는 어찌할 수 없다. 그래도 세트니 로케이션을 하여 영화를 만들고 그 비용을 순수한 영화 제작을 위해 지출할 수 있는 사람은 제작자가 될 수 있는 일이다.

상기한 세 분 외에 요즈음 〈코리아〉를 제작한 정화세(鄭和世) 씨가 새로이 나타났다. 그분의 과거는 영화와 그리 관련은 없지 않으나 한국 영화에는 신입생이다. 그런데 35밀리로 해외 소개를 겸하여 〈코리아〉를 완성했다. 이것은 전란 후의 최대의 작품이며 그 질로서도 한국 영화에 플러스를 주고 있다.

지성적이며 영리주의에도 어둡지 않는 정 씨는 아마 제작자로서의 야심을 크게 품고 있는 것 같다. 그리고 자본에 있어서도 현재 제1위를 차지하고 있지 않을까 생각된다.

지금까지의 제작자들의 역량에 비하여 그 우열을 여기서 가릴 수는 없으나 앞으로 우리나라 영화의 희망을 걸머지고 있는 사람의 하나다.

이분들만으로서도 한국 영화는 충분한 일을 할 수 있으나 더 발전하기 위해서는 수많은 좋은 제작자가 요청된다.

대개 한 작품에 실패하면 다음 작품을 제작할 자력(資力)이 없어서 그대로 멈추는 일이 한두 가지 예가 아니다. 적자를 내지 않는다는 법은 없고 한국처럼 시장이 좁아서는 영화 제작은 사업 중에서도 큰 모험이며 여기에는 문화와 예술적인 도덕도 절대 필요하다. 이러한 것을 겸유해가며 '사업이라는 이름으로서의 영화예술'을 한다는 것은 용이한 일이 못 된다.

지금까지의 제작자의 실패는 과세에 있었다고 돌리고 이제부터는 재출발을 하여야만 지금까지의 제작자는 그 성과를 바랄 수 있을 것이다.

단순한 사업도 아니고 예술도 아닌 영화 제작은 특수한 사업임엔 틀림이 없다. 그래서 아무나 그 제작에 손을 뻗치지 못했다.

하나 중대한 난관인 결손이라는 것을 모면할 수 있다는 징조가 생길 오늘날 자신 있는 자는 제작자로서 많이 나타나기를 바라는 사람은 나 혼자가 아니다.

감독의 문제

영화감독은 영화의 근본적인 것을 터치하고 있다. 제작자가 계획하면 감독의 손에 의하여 작품의 질과 수준이 결정된다.

지금 제1선에는 안종화(安鍾和), 이규환(李圭煥) 전창근(全昌根) 씨 등이 있다.

이들은 과거에 있어서 좋은 작품을 많이 감독했다. 하나 큰 시간 공백이 이들을 지배하고 있으며 기술면뿐만이 아니라 사고와 독창성을 다루는 영화에 있어서 과거의 힘은 소용없는 것이 되기 쉬운 시대가 되었다. 낡아빠진 수법이나 연출 방법엔 아마 누구 하나 보러 가는 사람은 없을 것이다.

아메리카에 있어서도 〈모로코〉나 〈탄식하는 천사〉의 요제프 폰 스턴버그, 그리고 루이스 마일스톤의 오늘날의 영화는 수준 이하의 것으로밖에 취급되지 않는데 하물며 한국 영화에서의 지난날의 명성이 그 무슨 소용이 될 수 있을까

관객의 영화를 대하는 식견은 날이 갈수록 높아가고 감독의 기능은 전과 다름이 없을 때 그 반응의 판단을 동자(童子)라도 할 수 있다.

영화감독은 수지의 문제뿐이 아니라 예술이냐, 아니냐는 문제를 결정한다.

이규환 씨는 무세 소리를 듣고 맨 처음으로 메가폰을 들었다. 그것이

〈춘향전〉의 영화화다.

여기서 좀 생각하기로 하자.

왜냐하면 〈춘향전〉은 우리나라의 대표적인 고전일 뿐만 아니라 누구나 그 로맨틱한 이야기의 줄거리를 다 알고 있다. 그래서 관객은 선전하지 않아도 한번은 와볼 것이라고 착안한 데서 착수한 것 같은데 이것은 그리 훌륭한 영화 작가의 계획이 아니라고 나는 생각한다.

전후 이태리의 사정과는 다를지 모르지만 우리 영화 작가들이 어찌하여 안이성에만 사로잡히는지 모를 일이다.

동란을 겪는 사이 우리 주변에서는 많은 사건과 감동적인 현상이 일어났다. 영화는 적어도 어떤 시대적 욕구와 사념을 그 속에 묘사하여야 되고 솔직히 말하여 〈춘향전〉의 이야기는 골머리가 날 정도로 듣기 싫게 되었다.

무세 제1착의 제작인 까닭에 나는 〈춘향전〉의 완성과 그 가치가 좋을 것을 바라 마지않지만 적어도 감독자는 '새로운 세대'에 알맞은 것을 주제로 하여 지금까지의 한국 영화와는 방향이 다른 신선한 작품을 만들기를 바란다.

전창근 씨는 우리가 이해할 수 있는 특이한 감독이다.

지금까지의 작품으로서 쉽게 운위할 수 없지만 타성적인 작품을 만들지는 않을 것이다.

속히 작품에 손을 대는 분은 아니지만 우리의 기대를 역시 그에게 주지 않을 수 없다.

8·15해방 후 김소동(金蘇東) 씨를 비롯해서 신경균(申敬均), 한형모(韓瀅模), 이만흥(李萬興), 신상옥(申相玉), 김한일(金漢日) 씨 등 일련의 신진 감독이 나왔다. 지금까지 대개가 1, 2편의 극영화를 만들었으나 문제시될

작품은 하나도 없고 그러한 까닭에 그 기능이나 역량도 미지수이지만 역시 앞으로의 한국 영화는 이분들이 그 결정적인 사명을 걸머지고 있다.

그중에서도 가장 착실한 분이 김소동, 신상옥 씨다.

김 씨는 최근에 와서 작품에 손을 대지 않고 있으나 제대로 영화의 이론과 실제를 파악하고 있는 분은 별로 없을 듯하다.

신 씨는 현재 작가 중에서 제일 연소하다. 〈악야(惡夜)〉는 별로 가치가 없었고 신작 〈코리아〉는 한국 영화의 새로운 시도이며 그중 〈춘향전〉의 신이라든가 영화 편집 기술상 좋은 성과를 거두고 있다.

여하간 이들 감독은 한국 영화의 주요한 포스트를 잡고 있으며 신진이라는 견지에서나 그들의 의욕에 있어서도 그 장래를 우리들은 축복하여야만 될 것이다.

좋은 제작자와 손을 잡고 연출하는 것 외에는 걱정할 것 없이 일을 한다면 구태의연한 선배 작가보다는 의의 있는 일을 충분히 할 수 있다고 나는 생각하는 바이다.

이들보다도 앞으로 더 실력 있고 훌륭한 작가가 나올지도 모르나 영화 감독은 일조일석에 될 수는 없고 그저 현재의 몇몇 작가들이 진실한 한국 영화 발전을 위하여 진지한 노력을 아끼지 않는다면 차라리 그것을 다행한 일이라고 생각하겠다.

이 항의 마지막으로 이용민(李庸民), 이병일(李炳逸) 씨를 기억하기로 하자. 두 분은 일제 시부터 현재까지 가장 충실한 일을 하여왔으며 이용민 씨의 위치는 앞으로 한국 영화의 대외적인 자랑이 될 것이다. 이병일 씨는 오랫동안 할리우드에 체재하여 아메리카의 영화 기술을 체득하고 왔다. 앞으로 촬영소의 창설도 계획하고 있고 좋은 작품엔 감독도 하겠다는 것이 그의 구상의 하나인 것 같은데 아마도 우리들은 이 두 분의 눈부신 활동에 관심을 집중하게 될 것이다.

시나리오의 문제

한국에는 시나리오 작가가 한 사람도 없다. 6·25 전에 최영수(崔永秀) 씨가 계셨으나 납치되었고 오늘날까지 영화에 '각색'으로 되어 있는 사람은 모두 신인인데 이름을 기억할 만한 사람이 하나도 없다.

그러기 때문에 거의 알려지지 않고 시나리오뿐만이 아니라 영화의 양식, 장면의 전개 등도 모르는 사람이 시나리오를 썼다. 심지어 영화가 감독에 의하여 촬영된 후 녹음 시에 할 수 없으니까 시나리오라는 명색의 것을 쓴 것이 한두 가지가 아니다. 지극히 서글프고 창피한 일이며 이것은 즉 어제까지의 한국 영화의 질적 수준을 하기(下記)하고도 남음이 있다.

나는 영화를 제작하는 데 제일 먼저 조건은 시나리오에 있다고 본다.

우선 시나리오의 가부에 의하여 좋은 영화의 구분이 성립되는 것이다. 여기서 그것이 오리지널리티한 시나리오일 경우도 있고 다른 원작을 어댑테이션한 시나리오도 있는데, 여하튼 〈제3의 사나이〉나 옛날의 〈페페르 모코〉나 〈무도회의 수첩〉처럼 시나리오는 중대한 영화의 요소이다.

한국 영화 제작자나 감독들도 서로 '시나리오의 빈곤'을 한탄하지만 그들에게도 그 모순이 있는 것이다.

제작자나 감독이 영화 제작 활동을 간단(間斷)없이 해왔다면 시나리오 작가도 그리고 작품도 나왔을 것이다.

내가 아는 일본인은 예전에 시나리오 공부를 했으나 영화가 나오지 않을 곳에서 시나리오를 쓴다는 것이 스스로 어리석은 일이라 생각해서 펜을 버리고 말았다. 즉 이것도 웃지 못할 현실이다.

앞으로의 영화에 좋은 시나리오를 바라는 것은 얼마간은 가망 없는 일일지 모르나 여기에는 많은 소설가와 시인의 참가가 필요할 것이다.

일본은 그다지 그렇지 않아도 영·미에서는 소설가, 극작가들이 시나리오 작가로서 많은 협력을 하고 있고 또한 우수한 작품을 발표했다.

영화의 숙명을 해결하는 최선의 길은 좋은 시나리오에 있으며 이 시나리오를 감독이 어떻게 처리하느냐에 달려 있다.

몇 사람의 시인과 평론가가 시나리오를 써보려고 노력한다는 이야기를 듣고 반가워했으나 역시 지금 활동하지 않고 있는 오영진(吳泳鎭) 씨 같은 분을 중심으로 '시나리오 연구회' 같은 것을 만들어서 집필하는 분이 많이 나온다면 이 황무(荒蕪)에 가까운 시나리오 분야는 다소 개척될 수 있지 않을까.

시나리오가 없는 영화를 바란다는 것은 처음부터 이야기가 되지도 않고 무모한 노릇이다.

신문이나 잡지에서도 시나리오 모집을 해서 기중(其中) 우수한 것이 있으면 영화 제작자에게 선택시켜주는 것도 한국 영화 문화를 위하여 힘써주는 방도인 것으로 나는 생각한다.

배우의 문제

영화 관객의 대부분은 출연하는 배우를 보러 갈 때가 많고 영화의 표면상의 전 역할은 배우의 부문이다. 그렇기 때문에 전기(前記)한 어떤 것과 마찬가지로 배우도 중요하다.

한국 영화를 말할 때 배우가 없다는 소리를 들은 적이 한두 번이 아니다. 이것도 지금까지 한국 영화의 부진에서 기인되는 일이다.

즉 영화가 없는 연기자가 있을 수 없고 지금까지의 영화 연기자는 그들의 생계조차 유지할 수가 없었다.

전택이(田澤二), 송억(宋億), 구종석(具宗石)[1], 황남(黃男), 이집길(李集吉), 김일해(金一海) 씨 등이 오늘날까지의 영화에 출연했고 최은희(崔銀姬), 김신재(金信哉) 씨 등이 히로인이 되었다. 하나 그들의 연기력이란 보잘것이 없는 것이다. 감독의 지도 방법도 그리하였지만 처음부터의 소양이나 영화에 대한 체험상의 부족이 이들로 하여금 마이너스를 주게 하였다. 이것은 비단 각 개인의 문제가 아니고 한국 영화의 지나간 족적을 말하는 것이라 하겠다.

'무세'를 계기로 영화 제작이 활발하여지면 자연히 배우들도 발전할 것이며 새로운 지망자들도 나타날 것이다.

그리하여 배우에 대한 문제는 이 정도로 논급하여둔다.

한국 영화의 새로운 출발의 시기는 드디어 왔다. 그렇다 하여 무작정 영화를 만든다면 과거와 미래의 차이는 별다름이 없을 것이며 외화의 침입 아래 국산 영화는 고경(苦境)에 빠지고 우리나라 영화는 또다시 그늘진 문화의 구석에서 멸시받게 된다.

여기서 나는 영화인의 반성과 그들의 참다운 준비의 시간이 필요하다는 것을 이야기하고 싶다.

이태리의 영화인은 파시즘 치하에서, 불란서의 영화인은 레지스탕스 운동을 하면서도 다음 날에의 계획을 버린 적이 없었다. 그래서 이들은

---

1 원본에는 '구종길(具宗吉)'로 표기됨.

〈무방비 도시〉니 〈자전거 도둑〉, 그리고 〈정부 마농〉이나 〈패배자의 최후〉와 같은 작품을 세상에 내놓았다.

이러한 예를 우리나라 영화인도 본받아 새 세대의 한국의 영화, 아니 전 세계 사람이 즐거이 볼 수 있는 영화를 목표로 하여야 될 것이다.

감독이나 배우가 물주를 구하는 시대도 지났고 시나리오를 녹음을 하기 위해서 쓰는 일은 또다시 없기 바란다.

좋고 참다운 제작자가 나와야 하며 영화인은 이들을 찾기에 힘을 경주하여야 한다.

그래서 건실히 조직된 기구 아래서 마음 놓고 '사업'도 '예술'도 하여야만 된다.

이것이야말로 영화계의 당면 과제이며 한국 영화의 장래를 지금보다 우위한 처지에 올려놓는 가장 적합한 일이라 할 수 있을 것이다.

이때 낡아빠진 인습에 젖은 영화인은 물러 나가고 영화계에 참다운 신풍(新風)이 불 것이다. (필자 시인)

『신천지』 9권 5호, 1954년 5월 1일)

한국 영화의 전환기
— 영화 〈코리아〉를 계기로 하여

　오랜 진통의 시기는 떠나고 한국 영화는 바야흐로 소생할 수 있는 시기를 맞이할 수 있게 되었다. 그것은 입장료 무세(無稅)에서 온 전 영화인의 감격과 이에 따르는 정신적 변동이다.

　물론 장래에 관하여 확언(確言)할 수는 없으나 지금까지 경제적 고통에서 신음하고 그늘진 문화의 변경(邊境)에서 허덕이던 영화인은 좋은 조건의 하나를 획득할 수 있게 되었고 이 조건은 영화 제작의 하나의 모멘트임이 틀림없으므로 제작은 지극히 용이한 상태가 된 것만은 믿을 수 있는 일이다.

　나는 수일 전 영화 〈코리아〉의 러시'와 그 음악 및 해설 녹음을 구경했다. 촬영은 근 20개월간을 두고 했으나 전체적인 완성은 '무세(無稅)'가 결정된 최근의 일이며 그리하여 이 영화는 참으로 의의 있는 시기에 상영될 최초의 35밀리 장편이다. 감독은 전에 〈악야(惡夜)〉를 만든 신진 신상옥(申相玉) 씨다. 나는 그의 전(前) 작품이 실패된 작품으로 지금까지도 기억되

1　원본에는 '랏수'로 표기됨. 러시 : 편집이 안 된 영화 필름.

는데 〈코리아〉에서는 면목을 일신하고 있다. 먼저 35밀리인 관계로 화면이 선명하며 내용과 대상이 보는 사람의 감흥을 돋운다. 그 테마는 우리들이 자랑할 수 있는 신라 시대에서 이조에 이른 문화적인 유물과 춘향전 및 처용의 노래를 소개한 것이다.

그리고 현대에 와서의 제(諸) 사건을 단편적으로 삽입시키고 있다. 그러므로 순전한 극영화도 기록영화도 아닌 지금까지의 영화의 양식에서는 완전히 다른 파격적인 스타일을 가지고 있다. 나는 이 영화의 예술성의 우열을 여기서 말하는 것보다는 영화가 표현한 대상의 세계가 한국 사람의 절실한 감정과 우리들에게서 점차 사라져가는 옛날에의 추억을 다시금 사로잡아주고 있다는 데 경의를 표하고 싶다.

신상옥 씨는 지금까지 미지수의 작가이었으나 그중 춘향전 연출은 확실히 오리지널한 수법을 구사했으며 여러 석불(石佛)과 건물의 촬영에 작가로서의 높은 심미안을 발휘하고 있다.

김동진(金東振) 씨의 음악은 이 영화의 압권이 될 것이다. 그는 영화 음악이 가지는 특수한 묘사 방법으로써 화면 전개를 돕기 위하여 새로운 작곡과 편곡을 했다. 대개의 우리 영화가 외국 음악의 레코드로 효과를 한데 반하여 훌륭한 시도였다는 것을 말하고 싶다.

〈코리아〉에서는 영화로서 이해치 못할 몇 점도 있다. 즉 시각적인 표현에만 빠져 그 사념과 메커니즘을 통한 작용이 없고 장편영화의 주요한 조건인 플롯(여기에서는 스토리의 윤곽)이 관객을 끌고 가기에는 다소 박약하다. 그리고 구상이 명확한지 또는 애매한가에 달려 표현은 완전할 수도 있고 불순할 수도 있다는 부알로의 시론(詩論)[2]처럼 내가 보기에는 신 감

---

2 프랑스의 시인 · 문학평론가인 Nicolas Boileau의 『시학(L'Art poétique)』.

독의 전체적인 구상이 명확하지 못하다. 그래서 사물에 대한 통찰력이 외향적인 데 그치고 있는 감을 느꼈다. 이것은 자칫하면 그림엽서와 같은 인상을 줄 우려도 있는 것이다.

하나 〈코리아〉는 고난의 시기에서 온갖 저해를 무릅쓰고 우리의 앞에 나왔다. 프로듀서 정화세(鄭和世) 씨는 이 작품이 처음이다. 오는 새 시대의 영화가 바라던 의욕적이며 양식 있는 제작자의 한 사람으로서 이 영화를 사회에 던졌다. 그리고 시련의 첫 계제를 여기서 얻고자 하는 모양인데 그의 전도에 영광 있기를 바라는 사람은 비단 나 한 사람뿐만이 아닐 것이다.

너무 〈코리아〉에 관하여서만 썼다. 이것은 황무지에 가깝던 한국 영화계에 오래간만에 나타난 35밀리 신작이며 작품 자체에도 문화적인 의의가 있으니깐 할 수 없는 일이다. 한국 영화는 〈코리아〉에서도 증명된 바와 같이 바야흐로 그 전환기에 들어갔다. 이젠 화면이 어두운 16밀리로 제작하지 않아도 제법 수지(收支)를 균형시킬 수 있게 되었고 영화인이 이제까지의 우울했던 기분도 청신하게 전환하여야 한다. 영화 제작에서의 낡은 관념의 하나인 선전 목적이나 계몽 목적하에서만 만든 시기와의 작별이 필요하게 된 것이다.

영화 작가로서의 또는 연기자로서의 창의성과 예술성을 자유롭게 표현하여야만 되고 항상 말하던 안이한 향토성과도 이젠 손을 끊어야 한다.

한국적이라고 자랑하던 것…… 말하자면 다 쓰러져가는 농촌에서 지주에게 딸을 빼앗기는 농부의 서러움이나 강가에 배가 있고 수양버들 밑에서 울고 있는 처녀의 이야기…… 이러한 일련의 개념성을 버리고 새 시대가 욕구하는 현실과 미래에 걸친 참다운 인간 사회를 우리 영화인은 필름에 기록하고 표현하여야 할 것이다.

영화를 만들 좋은 때가 왔다고 입으로만 떠들지 말고 좋은 제작자를 발견하고 오랜 울적한 심정을 작품으로서 청산하는 일만이 한국 영화인들에게 남은 사명일 것이다.

영화 〈코리아〉는 아마 앞으로 많은 시비의 초점이 될 것이나 우리의 지나간 문화재와 정서를 다시 한 번 상기시키는 데 도움이 되었고 전환기에 든 한국 영화계에 한 점의 푸른 시그널이 될 것이다. (사진은 〈코리아〉의 일장면)

(『경향신문』, 1954년 5월 2일)

앙케트

1. 좋아하는 남우(男優)

국내 : 없다

국외 : 험프리 보가트(미), 헨리 폰다(미), 장 마레(불)

2. 좋아하는 여우(女優)

국내 : 물론 없다.

국외 : 미셸 모르강(불), 엘리자베스 테일러(미), 다니 로방(불), 조안 크로
포드(미)

3. 좋아하는 감독

프랭크 캐프라(미), 캐럴 리드(영), 앙리 조르주 클루조(불), 존 휴스턴
(미 · 영)

4. 인상에 남는 영화

〈제3의 사나이〉(영), 〈젊은이의 양지〉(미), 〈정부 마농〉(불), 〈밀회〉(영), 〈자전거 도둑〉(이), 〈지상으로부터 영원히〉(미 – 미봉절(未封切))

5. 인상에 남는 연극

없습니다

(『신태양』 3권 4호, 1954년 8월 1일)

영국 영화

영국 영화는 제2차 대전 후 많은 우수한 작품을 제작함으로써 영화예술의 발전을 돕고 있다. 확실히 전전(戰前)의 영화와는 그 기법이나 제작 계획에 있어 다른 각도로 발을 디디고 있다.

영화 제작의 조직으로서는 구라파 대륙 제국(諸國)과 미국 영화의 중간이라고 할 수 있는 회사 시스템을 가지고 있으나 그중에는 자유로운 독립 프로덕션제(制)를 만들고 있으므로 따라서 작품에는 제작자나 감독의 개성이 나타나는 것이 많다. 그러한 예는 런던 필름에서 캐럴 리드가 감독한 〈제3의 사나이〉나 데이비드 린의 〈밀회〉와 〈올리버 트위스트〉 같은 데서 찾아볼 수가 있다. 이러한 영화(우리나라에서 상영된 것만 가지고 말함)는 제작자와 감독의 개성만이 아니고 2차 대전 후의 영국 영화의 질적 수준을 향상시키고 나아가서는 예술적인 작품을 자국의 영화로서 찾으려는 의욕이라 할 수 있다.

영국 영화는 미국과는 달리 스타 시스템(배우 중심)의 작품이 적다. 물론 비비안 리나 로렌스 올리비에와 같은 이름난 스타도 있으나 그들은 국민적인 예술 작품을 만들어서 그 가치로 해외에 수출하려고 하고 있으며 그 결과는 좋은 성과를 거두었다.

스타 시스템을 취하지 않으면 자연 영화는 감독과 시나리오의 중심이라고 할 수밖에 없다. 이것은 영국 영화의 하나의 전통적인 습관이며 특히 독립 프로덕션에서는 제작비를 절약하기 위해 배우 중심은 생각지도 못한다.

전기(前記)한 국민성(國民性)적인 영화는 즉 그들이 일반적으로 보아 다른 예술과의 교섭이 깊고 진실을 자유롭게 표현한다는 정신이라 할 수 있고 인간 탐구를 위하여온 구라파 문화의 표현일 것이다. 민족의 전통에서 벗어난 어떠한 작품도 예술이라고 볼 수 없는 영국 영화의 모토는 미국 영화의 경우와는 좋은 대조가 될 것이다.

2차 대전 중에서부터 후에 걸쳐 영국에서는 많은 대미(對美) 친선을 의도한 작품을 만들었다. 우선 우리들이 본 것 중에서도 〈비수(悲愁)〉 〈천국의 계단〉 등이 있는데 이것은 영국인의 선의의 정신을 단적으로 말하는 동시 영국 영화의 시장 확장을 위한 것이라 하겠다. 대전 중 영국인은 지금까지 그 인간 생활이나 문화 전통상 미국을 그리 좋아하지 않았으나 많은 군사 및 경제적 원조로써 승리를 얻었다. 그래서 영화는 국민적 감사의 뜻을 표현하였고 이런 영화는 미국에서 환영을 받았다. 별로 미국에서 상영되지 않았던 영국 영화도 많이 수출되고 그 때문에 얻은 수입은 영국 영화 발전에 도움이 되었다는 것은 내가 말하지 않아도 누구나 생각할 수 있는 일이다.

현재 영국 영화는 순수로운 기술면으로 볼 때 미국 영화보다는 떨어진다. 하나 그들에게는 소화하고 예술화할 능력이 있는 것이다. 물질적인 기술을 커버할 수 있는 유능한 인재가 많이 있는 것이다. 비단 영화가 기계 예술이라고 해도 기계를 움직일 수 있는 것은 사람의 지능이며 그러한 면에서 영국 영화에는 우수한 사람들이 전후에 속속 모여들었다.

우리나라에 해방 후 처음 소개된 영국 영화는 게인즈버러 제작인 〈카라반〉 〈요부 바바라〉 등이었는데 그리 좋은 작품이라고 할 수 없었다. 그러나 전전의 영화와 다른 점을 쉽게 찾을 수 있었으니 그것은 작품이 가지는 "어두움"이었다. 전후의 영국인은 승리 거두었으나 오랜 전재(戰災)에 시달린 심리적인 암흑의 세계는 벗어날 길이 없었다.

그 후 대개의 여러분들이 보았을 것으로 믿는 데이비드 린 감독의 〈밀회(Brief Encounter)〉는 전후 세계 각국의 작품을 통해서도 우수한 작품이다. 영국 영화를 유명하게 한 기법의 하나인 나라타주'를 전면으로 활용하여 훌륭한 구성을 하였을 뿐 아니라 격정에 넘치는 두 기혼 남녀의 사랑의 이야기는 보는 사람을 감동케 한다. 감독 린은 그 후에도 〈위대한 유산〉 〈올리버 트위스트〉 〈초음 제트기〉 등을 만들었으나 아마도 〈밀회〉가 그의 최고 작품이 될 것이며 이것은 전후의 영국 영화의 수준을 상징하고 있다 해도 과언이 아니다. 더욱 말하고 싶은 것은 스토리의 문제다. 평범한 사랑의 줄거리를 린은 강인한 연출로써 깊이 파고 들어가 조금도 그 긴박감을 풀리지 않게 하고 불란서나 미국 영화에서 흔히 묘사되는 육체의 세계를 피하여 어디까지나 순수한 감정과 이지적인 애정으로 그린 점이다. 이것은 영국의 국민성과 도덕관념의 전통을 높이 나타낸 것으로 나는 생각하고 있다.

---

1 narratage : 주인공이 옛일을 회상하며 이야기하면서 화면이나 정경을 이중 화면으로 표현하는 영화 기법.

다음은 영국에서 가장 특색 있는 프로덕션으로 이름난 아서스사(社)가 1948년에 제작한 〈분홍 신(The red shoes)〉의 반향이다. 안데르센의 동화에서 취재하여 일관성 있는 스토리로 전개되는 이 발레 영화는 전후 최대의 기획성을 가진 색채 영화로서 미술과 음악은 아카데미상을 받았다.

지금까지 영국 영화는 시장 관계로 그리 대작을 만들지 않았으나 유명한 프로듀서 J. 아서 랭크는 〈분홍 신〉을 계기로 영국 영화의 세계 진출과 미국 대회사 시스템과의 대항을 시도하여 성공했다. 제작, 감독을 한 마이클 파웰과 에머릭 프레스버거는 42년에 아서스 프로를 결성하여 제작, 연출, 각본에 대한 책임을 분담하고 〈흑수선〉〈천국의 계단〉, 그 후엔 〈호프만 이야기〉 등의 명작을 발표하였다.

〈분홍 신〉은 웅장하고 호화로운 데서 다른 나라에서는 볼 수 없는 무대를 만들고 발레의 장면 구성은 전인미답의 기이한 연출을 했다. 음악 연주 지휘를 한 토머스 비첨은 말할 것도 없이 영국이 낳은 현대 최대의 지휘자이며 그는 이어 〈호프만 이야기〉의 음악 연주까지도 맡아보았다. 〈분홍 신〉과 아울러 〈천국의 계단〉의 색채 영화는 영국 영화의 색채 기술의 우수성을 자랑하고도 남음이 있으며 그 촬영자 잭 카디프는 원색과 중간색을 교묘히 사용하여 색채를 가진 영화에 새로운 세계를 창조하는 데 성공했다. 그리하여 최근에 상영된 〈판도라〉의 아름다움도 역시 그의 노력의 성과이며 카디프의 영향은 미국에까지 미치고 있는 것이다. 여하간 〈분홍 신〉을 처음으로 한 상기한 영화는 프레스버거와 파웰의 현대적인 아방가르드 정신이며 가장 정통적인 영화예술의 결정이라 할 수 있다.

〈헨리 5세〉와 〈햄릿〉(아서 랭크 제공)은 영국 영화만이 제작할 수 있는 셰익스피어 작품인데 그것이 모두 훌륭한 영화로서 우리들 앞에 나타났다. 〈헨리 5세〉에서는 테크니컬러의 성질을 인공에 의한 배경으로 완전히 살리겠다는 착상이 성공했으며 아마도 로렌스 올리비에는 〈햄릿〉보다도 이 영화에 의하여 불후의 이름을 남길 것이라는 의견도 있는 것이다. 하나 연기에 있어서는 역시 〈햄릿〉을 평가하지 않을 수 없다. 올리비에는 세계 적으로 영국을 대표하는 연기, 연출, 제작자이며 그는 〈햄릿〉의 비극적인 심리 연출을 흑백 영화로 제작한 데 성공한 단 한 사람이다. 이 영화 역시 전후의 영화 중의 금자탑이며 영국 영화의 위치를 높이었다. 그리고 〈햄 릿〉에는 펠릭스 아일머, 배질 시드니, 노만 울란드와 같은 우수한 무대 배우가 출연하고 있는데 이것을 셰익스피어 작품에 있어서는 중요한 일 이며 영화배우만의 영화가 아니며 스타 중심의 영화에 그리 찬동치 않는 영국 영화의 특징이라고 생각할 수 있는 것이다.

지난 3일에 상영된 〈제3의 사나이(The 3rd Man)〉는 아마도 근래의 최고 작품이 될 것이다. 알렉산더 콜더의 런던 필름사에서 캐럴 리드가 감독한 그레이엄 그린 원작, 시나리오인 이 작품은 영화예술의 모든 극치를 종합 하고 있다. 패전 후의 빈(비엔나)의 혼돈된 사회와 인간을 배경으로 전개되 는 화면은 시각적인 숏과 숏의 집적으로도 긴박감(스릴러적 수법)을 두텁게 하고 있다. 미국의 셀즈닉도 제작자의 한 사람으로 참가한 탓인지 지금 까지 취하여 오지 않았던 스타 시스템을 한 것도 이색스러운 점이며 더욱 이 영화는 실지로 현지에 가서 촬영하였다. 인상적인 빈의 풍경, 거기서 살아가는 인간과 그들의 성격 묘사의 치밀성, 아마도 영국 영화만이 그려 낼 수 있는 경지가 아닌가 나는 믿는다. 그레이엄 그린은 현대 영국의 대 표적인 작가이며 캐럴 리드는 〈떨어진 우상〉과 아울러 〈제3의 사나이〉 두 편을 감독했다. 여기서 우리들이 쉽게 알 수 있는 것은 문학과 영화의 제휴인 바 이처럼 잘 융합된 작품은 이번이 처음이 될 것이다. 얼마 전 미 국에서 영국으로 건너간 존 휴스턴의 〈물랭루주〉를 보았다. 이것은 환락의 거리 파리 몽마르트에서 그 비애로운 생애를 보낸 화가 로트레크의 전기(傳記) 영화인데 그 색채 처리나 연출에 있어서 또 다른 영국 영화의 신경지를 발견하였다. 존 휴스턴은 〈아프리카 여왕〉 〈악마를 치워버려라(Beat the Devil)〉 등의 문제작을 영국으로 건너간 후 만들고 현재는 데이비드 린, 리드와 아울러 가장 대표적인 지위를 차지하고 있는 기이한 작가이다. 앞으로 이 세 사람의 활동이 영국 영화의 운명을 걸머지고 있다고 나는 생각한다.

제한된 매수 관계로 자세히 쓸 수 없었으나 영국 영화는 앞으로 어떠한 나라의 영화보다도 예술적으로 발전할 것이다. 나는 여기서는 좋은 작품을 예로 하여 좋은 부면(部面)만 적고 말았다. 좋은 면을 살펴보는 방법을 우리들은 우선 배워야 할 것이다. 끝으로 〈전율의 7일간〉의 존 불팅, 〈시저와 클레오파트라〉의 가브리엘 파스칼, 처(妻) 안나 니글을 주연작으로 하는 허버트 윌콕스, 〈탈주병〉의 란스 콤포트, 〈판도라〉의 앨버트 루인 등의 감독의 이름을 기억하기로 하자. 이것은 스타 중심이 아닌(요즘은 차차 그런 경향이 적어졌으나) 영국 영화를 감상하기 위해서는 감독의 연출 여하가 큰 역할이 되기 때문이다.

(『현대여성』 제2권 제7호, 1954년 8월 1일)

몰상식한 고증

— 〈한국동란의 고아〉[1]

　나는 영화를 볼 적마다 그 작품이 지니고 있는 문화성이나 시대성을 잘 생각해본다. 물론 이러한 것만을 살펴보는 것이 영화 비평의 기준이라고 할 수는 없으나 적어도 단순한 오락의 경우를 제외하고서는 어떠한 작품에서도 무시할 수 없는 일이기 때문이다. 최근 아메리카의 영화 〈한국동란의 고아〉라는 작품을 보았다. 원래 이름 없는 개인 프로덕션에서 더욱 무명에 가까운 사람들이 만든 작품이기 때문에 보지 않으려 했으나 우리에게 관심 있는 이번 동란을 배경으로 전개되는 것이라고 하므로 하나의 호기심으로 보고 크게 놀라고 참으로 불쾌하기 짝이 없었다. 아메리카 영화는 경우 만능적인 상업주의에 흐르고 있다고 할 수 있으나 이 영화처럼 비양심적인 작품은 해방 후 처음 접한다. 영화는 소재를 지나간 동란에 두고 있으면서도 한국의 풍물적인 배경은 전연 그리지 못하고 전쟁이 하는 것을 하나의 유희나 스포츠처럼 불성실하게 묘사하고 있다.

1　원본에는 〈한국전란의 고아〉로 표기됨.

사건의 절반은 절간(사원)에서 벌어지고 있는데 그 사원은 참으로 가상적(架想的) 구기(嘔氣)가 생길 정도의 유치한 세트이며 이것은 그들 제작 스타일이 한국에 관해 아무런 상식도 없이 만들었다는 것을 단적으로 말한다. 당내(堂內)의 불상은 마치 아메리카 인디언 제로니모[2]와 같은 모습이며 벽에 씌어진 한자나 우리 국문은 그 자체(字體)를 온 세계의 어떠한 나라의 문자에서도 찾을 수 없다. 물론 우리의 입장과 제작자의 의도와는 구분되어 있는 것이라 하겠으나 다른 나라에서 상영된다면 모르되 한국의 풍속을 이와 같이 왜곡시켜놓은 것을 우리나라 관객이 본다는 것은 지극히 불쾌한 일일 것이다. 나는 아메리카의 영화가 얼마나 무식한가를 새삼스럽게 느끼었다. 이와 같은 몰상식한 영화 작가가 있으므로 아메리카 영화는 많은 오해를 받고 그 문화성의 진의에까지도 의심을 받게 된다. 더욱이 금반(今般) 전란으로 많은 한국 풍경과 전선의 양상이 소개(紹介)되었음에도 불구하고 이 영화에는 어느 한 곳도 참고되어 있지 않다. 겨우 의복이 비슷하나 그것도 3, 40년 전의 옷차림이며 오늘날 갓을 쓰고 전선을 헤매는 자는 게릴라대(隊)에도 없다. 더욱 고아로 분한 소년은 한국의 불쌍하고 순진한 고아가 아니라 때에 젖은 거의 교활에 가까운 중국 소년이라는 것을 쉽게 알 수 있었다. 이러한 것이 영화의 실패를 전부 나타내고 있지는 않으나 이 영화는 처음부터 논의의 대상이 되지 못한다. 나는 이 영화를 보고 참으로 울분했다. 더욱이 원명(原名)인 〈철모(鐵帽)〉를 〈한국동란의 고아〉로 고친 것을 알 때 시사성을 노려 대중을 처음부터 기만한 업자의 비양심을 꾸짖고 싶다.

---

2 Geronimo(1829~1909년) : 아파치족 영토를 계속 잠식해 들어오던 멕시코와 미국을 상대로 투쟁했던 아메리카 원주민의 지도자.

이러한 영화에서는 예술이라는 것은 고사하고 조그마한 문화성도 시대성도 엿볼 수 없으며 그저 널리 알려진 한국 전란을 이용한 가치 없는 상품에 지나지 않는다.

(『한국일보』, 1954년 9월 6일)

〈물랭루주(Moulin Rouge)〉[1]

현대 세계 영화계에서 우수한 영화감독 5명을 선정한다 하면 그 속에 반드시 존 휴스턴을 뽑지 않을 수가 없다. 우리나라에는 존 휴스턴의 작품은 특히 최근에 겨우 소개되었다. 즉 그의 감독 제1작은 〈말타의 매〉[2]인 바 이것은 그 주제를 대실 해밋의 동명 원작에서 얻은 것이다.

해밋은 내가 여기서 설명하지 않아도 널리 알려진 하드보일드[3]에 속하는 탐정 작가이며 휴스턴이 그의 처녀작으로 〈말타의 매〉를 영화화하였다는 것 역시 그가 하드보일드의 정신을 지니고 있다는 증좌이며 결국 작품에 나타난 것도 그러한 세계임은 다시 말할 필요가 없다.

---

1 프랑스 파리의 뮤직홀과 댄스홀. '붉은 풍차'란 뜻으로 1889년 문을 열었다. 음악당으로 바뀌었다가 현재는 극장이 됨. '물랭루주'를 소재로 한 영화 〈물랭루주〉는 1928년, 1934년, 1939년, 1944년, 1952년, 2001년 만들어졌다.
2 원본에는 〈말타의 비보(秘寶)〉로 표기됨. 다른 원고에서는 〈말타의 비밀〉로 쓰기도 했는데, 이 전집에서는 모두 〈말타의 매〉로 표기한다.
3 hard−boiled : 감정을 드러내지 않는 냉담한 태도.

휴스턴은 그 후 〈황금〉〈아스팔트 정글〉〈아프리카의 여왕〉 등의 작품을 감독했다. 이러한 작품의 성공은 그로 하여금 최일선의 작가적 지위를 주었을 뿐만 아니라 정확한 영화 기법에 의한 연출 수법은 할리우드의 최대의 예술가로 만들어졌다.

나는 〈말타의 매〉를 접한 후 무조건에 가까울 정도로 휴스턴을 지지하여왔으며 그의 작가적인 이질성이 마음에 들었다. 그러던 차에 화가 로트레크의 전기에 취재한 〈물랭루주〉를 보게 되었다. 원작은 피에르 라 뮈르의 『물랭루주』이며 1950년의 베스트셀러인 것을 영국의 프로듀서 제임스 울프가 그 무렵 영국에 있던 휴스턴에게 말하자 그는 즉시에 승낙하였다고 한다. 그래서 휴스턴은 뉴욕에 돌아와 주역으로 생각했던 호세 페레에 전화를 걸었더니 페레 역시 "그 역은 내가 할 역이다"라고 즐거워했다. 휴스턴은 이 영화에 나오는 여우(女優)들은 될 수 있는 한 불란서의 여우를 쓸 것을 희망했으며 색채도 로트레크의 색조를 내는 데 고심하여 그것도 성공되어 있다.

환락의 거리 몽마르트르를 배경으로 파리의 풍속과 로트레크의 비참한 사랑과 예술의 생애를 그린 이 영화는 휴스턴이 아니면 도저히 그려낼 수 없는 훌륭한 작품이라고 나는 우선 말하지 않을 수 없다. 그것은 먼저 경이적인 색채 처리일지도 모른다. 되도록 중간색을 내는 데 애를 썼으며 참으로 단순화되고 로트레크의 그림처럼 회색을 기조로 하고 있는데 이것은 엘리엇 엘리소폰이 색채 감독을 한 탓도 있겠지만 영국의 색채 영화의 전통을 잘 표현하고 있는 것이라 하겠다. 엘리소폰은 미국 『라이프』지의 컬러 사진을 담당하고 있는 사람이다.

이 영화의 주인공인 로트레크는 19세기 불란서 화단에서 가장 중요한 위치를 차지하던 화가이었다. 귀족의 아들로 태어나 어려서 기형아로 되고 파리에 나가서는 매일처럼 물랭루주에서 지냈다. 그는 물랭루주에서 일하는 댄서나 그 분위기를 사랑하고 어떤 자학적인 기분으로 폭음한 끝에 창가(娼家)에서 밤을 보냈다. 그는 여자의 진실한 사랑에는 거의 접하지 못했으나 항상 자기는 마음과 행동으로 상대의 여자를 사랑했다. 영화는 물론 실재의 로트레크를 다소 극적으로 그리고 있다. 즉 라스트 신 전람회는 1901년 그가 죽은 후에 개최되었으며 재세(在世) 중에는 루브르 전람회에서는 없었다. 또 한 가지 그의 전기를 읽으면 세간적(世間的)인 일의 대부분을 창가에서 명령했다고 한다. 중요한 서류에 서명할 필요가 있어도 법률가를 우정 창가에까지 불렀으며 그는 모자를 쓴 채 나체로써 수명의 여자 나체를 묘사하였다 한다. 여하튼 이러한 실재와 영화는 개별의 것이겠으나 나는 감상을 위한 참고로서 적을 뿐이다.

이 영화의 훌륭한 신은 한두 곳이 아니다. 처음 캉캉 춤의 오랜 묘사에서 물랭루주를 소개하는 방법은 압도적인 것이라 하겠다. 담배 연기와 조명의 효과로 그려진 주장(酒場)의 분위기는 아직까지의 영화에서 보지 못한 훌륭한 것이며 마리(콜레트 마르샹)가 뛰어나가 버린 후에 2층에서 내려다보는 몽마르트르와 뒷길의 표현은 로트레크의 색조에서 본 위트릴로의 몽마르트르 풍경을 그대로 나타내고 있다. 그리고 원화(原畵)인지 복사인지는 몰라도 수많은 작품으로 몽타주되는 장면은 참으로 효과적이며 이러한 한 가지 예로서 미루어 보더라도 이 영화 제작 스태프가 얼마나 성실하게 노력하고 있다는 것을 알 수 있다.

이 영화의 중요한 특징의 하나는 서민성의 묘출(描出)일지도 모른다. 로트레크는 혈족 결혼 관계에서 온 탓인지 어려서부터 체질이 약했다. 그것이 최근에는 응접실로 가는 낭하(廊下)에서 쓰러져 왼편 다리를 부러뜨리고 바른편 다리는 개천(溝)에 빠져 부러졌다. 부친은 그 때문에 불구의 자식을 싫어했고 로트레크는 그림을 그리기 위해 퇴폐한 파리의 거리거리를 헤맸다. 4척 8촌의 몸과 고독한 정신은 결국 서민의 생활이나 인간을 그리게 하였다. 물랭루주의 댄서들이 그러했고 창녀들이 그러했고 그를 둘러싼 모든 것이 서민들이었다. 휴스턴은 처음부터 서민의 세계를 그리려고 하지는 않았으나 자연 물랭루주를 표현하기 위해서는 그들의 현실과 생활이라는 것이 나타나지 않을 수 없었다. 영화 음악이 거의 샹송이라는 것도 로트레크와 물랭루주와 밀접한 관계가 되어 샹송은 서민의 노래인 것이다. 이 시대에는 '6인조'[4]의 선생이었던 에릭 사티가 활동하고 있었고 그 '6인조'의 한 사람인 조르주 오리크가 음악을 담당하고 있는 것도 우연한 일이 아니며 시대의 감정이나 분위기를 잘 나타내고 있다.

존 휴스턴은 원래 미술 공부를 하기 위하여 21세 때 파리에 갔었다. 그는 화가로서 입신치는 못했으나 영화감독으로서 오늘날 로트레크와 물랭루주 그리고 파리를 그리는 데 성공했으며 그가 지금까지 영화에서 그려낸 인간―즉 인간의 행위가 목적에 달하기 전에 중도에서 좌절되어버리는 것은 로트레크의 경우나 자기의 화가로서의 중단된 입장이나 거의 같다는 것도 재미있는 일일 것이다. 〈말타의 매〉에 있어서 주인공 험프리 보가트가 자기가 사랑하는 여자가 살인범이라는 것을 알고 이를 경찰에 연락하고 형이 끝날 때까지 기다릴 수 없으며 아마 얼마 동안 지나면 너와 나의 사랑을 잊을 수 있을 것이라고 말하는 것과 같이 주인공을 역

---

4 20세기 초 프랑스의 6명의 젊은 작곡가. 프랑스 비평가 앙리 콜레가 처음 사용한 용어. 독일 낭만주의 음악이나 화려한 인상주의에 반대. 다리우스 미요, 프랑시스 풀랑크, 아르튀르 오네게르, 조르주 오리크, 루이 뒤레, 제르맨 타유페르.

경에 두고 그리는 수법은 한층 주인공의 강인성을 묘사하는 것으로 볼 수 있으며 이러한 것이 역시 하드보일드의 정신의 일단일 게다.

호세 페레는 무대에서 세련된 연기로 전체적으로 좋으나 예술가의 내면적인 고뇌는 그리 잘 나타내고 있지 못하다. 이와 반면에 앙리 드 툴루즈 로트레크와 깊은 정치적(情痴的)인 생활을 한 마리 샤를레로 분(扮)한 콜레트 마르샹과 그와 대조적인 미리엄(수잔 플론)은 모두 인상 깊은 연기를 하고 있으며 여기에서도 존 휴스턴의 작품 계열에서 볼 때 확실히 이질의 것에 속하기는 하나 그의 작가적인 기량은 잘 나타나고 있는 것이다.

(『신영화』 창간호, 1954년 11월 1일)

존 휴스턴

전후(戰後) 아메리카 영화감독 중에서 가장 주목할 만한 세 사람 작가를 들기 위해서는 프레드 진네만, 엘리야 카잔, 그리고 존 휴스턴을 가리키지 않을 수가 없다. 물론 이 세 사람은 각자 다른 개성과 수법을 자랑하는 전후의 신인이다. 그러나 나는 그중에서도 존 휴스턴의 지위를 높이 평가한다. 왜냐하면 그는 지금까지 할리우드 영화의 이단자이며 영화예술에 있어서의 혁명을 일으킨 귀재인 까닭이다. 어느 시대나 새로운 작가는 지금까지의 영화에 신풍을 일으켜왔으며 그들의 예술이 새로운 스타일의 것이기 때문에 이단시되는 것은 지당한 일이었으나 존 휴스턴은 그러한 의미를 통속적인 이단자가 아니고 어디까지나 그의 정신과 영화에 대한 작가적 태도가 하이브로우한 데서 견지를 달리하고 있는 것이다.

아메리카 영화는 세계 어떠한 나라보다도 많은 작품을 제작하고 있기 때문에 거의가 상업주의에 흐르고 그러므로 해서 우수한 작품은 별로 없다. 혹시 높이 평가할 수 있는 작품이 있다 해도 그 우열의 차는 서구 영화의 경우와 많은 차위(差位)를 나타내고 있는데 존 휴스턴은 처음 출발부터 상업주의에 반역자로 자처한 최초의 작가이었다. 그의 지론은 우수한 예술성을 가진 작품에는 틀림없이 많은 관객이 모인다는 것이며 이러한 예술에의 욕구가 작가적인 양심이 아니면 안 된다는 것이다. 이러한 그의 신념은 거의가 작가의 공통된 입장이기도 하나 끝까지 그 신념을 지키고 오늘에 이른 작가는 제작자 중심인 아메리카에 있어서 별로 없는 일이며 〈키 라르고〉의 제작자 제리 왈드와 싸운 것도 그러한 견해의 대립이 심각하였기 때문이다.

존 휴스턴의 왕년의 명우 월터 휴스턴의 장남으로 1906년 미조리주의 네바다에서 출생했다. 어렸을 때 무대 배우인 아버지를 따라다니느라고 제대로 교육은 받지 못했고 그래서 소년기에는 권투 선수 노릇도 해보았고 무대 생활, 군대 생활도 했다. 한때는 화가가 되기 위해서 파리에도 갔으나 21세 때에는 문필 생활로 평생을 보낼 것을 결심하기도 했다.

1930년 그는 처음으로 할리우드로 가서 주급 150불로 새무얼 골드윈사(社)에 입사했으나 6개월 만에 파면을 당했다. 아마도 아버지 덕택에 할리우드의 문을 연 상 성싶다. 그 당시 그가 처음으로 손을 댄 시나리오는 월리엄 와일러 감독의 〈북해의 어화(漁火)〉이다. 오늘날 월리엄 와일러는 할리우드 최대의 감독이며 그가 우연하게도 존 휴스턴의 제1작을 그의 시나리오로 채용했다는 것도 지금의 휴스턴으로 보아서는 참으로 우연한 일인 것이다. 그는 그 후 구라파를 방랑하다가 1938년에 다시 아메리카에 나타나 워너사(社)의 시나리오 라이터로 입사하게 되어 비로소 본격적인 일을 하게 되었다. 〈놀라운 클리터하우스 박사〉로부터 시작하여 이듬해에는 〈유아레즈〉, 1940년에는 월리엄 디터리의 〈위인 에를리히 박사〉, 1941년 〈하이 시에라〉 〈요크 상사(上士)〉 등의 시나리오를 썼고 비로소 그가 감독의 메가폰을 든 것은 대실 해밋의 원작을 자신 각색한 〈말타의 매〉인 것이다.

　우리나라에서 처음으로 봉절된 그의 작품은 그의 처녀작인 상기한 〈말
타의 매〉이며 아직도 그 후에는 다른 작품은 소개되지 않고 있다. 그러므
로 일반은 별로 존 휴스턴을 알지 못할 것이나 여기서 문제되는 것은 〈말
타의 매〉 하나만으로도 충분히 그의 작가적 소양을 엿볼 수 있다는 것이
다. (필자는 우연한 기회에 그의 〈황금〉과 신작 〈물랭루주〉를 보았다. 〈물랭루주〉에 관
해서는 본지 전호(前號)에 그 감상 노트를 썼다.) 원래 소설가 대실 해밋은 하
드보일드한 탐정 작가이다. 하드보일드하다는 것은 인물·사건이 모두
난폭하고 행동적이며 템포가 빠른 표현 방법에 의하여 그려지는 것을 말
하며 이러한 해밋의 원작을 처녀작으로 선택하여 그것을 각색까지 해가
면서 영화화한 휴스턴 역시 하이보일드파에 속하는 감독이라고 하지 않
을 수 없다.

　인물이나 사건이 난폭하고 행동적이기 때문에 그 종말은 비극적일 때
가 많다. 비극은 즉 허망으로 통하여 이러한 것을 즐거이 그리는 휴스턴
은 그 정신에서부터 다른 작가와 달리하고 있는 것이다.

　〈말타의 매〉는 에나멜로 새까맣게 칠을 한 무한한 값과 4백 년의 비밀
을 품은 비보 '황금의 매'를 둘러싸고 이것을 수중에 넣으려는 사람들의
모든 지력과 암약(暗躍)의' 투쟁이 전개되는데 그들이 찾아낸 '말타의 매'
는 실은 위조품이었고 결국에 남은 것은 세 건의 살인 사건뿐이었다는 풍
자적인 스토리인데 휴스턴은 서스펜스와 스릴에 찬 활기 있는 사건 전개
와 최후까지 결말을 알리지 않는 구성 방법으로 그의 훌륭한 재기를 나타

1　암약하다 : 비밀한 가운데 맹렬히 활동하다.

내고 있다.

마지막 스페이드(험프리 보가트)가 진정으로 사랑했던 브리지트(매리 애스터)가 친우를 살해한 범인이라는 것을 알고 이를 경찰에 고발한 후 그를 체포시키면서

"얼마 동안은 당신 생각을 할 것이다. 하나 곧 잊을 수도 있겠지. 아마 20년 형이 언도될 것이다. 나는 탐정이라는 직업상 범인을 찾지 못하면 앞으로의 수입에도 지장이 있으니 당신을 고발하는 것이니 언짢게 생각하지 말아달라. 혹시 기회가 있는 대로 만나자"라고 태연히 말하는 장면은 단적으로 이 영화와 존 휴스턴의 하드보일드한 정신을 잘 나타내고 있다.

휴스턴은 종래의 영화 수법은 전연 쓰지 않고 참신한 연출 기법에 의해 하나하나의 숏과 신을 구성한 것이며 그러기 위해서는 놀랄 만하게 정확한 빈틈없는 시나리오를 만들고 있는 것이다.

〈말타의 매〉가 세상에 나타나자 이 무섭고 놀랄 만한 신인의 등장에 전 이목이 집중했다. 그리하여 그는 일조(一朝)에 할리우드를 대표할 수 있는 감독이 된 것이며 그의 오늘날의 지위와 명성의 토대를 닦게 된 것이다.

휴스턴은 시나리오 작가로서의 오랜 시련의 결과 감독으로 성공하게 되었다고 할 수 있으나 그 비범한 재능은 선천적인 것이라고 할 수 있다. 아버지 월터 휴스턴은 아메리카 영화사상(映畵史上)의 인물이며 당시에도 의연히 활약하고 있었고 그의 예술가로서의 유다른 혈맥이 아들 휴스턴에게 흐른 것이라고 일부에서는 말했다.

존 휴스턴은 워너 사에서 전후 〈황금〉을 다시 감독했다. 이 작품 역시 황금을 찾기 위하여 광산을 헤매는 광부들의 이야기나 결말은 수포와 같이 허망이다. 월터 휴스턴을 비롯하여 험프리 보가트가 주연하고 있으며 이 영화의 성공은 그해의 아카데미상을 받게 되었다. 이어 에드워드 G.

로빈슨과 험프리 보가트를 공연시킨 셔우드 앤더슨의 〈키 라르고〉를 감독했다. 그리 성공한 작품은 아니다. 〈키 라르고〉의 부진과 제작자 제리 왈드와의 싸움을 계기로 휴스턴은 MGM 사로 옮겼다.

1950년대 스타 시스템을 취하지 않은 〈아스팔트 정글〉이라는 영화를 감독했다. 이 영화도 역시 살인 범죄자를 중심으로 한 일종의 스릴러이며 각 연기자의 개성을 충분히 나타나게 하는 동시 그의 하이보일드의 감정을 잘 묘사했으며 전편에 흐르는 서스펜스와 참혹한 스토리의 전개는 보는 사람으로 하여금 경탄케 하였다. 종말엔 한 사람도 남지 않고 마지막 고향의 목장이 그리워 찾아가는 주인공마저 그곳에서 죽게 한다. 휴스턴은 주인공을 언제나 감정적인 센티멘탈한 경지에 두면서도 그의 감정을 잘 억압시키며 거기에 감독으로서의 개인적인 동정이나 간섭은 일절 하지 않는다. 그래서 너무나 냉혹할 정도이며 몰인정할 때가 많으나 이러한 것이 그의 작가적 개성인 동시 특징인 것이다.

〈아스팔트 정글〉에는 무명했던 시절의 마릴린 먼로가 출현하고 있다. 존 휴스턴은 먼로의 미모와 자체(姿體)를 잘 살리고 그로 하여금 연기할 수 있는 여우로서의 제1보를 밟게 하였다. 오늘날 먼로는 그가 가장 숭배하고 존경하는 감독을 한 사람만 들라면 서슴지 않고 존 휴스턴의 이름을 부르는 것도 역시 다른 뜻에서 온 것이 아니라 〈아스팔트 정글〉에서의 훌륭한 연기 지도와 그의 유달리 다른 예술가적인 인간성에 많은 매혹을 품고 있는 까닭이 아닐까?

얼마 후 그는 독립 프로 〈호라이즌〉을 만들었다. 하나 별로 기억에 남을 만한 일을 하지 못하고 영국의 로물루스² 프로의 작품을 만들기 위하

---

2 Romulus Films : 존 울프(John Woolf)와 제임스 울프(James Woolf) 형제가 설립한 영화 제

여 미국을 떠났다. 여기서 좀 생각해볼 것은 그가 미국을 벗어난 것은 상업주의 만능인 그 제작 기구에 싫증이 생겨서 반항적인 의도로 떠난 것이 아닌가 하는 것이다. 나는 이것이 별로 틀림이 없다고 믿고 있다.

캐서린 헵번과 험프리 보가트를 주연시켜 제2차 전시 아프리카를 배경으로 한 작품 〈아프리카의 여왕〉을 도영(渡英) 제1작으로 하고 이어 피에르라 뮈르 원작인 〈물랭루주〉를 완성했다. 〈물랭루주〉는 전호(前號)에서 소개하였으니까 여기서는 지면 관계로 생략한다. 그러나 이 영화의 훌륭한 색채 처리는 영국 영화의 색채 효과의 정통을 잘 살렸을 뿐 아니라 색채 영화 사상에 남을 획기적인 일을 했다. (끝)

(『신영화』 2호, 1954년 12월 1일)

작사.

〈심야의 탈주〉

놀랄 만한 영화 작가 캐럴 리드는 우리들을 또 새로운 경탄에 빠뜨리기 위하여 영화사상 가장 무서운 인간 심리를 묘사한 작품을 우리에게 제시하였다. 그 작품은 바로 〈심야의 탈주〉이다.

〈제3의 사나이〉에서 처음으로 소개된 캐럴 리드는 대전 후의 영국 영화뿐만 아니라 전 세계에서도 굴지(屈指)할 수 있는 감독이다. 〈제3의 사나이〉는 1949년에 제작되었으나 이 영화는 1946년부터 1947년에 걸친 작품이므로 우리들은 그 순서를 달리하여 리드의 작품을 접했다.

총기 밀수의 제목으로 투옥된 후 탈옥하여 다시 범행을 저지른 조지 맥퀸(제인스 메이슨)의 생애에 있어서 최후의 8시간을 그린 이 영화는 처음부터 시적인 비극을 지니고 있다. 조니와 그의 동료들은 아일랜드의 혁명가들이다. 자금을 얻기 위하여 공장 금고를 습격하고 나오다 조니는 현기증으로 인해 시민을 무의식중에 사살한다. 그때 자기도 가슴에 총탄을 받고 자동차에서 떨어져 길 위에 쓰러진 후 겨우 정신을 차리고 도주는 했으나 마지막에는 애인 캐슬린(캐슬린 라이언)의 손에 안겨 함께 세상을 떠난다.

이러한 것이 영화의 스토리의 골자이나 리드의 작품에서는 스토리는 하나의 의의적인 요소만을 지니고 있을 뿐이다. 물론 F. L. 그린의 원작과 그의 시니리오도 훌륭한 것이다. 조니를 찾기 위한 성(聖) 머피 놀란 등 3인의 노력과 죽음으로 끝나는 결말 등등. 하나 영화는 스토리의 지배는 전연 받지 않고 있다. 마치 리드의 연출 수법과 작자적인 독창성을 돕기 위한 과정에 지나지 않는다. 이처럼 말하지 않을 수 없게 된 이 영화는 전개되고 있다.

리드에게 있어서의 긴박감이나 스릴은 히치콕의 것과는 문제가 안 된다. 히치콕은 스릴러의 분위기를 위한 것이고 리드는 영화의 전 분위기가 자연히 스릴과 긴박의 감정을 이끌어 가고 있다.

처음부터 끝까지 나는 화면에서 조금도 눈을 돌릴 사이가 없었다. 화면이 자아내는 긴박감은 그저 관객의 정신을 사로잡고 무의식중으로 신과 신과의 인물이 나의 의중의 사람으로 된다. 리드는 냉혹한 터치로 감정을 설명시키고 있지 않다. 그는 묘사와 구성 이외에는 아무 필요를 느끼지 않는다.

롱으로 엮은 도시, 밀의를 하는 방의 물(物)의 배치, 캐슬린의 미행과 나이트클럽의 질바춤', 방공호 내에 피신한 조니와 그의 현기증이 주는 환상, 어린애들의 장난과 공간에 뛰어드는 구형 풋볼의 숏, 비와 눈이 내리는 가두의 풍경……. 회화적인 인상을 주는 숏의 하나하나가 집적되어 전편을 이루고 있다.

나는 어느 모에서 〈제3의 사나이〉보다도 더욱 성공된 작품이 아닌가 생각된다. 그것은 우선 이 영화에는 어떠한 결함도 찾지 못하는 까닭이다.

---

1 원본대로 표기함.

인물의 하나하나가 거의 개성 있는 그리고 영화의 중요한 부면을 맡고 있는가 하면 이들은 다음 장면을 전개시키는 역할을 한다. 연기도 참으로 탁월하며 기중에서도 제임스 메이슨, 로버트 뉴턴, 화가 셀로 분한 F. J. 맥코믹은 일세의 명연을 하였다.

　리드는 새삼스러운 말이나 현대의 불안한 사회에서 인간에 놓여 있는 위치나 그 경우, 그리고 생과 사의 심각한 문제를 그린[2] 최대의 작가가 아닌가 본다. 그것은 〈제3의 사나이〉보다도 더 절실한 윤락된 인간들을 등장시키면서도 그들의 의지는 하나도 꺾이지 않고 마지막까지 아름답게 나타내고 있다. "나에게는 태산을 움직일 만한 신념이 있었다"라고 말하는 조니의 말은 리드의 심정과 변함이 없을 것이다. (박인환)

(『신영화』 2호, 1954년 12월 1일)

2　원문에는 '번그린'으로 표기됨.

〈챔피언(CHAMPION)〉

　다른 외국 영화가 아메리카 영화에 전연 추종하지 못하는 몇 가지 소재 중에서도 권투 영화는 더욱 가망이 없는 것 같다. 그렇다고 해서 나는 〈챔피언〉을 권투 영화로서 생각지 않으며 어디까지나 하나의 운동선수를 통하여 본 미국 사회에 대한 냉혹한 비판이라고 말하고 싶다. 물론 여기서 말하는 비판이란 반드시 그 사회와 구조가 옳고 그르다는 것을 지탄하는 것이 아니라 〈챔피언〉은 물질문명의 일 단면을 마치 켈리(커크 더글러스)가 가난한 부랑자에서 챔피언이 되고 죽을 때까지의 여러 경우를 밟으며 잘 묘사하고 있다.

　이 영화는 1949년 스탠리 크레이머에 의해서 제작되었다. 그리고 감독은 마크 로브슨, 커크 더글러스가 주연을 했다. 거의 이름이 없었던 이들은 〈챔피언〉의 반향으로 크게 주목되었다. 더욱이 우리들이 화면으로 보아서는 알 수 없으나 스탠리 크레이머는 그 무렵의 다른 영화의 제작비보다 훨씬 적은 3분의 1로서 이 작품을 완성했다면 그는 확실히 천재적인 제작자이다. 이러한 예로 미루어 보아도 작품의 우열은 배우도 원작도 감독도 아니라 어디까지나 프로듀서의 손에 달린 것이다. 돈을 적게 들이고서도 〈챔피언〉은 전후 아메리카의 대표적인 영화의 하나로 되고 말았다. 이 영화의 테마는 아마도 처음부터 성공을 약속하고 있는 것 같다. 왜냐하면 폭주하는 야간열차 속에서의 난투에서 시작되는 첫 신은 인상적인 타이틀 백과 아울러 관객의 마음을 압도적으로 끌고 간다. 기차에서 굴러 떨어진 케리의 그 후의 분방한 애욕과 야망의 행상(行狀)이 마크 로브슨의 날카로운 연출 수법으로 전개되는가 하면 라스트 신의 권투 장면은 이 영화가 단순한 복싱 영화로서 드높이 평가받아야 될 것이다. 밥을 먹기 위해서 권투를 하고 돈을 벌기 위해서는 챔피언이 되어야만 하고 거기에 따라 본능이 욕구하는 또 하나의 것, 즉 사랑의 이름으로서의 여성과의 관계에 있어 케리는 돈과 비해서 여성을 버리기로 했다. 그는 헤어진 아내에게도 자기의 욕망을 차리기 위해 그 여자와 친형과의 행복도 짓밟았으나 결국엔 챔피언으로서의 영광과 갈채에 싸인 순간을 즐기며 그는 죽었다. 이 영화의 원작은 링 라드너의 동명의 소설이나 칼 포먼이 영화를 위해 각색을 했다. 대사는 별로 좋지 못한데 이것이 이 영화의 유일한 실패의 하나일지도 모른다. 그러나 전체적으로 볼 때 아메리카 영화가 너무도 외향적으로 흐르는 경향이 심한 데 비해서 〈챔피언〉은 인간의 심리와 사회의 이면에 흐르는 보이지는 않으나 커다란 감정의 흐름을 그리는 데 애를 썼다. 그래서 여기에 나오는 인간은 모두 적나라하며 그 사람들이 처음부터 무엇을 의식하고 목적하고 있다는 것을 쉽게 알 수가 있다. 그런 의미에서도 〈챔피언〉은 가장 전후적인 아메리카 영화다. 말하자면 전후적인 의식이라 할까 사상을 가장 많이 함축시킨 작품이다. 케리에게는 어떤 인륜적인 도의도 책임도 없었다. 그에게는 지극히 현실적인 야심만이 있었던 것이다. 그것은 즉 냉혹한 물질문명에 시달린 인간, 더욱 가깝게 예를 든다면 아메리카의 사회상을 상정시키고 있는 것 같다. 나는 이 영화를 보고 우선 놀란 것은 전언(前言)한 바와 같이 스탠리 크레이머라는 신예 제작자는 이 한 편만으로서도 충분한 가치를 발휘하고 있다는 것이고 마크 로브슨이란 감독도 대단히 실력 있는 연출가라는 점이다. 이 영화에서 느낄 수 있는 스릴과 긴박은 역시 연출의 힘이 아니고서는 이룰 수 없는 일이다. 케리와 에마(루스 로만)의 해변가의 신은 잊을 수 없이 아름다웠다. 아마도 〈지상에서 영원히〉의 애변(愛邊) 신도 여기에다 좀 더 격렬한 것을 가미시킨 것 같다.

우리나라에는 〈정열의 광상곡〉 외에는 소개되지 않았던 커크 더글러스는 참으로 훌륭한 연기를 하고 있다. 더욱이 그의 형으로 분(扮)한 아서 케네디는 브로드웨이의 성격 배우로서도 이름이 알려져 있었을 뿐 아니라 여기서도 좋은 역할을 다하고 있다. 그리고 루스 로먼, 마릴린 맥스웰, 롤라 올브라이트 등 세 사람의 여우도 이 영화의 출연을 계기로 이름을 알리게 되었다.

여하간 〈챔피언〉은 제작 연도는 좀 오래되었으나 최근의 우수작이며 아메리카가 지니고 있는 우리가 알지 못하는 다른 비극을 다시 제시하고 있다.

(『영화세계』 창간호, 1954년 12월 1일)

일상생활과 오락
― 최근의 외국 영화를 중심으로

대중의 일상생활과 가장 밀접한 관계에 있는 오락은 외국 영화이다.

이에 대한 정확한 숫자를 여기에 적지는 못하나 생활로서의 오락과 오락으로서의 예술이 영화 이상으로 일반에게 침투되고 있는 것은 라디오나 텔레비전이 전반적으로 보급되어 있지 않은 한국의 현상으로서는 역시 외국 영화라는 데 모든 사람들의 의견이 합치될 것이다.

그러면 이처럼 대중과 가장 가까이 있는 외국 영화의 작품으로서의 가치와 그 경향은 어떠한 것일까? 물론 한국에서 상영되는 외화(外畵)는 그 제작 연도로 보아 3, 4년 후 아니 7, 8년에서 10년이 넘는 작품이 대부분이다. 그러함으로 우리나라에서 상영되는 작품으로는 도저히 최근의 영화예술의 동향을 손쉽게 알 수 없으며 이러한 것을 논하고도 싶지 않다.

거의 지난 1년 동안 우리들은 전후(戰後)에 있어 참으로 우수한 작품을 많이 감상할 수가 있었다.

캐럴 리드의 두 가지의 대표작 〈제3의 사나이〉 〈심야의 탈주〉, 르네 클레망의 개성과 예술의 향기를 풍기는 〈패배자의 최후〉와 〈애상〉, 1948

년도의 아카데미 작품상 및 주연 남우상을 받은 로렌스 올리비에의 〈햄릿〉, 장 콕토의 〈오르페〉, 르네 클레르의 〈밤마다 미녀〉. 이상은 구라파 영화이며 아메리카 영화로서는 존 휴스턴의 〈말타의 매〉, 빈센트 미넬리의 〈파리의 아메리카인〉, 마크 로보슨의 〈챔피언〉, 프레드 진네만의 〈하이 눈〉, 존 포드의 〈아파치 요새〉, 그리고 셀즈닉 프로에서 나온 〈레베카〉 〈다시 만날 때까지〉 〈제니의 초상〉 등. 이처럼 훌륭한 영화가 1년간에 상영되었다는 것은 일종의 기적이며 이외에도 오락과 흥행을 위해서는 〈삼손과 데릴라〉 〈혈투〉 〈판도라〉 등 수많은 작품이 소개되었다.

높은 예술성과 건전한 오락을 위한 상기(上記)한 작품들은 모두 4, 5년에서 7, 8년 전에 제작되었으나 그 작품이 지니고 있는 사상과 예술성은 현금의 한국 관객에게 큰 공감과 감동을 주었다.

최근 비토리오 데시카가 주연한 〈내일이면 늦으리〉가 상영되고 있다. 왕년에 〈창살 없는 감옥〉으로 알려진 레오니드 모귀가 전후 이탈리안 리얼리즘의' 거장 데시카의 출연을 얻어 사춘기에 있는 소년 소녀의 성의 문제를 주제로 이태리에서 감독한 작품이다. 그런데 이 작품은 영화의 기법으로서의 표현과 구성은 대단히 유치하나 작품의 사상을 잘 나타내고 있다.

여기서 말하는 사상은 이 영화의 제작 의도인 성(性)에 대한 교육을 좀 더 성실하게 소년소녀에게 가르쳐주고 낡은 봉건성과 형식으로서의 전통의 위엄을 타파하자는 것이다. 그러나 영화가 처음부터 매스 커뮤니케이

---

1   네오리얼리즘. 제2차 세계대전 이후 이탈리아에 나타난 리얼리즘 경향. 단순한 묘사에만 그치지 않고 인생의 내면적인 진리를 파악함.

션만을 의식하고 프로파간다에만 치중한다면 작품의 가치는 전연 상실할 때가 많다.

〈챔피언〉으로 알려진 마크 로브슨이 제임스 A. 미치니의 소설 『몰간 씨』를 영화화한 〈열풍〉이 입하되었다. 남태평양 어느 섬에서 벌어지는 백인과 토인 여자와의 숙명적인 사랑과 미개 문화에 대한 백인(아메리카인) 들의 재인식을 묘사하고 있는데 전체적으로는 과히 성공치 못했으나 그 소재와 배경이 빚어내는 이채성으로 말미암아 일견(一見)의 가치가 있다. 지금은 없는 자크 페데와 르네 크렐의 전통을 그대로 살리고 있는 〈북 호 텔〉〈애인 줄리에트〉, 마르셀 카르네의 최고작 〈인생유전〉이 연말이 아니 면 내년 초에 상영된다는 것은 참으로 기쁜 일이다.

이 작품에는 현존되고 있는 불란서의 명우들 즉 장 루이 바로, 피에르 브라소어, 아를레티, 마르셀 카르네, 마리아 카사레스 등이 출연한다. 카 르네는 이 작품을 독단(獨單) 점령하에서 제작했는데 현실 도피적인 주제 를 취급하면서도 불란서적 형식의 완성과 상징적 비유 그리고 일종의 레 지스탕스 정신을 나타내고 있다.

1840년대의 파리의 극장가를 중심으로 그곳에서 빚어내는 인생의 환애 희비(歡哀喜悲)를 3시간여에 걸쳐 스릴과 드라마틱하게 묘사하고 있는 카 르네의 완벽된 기법은 이 영화로 하여금 세계 영화사상에 큰 위치를 차지 하게 한다.

끝으로 검열 당국의 무식과 빈곤으로 대중을 기만한 수개의 작품이 상 영된 것은 유감된 일이다. 기중에서도 대표적인 것은 〈한국동란의 고아〉 와 〈카스바의 사랑〉(불란서)이다. 전자는 한국을 배경으로 하고 있으나 불 쾌할 정도로 우리나라의 풍물을 몰상식하게, 고증하고 있으며 〈카스바의 사랑〉은 대사 스파 인포스[2]의 막심한 삭제와 화면의 커트 전체적인 내용의 비(卑)[3]의 등으로 말미암아 여하한 견지에서든지 일반 공개는 할 수 없는 작품이다.

당국은 이러한 영화의 수입 추천을 해놓고 또한 검사를 통과시켰다는 것은 그들이 얼마나 책임 없는 영화 시책을 하고 있다는 것을 좌증(左證)하고도 남음이 있다.

(『중앙일보』, 1954년 12월 12일)

---

2 원본대로 표기함.
3 '비속함'으로 보임.

인상에 남는 외국 영화

— 〈심야의 탈주〉를 비롯하여

1954년은 해방 후 가장 많은 외국 영화가 우리나라에 좁은 시장에서 상영되었다. 영화 배급을 주목적으로 현재 운영되고 있는 27개 회사는 거의 흥행적인 영리에만 급급하여 100여 편에 가까운 작품을 수입하였으나 그 대부분의 작품이 프로그램 픽처¹에 불과하였고 평균적인 제작 연도는 1950년 전후로 보는 것이 타당할 것이다. 그러므로 한국에 있어서의 1954년은 외화 상영에 있어서는 4, 5년 뒤떨어진 것으로 보아야 하며 금년에 이르러 전 세계를 휩쓴 새로운 양식과 시청 감각에 큰 개혁을 일으킨 시네마스코프는 단 한 편도 상영되지 못했다는 것은 한국에 있어서의 외화영화의 수준이 얼마나 후진되어 있다는 것을 말한다. 그러나 혼란과 무질서한 외화 수입의 과다한 수에 섞여 업자들의 의도와는 달리 우연하게도 10여 편의 우수 작품이 상영되었다는 것은 지극히 다행한 일이라 하겠다.

물론 1954년의 제작된 작품은 아닐지라도 기중 수 편은 영화사상 그 예

---

1   program picture : 곁들이 영화. 부수적 영화.

술적인 가치를 높이 평가받아야 할 작품이 있다는 것은 세계의 한촌 한국에 있어서 단지 영화만이 얻을 수 있는 선물이 아닌가 생각된다. 여하간 현금에 있어서 외국 예술문화 중 우리들이 직접적으로 최단 시일 내에 접촉할 수 있고 이해할 수 있는 것은 영화 이외에는 없다. 대중들은 오락을 느끼고 예술의 진전을 바라보기 위하여 감상이라는 이름을 빌려 이를 구견(求見)했다. 하나 정부 영화 당국의 무지와 무궤도한 시책으로 말미암아 20년 전의 재수입 작품을 비롯해서 허다한 영화 이전의 작품들이 거의 반수를 차지하여 영화문화와 예술을 사랑하는 일부 인사에게서 큰 비난을 받게 되었다는 것도 명기하여야 하겠다.

금년도에 있어서 가장 우수하고 인상에 남은 작품을 여기에 열기(列記)한다면 〈제3의 사나이〉(영), 〈심야의 탈주〉(영), 〈오르페〉(불), 〈인생유전〉(불), 〈파리의 아메리카인〉(미), 〈레베카〉(미), 〈챔피언〉(미), 〈하이 눈〉(미), 〈패배자의 최후〉(불), 〈말타의 매〉(미), 〈애상〉(불), 〈밤마다 미녀〉(불), 〈다시 만날 때까지〉(미), 〈햄릿〉(영)…(이상 무순임) 등이며 그 작품에 대한 단편적인 소감과 인상을 적기로 한다.

제3의 사나이

캐럴 리드 작품… 제2차 대전 후 가장 주목할 만한 영국의 영화 감독 리드가 심리주의적 작가 그레이엄 그린의 영화를 위한 원작과 그의 각색을 빌려 제작한 것이다. 배경으로 되어 있는 황폐한 도시 빈²을 중심으로 그

---

2 제2차 세계대전 직후 오스트리아의 수도 '빈'은 미국·영국·프랑스·소련 4개국의 공동

는 현대 정치의 복잡성 인간의 혼돈한 심리 갈등과 애정을 영화 감상의 최고 기술로서 묘사하였다. 시각적인 숏과 또 숏의 집적(集積), 다이얼로 그[3]의 뉘앙스[4], 인물의 구성 등 아마도 리드의 대표작이 될 것이다[5]. 더욱 이 로버트 크래스커의 카메라가 흑백 영화만이 가질 수 있는 이미지와 시정(詩情)을 잘 표현했으며 치터[6] 일색으로 이루어진 안톤 카라스의 음악은 압도적이다. 연기자들도 각자의 개성을 잘 살리었으며 왕년에 구주(歐洲)의 명우 폴 호비거, 에른스트 도이치, 지그프리트 브루어 등이 중요한 단역(端役)을 훌륭히 연기했다. 나는 라스트 신의 인상적인 것을 말하는 것보다 『옵서버』지에 실린 일문(一文)을 인용하겠다… "이것은 결코 미스프린트가 아니다. 이 해의 인상은 〈제3의 사나이〉로 시작되고 〈제3의 사나이〉로 끝났다."

심야의 탈주

캐럴 리드 작품… 〈제3의 사나이〉보다 3년이나 앞서 1947년에 완성된 조니 맥퀸의 생애에 있어서의 최후의 8시간을 그린 작품이다. 이 영화에 있어서 긴박감이나 스릴은 A. 히치콕과 전연 다르다. 히치콕은 스릴러의 분위기를 위한 것이고 리드는 영화 전체의 분위기를 자연히 스릴과 긴박

관리하에 놓인 황폐한 도시였다. 원본에는 '위인'으로 표기됨.

3 dialogue : 연극이나 영화에서 인물들 사이에 이루어지는 대화.

4 원문에는 '뉴안스'로 표기됨. nuance.

5 원본에는 이 문장에 쉼표가 없으나 편의상 사용함.

6 Zither : 독일 · 오스트리아의 현악기.

된 감정으로 이끌어가고 있다. 그러기 위해서는 그는 처음부터 인간과 사건을 설정치 않고 그 순간의 경우로 하여금 화면을 구성시킨다. 공간에 뛰어드는 구형(球形, 풋볼)의 숏, 비와 눈 내리는 가두, 카메라도 역시『제삼』의『크라스가ー』담당 □□□□□□□□□.

오르페

장 콕토 작품… 시인 콕토는 이 작품에서 영화예술의 새로운 경지를 창조했다. 영원한 운명과 신비에 대해서 그는 생과 사의 문제를 들고 도전한 것이다.

즉 시간과 공간의 초월이며 영화적 표현적 가능성을 추구한 대단한 실험을 우리는 앞으로 오랫동안 기억하여야 할 것이다. 주검의 여왕이 고급 자동차를 타고 오고 오토바이의 질주 주검의 나라에서 들려오는 숫자의 방송… 공상(空想)을 그려서 이처럼 아름답게 완성된 작품은 이 이전에는 없다. 우리는 〈오르페〉에서 콕토가 무엇을 말하려고 하고 있는지를 알려고 하면 안 되며 단지 그의 이미지에 융합되어 가야 한다. 마리아 카사레스와 장 마레의 놀랄 만할 연기.

햄릿

로렌스 올리비에 작품… 1948년도의 전 세계 영화상은 거의 이 작품을 위해서 마련된 감이었다. 셰익스피어의 위대한 비극을 영화로서 재현시켜주고 있는 로렌스 올리비에의 불후한 노력은 영화사상 빛나는 금자탑을 세웠다고 나는 생각한다. 흑백 영화의 표현에 있어서 모든 절정적(絶頂

的)인 것을 전부 나타냈으며 원작보다도 더 드라미틱한 분위기를 양성(醸成)하고 있는 것은 감독 올리비에의 공로에서 온 것이다. 언제 보아도 자미(滋味) 있는 〈햄릿〉은 동판화적인 중후감과 치밀한 심리 묘사 때문에 훨씬 고전적인 맛을 풍기며 결단력 없는 비극의 주인공 〈햄릿〉은 올리비에의 일생일대의 명연으로 말미암아 우리로 하여금 영원한 감동에 빠뜨린다.

밤마다 미녀

르네 클레르 작품… 이 작품은 르네 클레르의 최근작 중 하나다. 굿 올드 레이디 파리에 대한 파리지앵[7] 클레르의 노스탤지어를 그린 동시에 풍자적인 음악 희극을 만들기 위하여 그는 애를 썼다. 파리의 서민층에 살고 있는 음악가가 현대의 고통과 쓰라림을 도피하여 꿈속에서 과거의 세계에 명성과 연애를 추구하다가 결국엔 이웃에 사는 자동차 수선공장의 딸과 결혼하게 된다는 스토리의 유머러스한 맛은 역시 클레르가 아니면 이룰 수 없는 가장 불란서적인 예술이다.

누가 보아도 즐거운 이 영화는 그의 옛날 명작 〈파리제(巴里祭)〉의 계열에 속하는 정서극이다.

〈레베카〉는 듀 모리에[8] 여사의 동명 소설을 영화한 것으로 알프레드 히치콕의 대표적 작품… 그 탁월한 스릴러 수법은 14년 전의 이 작품을 오

---

7 Parisien : 프랑스 파리에 사는 사람.
8 대프니 듀 모리에(Daphne Du Maurier).

늘의 우리에게 접근시킨다. 〈챔피언〉은 적나라한 인간의 욕망과 애정 그리고 아메리카 사회의 모순된 일(一) 단면을 권투선수 밋지[9]의 영광과 주검을 통해서 예리하게 그리고 있다. 권투 장면의 가열한 묘사 커크 더글라스의 하드보일드한 연기 〈챔피언〉은 하나의 아메리카의 비극이다. 마크 로브슨의 출세작. (11월 9일 기(記))

(『연합신문』, 1954년 12월 23일)

---

9 원본에는 '밋지 케리'로 표기됨.

100여 편 상영 그러나 10여 편만이 볼만

외국 영화

외국 영화 수입에 있어 그 수는 거의 100여 편에 가까웠다. 1편을 평균 3,500불(弗)에 산출한다면 35만의 외화가 소비된 셈이며 그 때문에 야기된 경제적인 혼란과 파탄을 나는 여기에 기록하고 싶지 않다. 확실히 인구와 극장 비율로 보아 지난 1년은 과다한 외국 영화가 우리나라에서 상영되었는데 그 책임 역시 당국의 무궤도(無軌道)한 영화 정책에 기인되는 것이라 하겠다. (현재 외국에서 적용하고 있는 수입 편수 제한을 어떠한 이유에서 적행(適行)하지 않는 것인지 궁금히 여기는 자는 비단 나만이 아닐 것이다) 더욱이 100여 편의 외화가 근년의 작품들이 아니었다는 것도 주목할 일이다.

3, 4년에서 7, 8년 전의 작품이 절반을 차지하고 심한 것에 이르러서는 15년 전의 전연 시대성이 없는 영화가 재수입된 것은 참으로 서글픈 '한국적 현상'이라고 하겠다. 이러한 혼란 속에 마치 잡초 틈에 핀 꽃처

럼 20여 편의 우수한 영화가 소개되었다는 것은 '최선(最善)'의 1년의 의의를 갖는다. 물론 수입 과다의 화(禍)를 여기에 전가시킬 수는 없으나 지난 1년의 좋은 의미에 있어서의 성과는 해방 후 최초의 것이라고 하겠다.

금년도 최대의 수확은 캐럴 리드, 존 휴스턴, 르네 클레망의 소개이다. 즉 리드의 대표작 〈제3의 사나이〉〈심야의 탈주〉 등이 처음으로 상영되었고, 하드보일드 작품 휴스턴의 〈말타의 매〉와 〈물랭루주〉가, 클레망의 〈패배자 최후〉[1] 〈애상〉 〈유리의 성(城)〉이 모두[2] 1년 동안에 우리나라에 소개되었다. 상기(上記)한 작품들은 각 작가의 사상을 가장 잘 표현하고 있으며 전후(戰後)의 세계 영화계에 독자적인 위치를 차지하는 작품들이다. 이외에도 르네 클레르의 〈밤마다 미녀〉, 로렌스 올리비에의 〈햄릿〉, 장 콕토의 대표작 〈오르페〉, 미국 영화로서는 빈센트 미넬리와 진 켈리가 협력한 〈파리의 아메리카인〉, 빌리 와일더의 〈열사(熱沙)의 비밀〉, 스탠리 크레이머가 제작한 〈하이 눈〉〈챔피언〉, 존 포드는 이색 작(作) 〈아파치 요새〉, 앨프리드 히치콕의 〈레베카〉, 윌리엄 와일러의 〈황혼〉 등이 1년을 장식했다. 상기한 10여 편이 대부분의 열등한 작품들 틈에 끼어 그 광채를 나타낸 것은 암흑 속의 우연이라고 할 수밖에 없다.

끝으로 특기(特記)하여야 할 것은 영화 저널리즘이 활발해진 것이다. 『신영화』『영화 세계』 등 영화만을 전문으로 잡지가 발간되어 대중에 대한 소개와 이론을 전개시켰으며 각 신문과 잡지는 신영화 소개 정도에만 그친 감이 있으나 영화 문화에 대한 많은 성의를 표명했다. 이러한 움직

---

1 원본에는 〈패배자 최후의〉로 표기됨.
2 원본에는 '모다' 로 표기됨.

임은 일반의 문화적 관심이 영화에 집중되어 있다는 것을 좌증(左證)하는 것이 될 것이다.

(『중앙일보』, 1954년 12월 19일)

제4부

1955년

영화의 사회의식과 저항

— M. 카르네의 감독 정신을 중심으로

나치의 폭압으로부터 해방된 제2차대전 후의 불란서 영화인은 많은 반 (反)나치즘 및 레지스탕스 영화를 제작했다. 기중에서도 유명한 것은 르네 클레망의 〈철로의 싸움〉과 〈패배자의 최후〉이며 겨우 〈패배자의 최후〉만 이 작년 초에 우리나라에 소개되었다. 여기 클레망과는 달리 마르셀 카르 네도 1943년 독군(獨軍)이 점령하고 있는 파리에서 현실 도피적인 의미를 포함한 레지스탕스 영화를 계획하였으니 그것이 바로 2년 후에야 완성된 〈인생유전〉[1]인 것이다.

하나의 역사적 사실에 있어서 나치에 의하여 점령된 불란서는 그 문화 및 민족사상에 커다란 시련과 전환을 주었다.

전후에 전 문화면에 대두된 실존주의 사상은 불란서의 전통으로 볼 때 정통적인 것은 되지 못해도 여하간 황폐화된 인간 정신에 어찌할 수 없는 공감을 초래했고 그 원천을 형성하고 체계를 지배하고 있는 것은 레지스

---

1 〈천국의 아이들(Children of Paradise)〉. 1945년 프랑스의 마르셀 카르네 감독 제작. 우리 나라에는 〈천정 좌석의 사람들〉〈인생유전〉이라는 제목으로 소개되었다.

탕스 정신이라고 하겠다.

이러한 의미에 있어서도 카르네의 역작 〈인생유전(LES ENFANTS DU PADIS)〉은 현대 불란서 문화와 상징적인 레지스탕스 정신의 발로이며 그 것을 훌륭히 예술화시킨 것은 장 콕토와 르네 클레망의 영향 아래 성장한 감독 M. 카르네[2]의 놀라운 역량을 좌증하는 것이다.

시인이며 시나리오 작가인 자크 플로베르는 포악한 점령하에 있으면서 도 불란서 문학과 언어의 우위성을 앙양시키기 위하여 이 영화의 시나리 오를 완성했다. 그가 소재를 잡은 것은 자연주의의 낭만주의 문학이 융성 했던… 즉 루이 12세 치하 발자크나 뮈세[3] 등의 문학자가 활약한 1840년 대의 파리의 극장가를 배경으로 얽혀진 인생의 애환이며 레지스탕스적으 로 시나리오를 구성해가기 위해서는 등장인물을 1943년… 당시 독군 점 령하에 살고 있는 여러 인간상을 상징시키지 않을 수 없었다.

쉽게 말하자면 영화에 나오는 인물들 중 몬트레 백작은 권력과 횡포를 자행할 수 있는 독일군의 지도층이며 가랑스는 파리를 사랑하고 떠날 수 없는 연약한 불란서 여성들인 동시 불란서 자체를 상징하고 있다. 그러므 로 그는 예술을 사랑하고 점령하에서 살아가기 위해서는 나체를 팔고 사 랑하지도 않는 특권층 몬트레 백에게 자신의 몸을 맡긴다.

그러나 그의 마음 한구석에서는 불란서를 버릴 수 없고 더욱 잊을 수 없는 남성 바티스트를 숙명적으로 사랑하게 된다.

여기서 바티스트를 분석하자면 팬터마임 배우인 그는 자신의 반항과 고민을 누구에게도 고백할 수가 없는 또한 저항을 행동화시키지 못하는

2　원본에는 'M. 르카네'로 오기됨.

3　알프레드 드 뮈세(Alfred de Musset, 1810~1857). 프랑스의 시인, 소설가, 극작가.

그 무렵의 파리의 지식인인 동시 전(全) 예술가이다. 그리하여 그는 가랑스를 마음으로만 그리워하지 그에게 적극적인 행위를 하지 못했다. 파리(가랑스)를 독군(몬트레 백)에게 **빼앗긴** 그는 그저 고민과 절망의 팬터마임 역을 할 뿐이다. 행동할 수 없고 싸울 수가 없는 인간상을 우리는 오늘날의 이곳 지식인들에게서도 손쉽게 발견할 수가 있을 것이다. 피에르 브라소어가 분(扮)하는 르마이트르는 이러한 가혹한 이민족의 지배 아래서도 불란서의 전통과 문화의 발전을 위하여 노력하는 인간이다. 그는 바티스트와는 좀 성격이 달라서 자기의 사색을 행동화할 때가 있다.

그는 용감하게 저항도 하며 예술을 옹호해나간다. 가랑스가 혼자 있는 방에 들어가 정교(情交)를 맺고 극작가들의 작품(독군의 점령정책을 의미할지 모른다)이 졸렬할 때에는 그것을 스스로 고치고 심지어 결투까지 서슴지 않는다. 현실과 환경이 불안하더라도 그가 의욕한 예술에의 정열은 불타오를 따름이다.

가랑스가 바티스트를 진실로 사랑하고 있다는 것을 알게 된 후 생긴 질투심은 부정(不貞)한 아내를 죽이고 자신도 죽게 되는 오셀로를 훌륭히 연기할 수 있는 힘으로 발(發)하고 몬트레 백과 예술에 대한 상반된 의견으로 서슴지 않고 논쟁하는 것이다.

살인과 도적을 일삼는 라스네르는 범죄의 거리에서 발을 꺼내지 못하는 부랑배(浮浪輩)이긴 하나 그의 가슴 한구석에는 불타는 반항심과 복수심이 있다. 가랑스를 몬트레 백에게 **빼앗긴** 것은 좋으나 그에게서 욕까지 당하자 서슴지 않고 암살하는 것이다.

이것은 당시의 파리의 아파슈[4] 청년들이 민족적 원한으로 독군을 암살

---

4 apache : 무뢰한.

했던 사실을 상징하고 있는 것이다.

상기(上記)한 바와 같이 예를 들어본다면 한이 없고 이것은 그저 예비적인 사례에 불과할 따름이다. 시인 플로베르는 내가 여기서 표현할 수도 없는 더욱 심각하고 절박한 열정으로 이 영화의 시나리오를 썼을 것이며 그의 심오한 문학정신은 하나의 현실 감정을 묘사하는 데서 냉정한 객관성을 잘 나타내고 있는 것이다. M. 카르네는 지금까지의 자기의 작품 체계에서 벗어나 예술성을 지닌 본격적인 레지스탕스 영화를 만들기 위해서 플로베르와 협력했으며 그리하여 2년 후에 완성된 〈인생유전〉은 전시(戰時)·전후(戰後)를 통해서 가장 훌륭한 작품으로 세상에 공개되었다. 오랜 신음과 불길한 공기 속에서 살아오고 저항한 인간들… 그들은 마지막까지 불란서인의 자유와 문화와 따스한 감정을 지니고 있었다. 이 영화의 라스트 신-화려하고 즐거운 카니발의 날은-파리가 연합군에 의하여 해방되는 날이다. 몬트레 백은 라스네르에 의하여 죽고 가랑스는 지난날의 연장이 될 수 없는 자신의 현재의 모습과 생활을 버리기 위하여 혼잡한 거리로 사라지고 마는 것이다. 운명을 의미하는 제리고[5]는 말한다. "모든 것은 끝났다"… 점령은 끝나고 파리의 시민은 옛날의 고난을 잊을 듯이 사육제의 흥겨운 사람들이 되고 말았다.

(『평화신문』, 1955년 1월 16일)

---

5 원본대로 표기함.

외화(外畫) 본수(本數)를 제한

— '영화심위(映畫審委)' 설치의 모순성

최근의 신문 보도를 보건대 외국 영화 수입에 있어서 우선 1955년도에는 100본(本)으로 제한하고 이에 대한 기술적 내지 행정적 조치로서 선(先)수입(DP)[1]제와 수입의 가부를 정할 수 있는 영화심사위원회를 설치한다는 것이다. 이와 같은 문제가 금년에 들어 대두되었다는 것은 그 결과적 성과의 가부를 고사하고 지극히 다행스러운 일이라고 일부 식자(識者) 간(間)에는 말이 되고 있다. 그러나 하나의 계획이 세워졌다 하여 필자는 경솔히 찬의(贊意)를 표하기에는 오늘날까지의 제 사정으로 미루어 보아 서슴지 않을 수 없다. 물론 수입 본수의 제한은 가능한 일일지 모르나 선 수입과 영화심위의 설정은 도저히 불가능하다고 본다. 왜냐하면 한국과 같이 좁은 시장과 다른 나라에 비해 참으로 염가로 매각되는 국가에 대해서 외국 영화 배급 회사가 DP를 결코 하지 않을 것이며 민간인으로 구성될 영

---

1   지급 인도 조건(documents against payment) : 국제 거래에서 신용장 없이 지급과 교환으로 선적 서류를 인도한다는 결제 조건을 이르는 말.

화심사위원회는 선 수입이 되지 않는 영화를 심의하기 위해서는 시나리오나 콘티뉴이티[2]를 의지할 수밖에 없는데 시나리오와 콘티뉴이티에 대한 깊은 이해와 충분한 지식이 없는 '극작가·소설가·미술인' 등이 심의위원이 된다는 이 위원회는 실제에 있어 하나의 모험적인 판단밖에 내리지 못할 것이다. 더욱 구체적으로 기술하면 시나리오는 일반인이나 문화인을 위해서 써진 것이 아니다. 시나리오의 유일한 독자는 영화감독과 프로듀서의 이름으로 불리는 일군(一群)의 제작자인 것이며 시나리오와 대중과의 사이에는 감독이란 중개자가 완고한 자세로 서 있는 것이다. 즉 어떤 영화를 만들기 위한 소재(素材)로서 감독과 제작자의 이미지를 주기 위한 방도에 불과하며 극단히 말하면 영화의 전문가가 아니면 정확한 영화적인 이미지를 포착하면서 시나리오를 읽을 수가 없다. 더욱 콘티뉴이티의 경우는 감독이 시나리오를 기본으로 각 장면마다의 등장인물, 움직임, 대사, 음향, 카메라의 위치와 각도 등을 설정하고 이에 따라 연출하는 대본인 것을 기술적으로도 완전한 문외인이 심의 위원이 되어 읽고 그 작품의 우열과 가치를 결정짓는다는 것도 극히 난센스한 일이다. (콘티뉴이티를 읽고 그 영화의 윤곽을 다 알 수 있는 영화인도 별로 없다.)

　외국 영화의 수입 본수를 상·하반기로 나누어 각 50본으로 제한한 것만은 상공(商工) 당국의 의도 여하를 막론하고 필자는 찬성한다. 본수 제한에 따라 업자들은 지금까지 해온 과거의 재상영 작품이나 흥행적으로도 예술적으로도 그리 도움이 되지 않는 프로그램 픽처 등은 자연 수입하지 않을 것이며 현재로서 아직 희망적인 관찰일진 몰라도 앞으로 우리나

2　continuity : 콘티. 영화 촬영에 필요한 모든 사항을 기록함.

라에서 상영되는 외화의 질적인 향상이 도모될 것이라고 보는 바이다. 더욱 국산 영화의 기업적인 편의와 국내 무대예술의 발전을 위해서라도 외화의 무제한 수입과 범람은(국내 경제나 문화적으로 미루어 보더라도) 그리 좋은 현상이라고 할 수가 없다. 그러면 본수 제한에 대한 당국과 업자의 기술적인 조치는 어떠하여야 하며 이에 대한 구체적인 방책은 있는 것인가? 필자는 그 어떠한 당사자도 아니기 때문에 이에 대한 아무 구상도 가지고 있지 않으나 선 수입이 불가능하고 일반 문화인으로 구성될 것이라는 영화 심위가 전기(前記)한 바와 같이 탈선적인 것이기 때문에 앞으로 많은 애로가 초래될 것이라고 생각한다. 그러나 여기서 주제넘게 제의하고 싶은 것은 선 수입이나 심위의 설정보다 더욱 중요한 일은 수입 본수 제한을 위요(圍繞)한[3] 업자와 당국 간의 합리적인 절충인 것이다. 27사(社)의 배급업자로 구성된 협의체인 '배협(配協)'은 지난날의 실적을 참작하여 국가 지역별로 본수를 계정(計定)하고 아메리카의 경우에 있어서는 이를 더욱 사별(社別)로 구분하여 수입 본수를 정하는 것이 다른 외국의 예를 빌리지 않아도 현명한 일일 것이다. 이러한 조치가 취하여지면 계약의 여하에 따라 업자들은 그 책정(策定) 안에서 영화를 수입할 수가 있을 것이며 이는 즉 경제의 자유 경쟁의 원칙을 존중하는 방도이기도 하다. 행정적으로 영화를 관리하는 당국은 '배협'에서 수입을 원하는 작품을 신중 검토하기 위해서는 지금까지의 무정견(無定見)한 영화 정책의 폐단을 시정하고 문화와 영화 전반에 걸쳐 광범위한 전문적 지식을 겸비하고 있는 권위 있는 인사를 선출하여 DP가 되지 않는 작품을 시나리오나 콘티뉴이티 그리고 다른 각도에서도 잘 분석하여 행정적 책임을 지고 수입 추천하

---

3 위요 : 빙 둘러서 싸다. 원본에는 '圍요한'으로 표기됨.

여야 할 것이다. 심위가 민간단체의 성격을 띠는 데 반해서 이러한 협의적인 기관은 많은 반관성(半官性)을 지니게 하여야 하며 재언(再言)한다면 '영화에 대한 전문적 지식'을 가진 사람들만의 모임이 되지 않으면 안 될 것이다.

끝으로 필자는 최근까지 그 구성과 발견이 알려져온 영화심의위원회보다도 더욱 광범위한 견지에서 일반 문화인과 교육자 및 종교인 등으로 구성되는 '영화사상윤리규정위원회' 같은 것이 따로 발족되어 국내외 영화가 간혹 범하기 쉬운 사상적인 과오, 도덕 및 풍속에 대한 문란과 인간의 윤리성을 유린하는 행위를 방지하기 위한 순전한 민간 조직이 출현하기를 또한 원하고 싶다. 이러한 순수한 단체가 다방면으로 노력한다면 법적으로 하등의 근거가 없는 '영화 검열제' 같은 것도 자연 폐지될 것이며 자유로운 영화 문화의 발전을 위해서도 즐겁고 좋은 분위기가 양성될 것이라고 믿는다.

(『경향신문』, 1955년 1월 23일)

최근의 외국 영화 수준

최근에 상영된 수 개 외국 영화를 중심으로 하여 그 작품의 성격과 예술성 그리고 대사(臺詞) 번역 및 검열 제도에 관해서 A(일반 관객)와 B(영화 평론가)의 대화 형식을 빌린 질의의 골자를 나는 여기에 기록하기로 했다.

A… 최근에 상영된 우수한 영화는 대개 어떠한 작품들입니까?

B… 엄격한 의미에 있어서의 좋은 영화는 전연 없다고 할 수 있으나 좀 에누리를 한다면 줄리앙 뒤비비에가 영국에서 감독한 〈안나 카레니나〉 〈챔피언〉으로 우리나라에도 알려진 마크 로브슨의 〈열풍〉…… 이것은 작가 제임스 A. 미치너의 소설집 『낙원에 돌아간다』에 수록된 「모건 씨」의 영화화입니다. 그리고 레오니드 모귀라고 전에 〈창살 없는 감옥〉으로 센세이션을 일으킨 감독이 이태리에서 제작한 〈내일이면 늦으리〉라는 작품 정도가 아닐까 아닐까요.

A… 〈내일이면 늦으리〉는 저도 보았는데 무척 기대에서 어그러졌습니다.

B… 확실히 그러합니다. 레오니드 모귀란 감독에 저는 너무 기대하지 않았습니다. 왜 그러냐 하면 작가에게 있어 그 사람의 의식으로서의 예술성은 어떤 구분이 있는 것 같고 모귀는 역시 전전적(戰前的)인 작가라는 데 그치고 말았습니다. 그는 이 영화에서 사춘기에 있는 소년 소녀의 생태를 묘사하는 한편 성교육에 대한 봉건적인 전통의 지배가 주는 무서운 비극이 어떠한 것이라는 것을 말하고자 했습니다.

이 영화가 그리려고 한 의도는 참으로 훌륭한 데가 있고 우리들 역시 배워야 할 점이 많았습니다. 그러나 영화가 관객에게서 멀어져 가기 쉬운 계몽성을 이 영화는 너무 많이 지니고 있으며 그 연출의 구성 방법이 대단히 낡습니다.

〈자전거 도둑〉〈종착역〉의 명감독 데시카가 이 영화에 나오는데 그는 전에는 영화배우였던 관계상… 우리나라에서는 전후에서야 겨우 그를 알았으나 배우로서의 그의 명성은 참으로 오래되었습니다. …여기에서도 좋은 연기를 보여주고 있습니다. 즉 교원(敎員)으로 분한 그의 한마디 한마디의 대사가 이 영화의 제작 의도입니다.

물론 별다른 연기는 아니나 이탈리안 리얼리즘의 위대한 감독을 화면에서 직접 보게 된 것은 기쁜 일입니다. 모귀는 전부터 많은 소녀들을 데리고 좋은 영화를 만들었는데 이 작품에서도 수십 명의 소년 소녀를 자유자재로 연출시키고 있으며 그것이 무척 평상적인 것엔 놀라지 않을 수 없었습니다. 다만 작품의 성과가 그리 훌륭하지 못했으며 스토리나 구성이 참으로 개념적이라는 데 나는 불평이 있습니다.

A… 〈열풍〉은 어떻습니까. 게리 쿠퍼가 출연한다지요.

B… 마크 로브슨의 전작 〈챔피언〉에 비하면 소재도 완전히 다를 뿐 아니라 작품 가치에서도 훨씬 떨어집니다. 그렇지만 이 영화를 보고 저는 하나 감동을 했습니다. 그것은 아메리카인들이 무척 미개적인 토인을 이해하고 그들의 전통을 살리려고 애를 쓰고 있는 모습이 솔직히 그려지고 있습니다. 별로 이름도 없는 제작소의 작품인 까닭에 출연하는 배우들은 쿠퍼 외에는 거의 무명의 사람들이나 로브슨은 현지 로케이션에서 그곳 토인들을 잘 구사하고 있습니다. 음악은 참으로 훌륭합니다. 〈하이 눈〉으로 널리 알려진 디미트리 티옴킨이 역시 테마 뮤직 송을 아름답게 효과적으로 취입시키고 있습니다. 이 영화에서 그의 음악을 뽑아버린다면 아마 이 작품의 가치는 반감될 것입니다. 여하간 나는 〈열풍〉은 근래의 아메리카 영화로서는 그 소재가 이색적인 것이며 작가 제임스 A. 미치너의 남태평양을 주제로 한 소설을 이해하기에도 좋은 교시를 주는 것이 아닌가 생각합니다.

A… 최근의 외국 영화의 수준은 어떻습니까? 물론 우리나라에서 상영되는 것을 기준으로 해서…….

B… 영화업자와 영화의 수준을 말하여야만 되는데 여기에는 우리나라의 영화관과 관객의 경우가 지배적인 요소를 갖게 됩니다. 업자들은 대중에게 어필될 것을 수입하기에 급급하고 있으나 대중이 많이 보는 작품은 예술성이 무척 떨어집니다. 한국에서는 서부 활극이나 권총 난사극이 제일 인기가 좋고 너무 예술적이면 손님이 없습니다. 그 때문인지 최근의

양화(洋畵) 수준은 오락 본위에서는 몰라도 작품 가치에서는 대체로 전보다 훨씬 저락되었습니다. 그중에서도 제작 연도가 오래된 우수한 작품도 있습니다. 말하자면 〈심야의 탈주〉〈파리의 아메리카인〉 같은 것인데 이러한 것은 우연한 일이며 흥행 성적이 좋지 못했습니다. 나는 간혹 이렇게 생각할 때가 있습니다. 문명국가 중에서 우리나라가 제일 너절한 외국 영화를 가장 시일이 늦게 상영하는 것이 아닌가?…… 사실 그렇습니다. 우리나라 정부나 민간단체에서는 뚜렷한 영화 정책이 없고 외국 문화를 청취하는 데 스스로의 양식 아니 준비가 되어 있지 않습니다. 영화를 수입하려면 공보처의 추천이 필요하고 상영되기 전에는 검열을 받아야 하는데 이것이 문학 그대로 무궤도적이며 비문화적인 까닭에 전에 상영된 〈한국동란의 고아〉나 〈카스바의 사랑〉과 같은 것이 나타나게 됩니다.

A… 〈카스바의 사랑〉은 저도 보고 대단히 분개했습니다. 도대체 지워버린 자막이 많고 해서 전후의 흥미를 모르겠고 그 때문인지 이 영화가 무엇을 그리고 있는지 알 수가 없었습니다.

B… 저도 동감입니다. 영화의 광고문과 작품을 보고 겨우 안 것은 어떤 유부녀가 어린애를 낳고 싶어서 자기 남편의 전처 아들…… 즉 자기 아들을 육체적으로 사랑하게 된다…… 운운의 것인 것 같으며 검열 시 대사(슈퍼임포즈)에 나오는 '아버지'에 관한 것과 그리고 부자간이라는 것을 암시하는 것은 전부 삭제한 모양입니다. 그러나 여기서 문제 되는 것은 이처럼 많은 대사를 삭제해야 할 작품을 어찌해서 수입 추천을 했으며 전후의 연결성이 없는 대사의 흥미조차 모를 이런 영화를 공보처가 검열 통과시킨 의도를 알 수가 없습니다. 일부 사람은 많은 대사를 삭제했다 해도 원

어(불란서어)에서 직접 들을 수도 있겠으나 불란서 영화의 경우 그 일부 역시 참으로 적다고 저는 생각합니다. 더욱 〈카스바의 사랑〉은 그 예술적인 가치도 전연 없습니다. 그 영화의 스토리와 한국의 양습(良習)과는 너무도 거리가 멀고 그 영화 자체가 저급 프로그램 픽처에 불과합니다. 나는 이와 같은 작품이 우리나라에 어떠한 문화적인 도덕적인 해독을 끼친다는 것을 잘 알고 있습니다. 그럼에도 불구하고 이런 작품이 공공연하게 상영되고 있다는 것은 관계 당국의 무지와 무책임한 것을 좌중하고도 남음이 있습니다. 여하간 이런 작품이 앞으로 들어오지 않았으면 하고 원하는 것은 비단 나 혼자가 아니겠지요.

(『영화세계』 4호, 1955년 3월 1일)

최근의 국내외 영화

국내 영화

금년 초에 들어 세 가지의 한국 극영화가 봉절되었다. 즉 이규환 감독의 〈춘향전〉과 한형모 감독의 〈운명의 손〉, 신상옥의 〈꿈〉 등이며, 더욱 특기할 만한 것은 〈춘향전〉의 흥행 성적이 아직까지의 한국 흥행사상 최고의 수입을 올린 것이다.

세 가지의 작품이 그 흥행적 가치를 떠나서 작품의 질적 수준으로 볼 때, 전연 논의의 대상이 되지 못하는 우열(愚劣)한 것이었다는 것은 참으로 유감된 일이었으며 이러한 불만은 한국 영화가 앞으로 봉착하게 될 큰 난관을 의미하고 있는 것이다.

현재 한국에는 훌륭한 영화감독이 없다. 물론 이규환, 전창근, 안종화, 윤봉춘(尹逢春) 제씨의 이름을 들 수 있으나 우리들이 크게 기대할 만한 작품적 활동을 이분들은 하지 못하였고 윤봉춘 씨가 〈고향의 노래〉에서 그 역량을 다소 발휘하고 있으나 전적으로 그를 믿기에는 이르지[1] 못했

---

1 원본에는 '이루지'로 표기됨.

다. 과거 중국에서 영화 작가로 이름을 높였던 전창근 씨가 메가폰을 든 〈불사조의 언덕〉이 요즘음 촬영 중에 있다. 해방 후 전 씨가 감독하는 본 격적인 극영화이기 때문에 우리들의 관심은 자연 이 작품에 집중되고 있 는데, 과연 어떠한 작품으로 나타나게 될는지 참으로 궁금한 일이다. 필 자는 본 지면을 통하여 우수한 작품이 되기를 원하는 바이다.

이규환 씨의 〈춘향전〉은 흥행 면을 떠나서는 그리 가치 있는 작품이 아 니다. 이미 다른 비평가들이 논급한 바와 같이 전연 시대 영화로서 양식 화되지 않았고 작가의 의식이 표현에 있어 혼돈되어 있기 때문에 많은 결 함이 눈에 띈다. 이 씨가 지나간 연대에 있어서 〈임자 없는 나룻배〉나 〈나 그네〉와 같은 명화를 만들었다면 〈춘향전〉의 그는 완전히 상실된 연대의 작가에 불과할 것이다. 물론 우리나라의 영화 제작이 감독의 창의성을 그 대로 나타낼 수는 없는 형편이다. 참으로 많은 쇄신이 가로놓여 있고 촬 영소 하나 없는 고장에서 더욱 하등의 촬영 시설 없이 영화를 만든다는 것은 기적에 가까운 일이긴 하나 나는 전후의 이탈리안 리얼리즘의 이 름으로 전 세계에 알려진 〈자전거 도둑〉 〈구두닦이〉 〈무방비 도시〉와 같 은 일련의 작품들이 제작된 것을 상기하지 않을 수 없는 것이다. 결국엔 많은 애로가 있다 할지라도 작가로서의 감독의 역량은 작품 전체를 좌우 하게 하는 것이다. 윤봉춘 씨와 이규환 씨의 두 작품을 보고 내가 단적으 로 느낀 것은 이분들이 시대 의식에 큰 착각을 일으키고 있는 점이다. 토 키 영화의 생명인 다이얼로그를 거의 천시에 가까울 정도로 취급하고 있 으며 몇 장면의 표현에 있어 무성영화 시대의 기법을 그대로 쓰고 있다는 것은 작품의 손실을 고사하고서라도 관객에 큰 모욕을 주는 일이다. 결국 새로운 영화예술에 대한 자신의 노력을 태만히 하고 있는 증좌이다. 안종 화 씨는 참으로 긴 침묵의 시기를 보냈다. 들건대 〈황진이〉를 영화화하는 모양이나 여하튼 작가적 활동은 기간(其間) 전연 하지 않았으니 무어라고 운위해야 좋을지 모르겠다. 아메리카에 있어서 과거의 명장들 요제프 폰 스턴버그나 프랭크 캐프라 등이 제1선의 감독의 자리에서 물러난 것과 같이 우리나라에서도 그러한 일이 생기지 않는다고 단언하지는 못할 것이다.

과거에 훌륭한 작품을 발표했다고 해서 오늘의 훌륭한 작가는 아니다. 더욱이 영화예술에 있어서는 격심(激甚)하기 한이 없다.

신춘의 '춘향전 붐'은 한국 영화계에 큰 자극을 주었다. 널리 대중에게 알려진 고전물이나 사화(史話)가 관객 동원에 힘이 된다는 것을 제작자들은 알게 되고 이것을 이용하려는 그들의 기업으로서의 영화 제작 의욕은 참으로 컸다. 그리하여 이것을 계기로 〈황진이〉〈단종 애사〉〈왕자 호동〉〈별〉 등이 현재 계획 중에 있으며 아마 이 글이 발표될 무렵에는 기중에 촬영을 개시한 것도 있을 것이다. 그러나 이것과는 달리 〈출격 명령〉을 감독한 신진 홍성기(洪性麒) 씨의 〈열애〉, 이강천(李康天) 씨의 〈피아골〉, 박남옥(朴南玉) 씨의 〈미망인〉(이것은 16밀리), 박계주(朴啓周) 원작인 〈포화 속의 십자가〉〈자유 전선〉〈반(半) 처녀〉 등이 완성 및 녹음 중에 있다는 것은 한국 영화가 그 제작을 하나의 발전적 궤도에 올려놓고 있는 것을 말한다. 이러한 움직임은 지금까지 문화의 그늘 지대에 앙상하게 남아 있었던 영화가 그 소생의 제1보를 내디디고 있는 셈이 된다. 여하간 해방 10년 후의 최초의 일이며 경하스러운 일이다.

그러나 냉정히 최판(最判)할[2] 때, 영화가 단순히 많이 제작된다고 해서 우리는 조금도 즐겁지 않다. 영화인은 지금까지 무위도식을 하던 자이니

---

2 문맥상 의미는 '판단할'임.

비로소 일자리를 얻어 생계를 해나가게 되어 실직의 상태를 면하였으나 아무 내용도, 의의도, 가치도 없는 작품이 쏟아져 나온다는 것은 불쾌하기 짝이 없으며 큰 소모 작용에 불과할 것이다. 갑자기 우수한 영화가 나오지는 않는 일이지만 우리나라에선 생산되지도 않는 고가의 필름이 그저 인물과 풍경의 촬영으로 그치게 된다며는 서글픈 일이다. 남들은 과도기적 현상이라고 하나 결코 그러한 피난 용어는 예술에는 타당치 않다. 혼란과 역경 속에서 좋은 작품을 만들어 내는 것이 더욱 의의가 있는 일이 아니겠는가. 지금까지의 작품을 개괄적으로 볼 때 겨우 〈고향의 노래〉 정도가 조그마한 면목을 세웠을 뿐 다른 작품들은 보잘것이 없었다. 그 중요한 원인은 감독자의 의식과 역량 부족도 있었으나 시나리오의 책임이 크다.

내가 여기서 솔직한 말을 하자면 시나리오도 없이 겨우 몇 줄의 플롯만 가지고 영화 촬영을 완성한 일을 알고 있다. 그 감독은 천재가 아니면 최대의 무식자이다. 지금까지 우리나라에서는 시나리오에 큰 관심을 두지 않았으며 녹음 역시 애프터 레코딩[3]인 관계로 시나리오나 다이얼로그는 귀찮은 존재이었다. 요즘에 와서야 이런 경향이 무척 변하고 "좋은 시나리오가 있어야지"라는 소리를 하루에도 몇 번씩 듣게 되는데, 상식적인 말이긴 하나 좋은 시나리오는 좋은 영화를 만들 수 있으나 나쁜 시나리오는 좋은 영화를 만들 수 없다는 것을 명심하여야 될 것이다. 이청기(李靑基) 씨가 〈황진이〉, 이정선(李貞善) 씨가 〈왕자 호동〉, 유치진(柳致眞) 씨가 〈별〉과 〈단종 애사〉의 시나리오를 집필하게 되었다는 것은 아직 자세히 알 수 없으나 앞으로의 한국 영화의 시나리오 분야에 다소의 플러스는 될

---

3 원본에는 '아후래코(아프레코, 'after+recording'의 일본식 약자)'로 표기됨.

것이다.

〈춘향전〉의 흥행적 성공은 전기한 바와 같은 사회물의 영화화에 품은 그날이 되었으나 대부분의 제작자의 심경은 훌륭한 예술보다도 훌륭한 수입을 만들자는 데 결집되고 있는 것도 한국에서는 어쩌할 수 없는 일이다. 왜냐하면 우리나라의 협소한 시장과 동원 인원을 가지고 영화 산업의 수지를 밸런스 시킨다는 것은 결코 쉬운 일이 아니다. 〈춘향전〉은 최초의 고전극 영화이었고 거기에 대중의 호기심이 자연 따라가게 되었다. 그러하기 때문에 기적적인 성황을 이룬 것이다.

모든 새로운 기업가들은 그리 큰 자본을 가지고 영화를 만드는 것이 아니라 수공업적인 과정으로서 제작을 하게 된다. 환언하자면, 기억의 빈곤을 처음부터 의식해 가면서 착수했다. 한 편의 작품에 평균 1천 3, 4백만 환(圜)이나 소요되기 때문에 그 금액을 다시 찾아내기에는 한국은 너무도 시장이 좁고 자칫하면 결손을 보기 쉬운 일이다. 그 예로서는 〈운명의 손〉이었다.

그런 고로 예술에의 욕구는 이차적인 것이 되며, 그저 대중에게 많이 알려진 고전소설이나 사화를 영화화하자는 데 목표의 전부라 하겠다. 그러나 나는 예술성이 없는 제작을 위한 제작은 앞으로 반드시 실패할 것으로 관측하는 한 사람이다.

〈꿈〉이나 〈춘향전〉을 보고 나온 관객은 '속았다', '너절하다', '재미가 없다'는 뜻을 말한다. 영화의 관객─외국 영화와 국산 영화의 관객의 질은 다르겠지만─은 그리 우열(愚劣)한 자들도 아니며, 오락성도 없고 예술적 가치도 없는 영화를 그리 오래 보지 않을 것이다. 한국 영화에 대한 동정적인 호기심이 '춘향전의 붐'의 원인이었다고 이것이 바로 다른 작품에 해당되지는 않을 것이다. 그러한 까닭에 앞으로 나올 작품들은 지금까지의 작품이 빠져 있는 안이성을 떠나서 보다 나은[4] 예술과 오락을 지닌 작품이 되어야 할 것이며 그렇지 못할 경우 이들 작품은 흥행적으로도 큰 타격을 면치 못할 것이다.

과거의 한국 영화의 짧은 역사를 회고하여볼 때 그 작품의 질적 수준이 그리 외국에 떨어지지 않았다. 우리에게 좋은 소질이 많이 있었으며 민족적인 정서나 감정이 그것을 제대로 표현만 한다면 다른 나라보다도 훌륭한 것이 아닌가 자부한다. 제대로 정비되어 있는 기재 하나 없이 우리들은 몇 가지 극영화를 만들었다. 그 재능과 정열을 살려간다면 한국 영화의 빈곤한 상황은 타개될 것이며 해외에의 진출도 가능한 일이 될 것이다.

지금 일본 영화가 많이 동남아시아에 진출되고 있다. 이것이 곧 우리 영화의 진출을 의미하지는 않아도 우리 영화가 지금의 수준에서 다소라도 향상된다면 영화의 시장은 비단 한국 내에 그치지는 않을 것이다. 그 구체적인 예로서 동남아에서 하나의 작품을 제작하는데, 미불(美弗)로 평균 4~7만 불이 소요되나 그 회수가 불가능하기 때문에 로열티가 싼 일본 영화를 수입시키고 있다. (미, 영의 영화는 로열티가 엄청나게 비싸다.) 만일 우리의 영화가 7천 불에서 1만 불 정도로 수출된다 해도 현재의 제작비의 대부분은 그것에서 회수될 것이며, 그러한 해외 진출이 주는 영향을 '춘향전 붐' 보다 더 큰 제작에의 자극을 우리에게 줄 것이다. 나는 〈꿈〉이나 〈춘향전〉이나 〈출격 명령〉 같은 것이 지금 해외에 진출한다는 데는 반대하는 한 사람이다. 그 이유는 미숙하기 짝이 없고 작품으로서도 실패되고 있는 영화가 한국 영화의 대표작인 것처럼 외국에 알려질 때, 앞으로 우

---

4 원본에는 '낳은'으로 표기됨.

리나라 영화에 대한 그들의 인식이나 선입감은 참으로 나빠질 것이며 차후로 제작될 우수한 영화의 진로까지도 저해될 것이다.

산업으로서의 영화는 결코 불가능한 일이 아니며 현재 제작 진행 중에 있는 영화들이 그 가능의 여부를 좌우할 것이다.

어디까지나 '훌륭한' 영화가 되지 않으면 안 될 것이고 보다 좋은 예술성과 오락성을 지닌 작품으로 등장되기를 바라 마지않는다. 그러기 위해서는 영화인 전체의 더 한 층의 분발이 필요할 것이다.

외국 영화

금년도에는 100본(本)의 외국 영화가 수입될 것이다. 상·하반기 각 50본의 수입이 허가되어 있으며 상반기 분은 이미 그 쿼터가 다 사용되었다. 외국 영화의 수입 제한에 따라 그 작품의 질적 문제를 검토하기 위하여 영화심의위원회가 발족되고 있다. 즉 유두연(劉斗演), 이헌구(李軒求), 전창근, 정화세, 안종화 씨 등으로 구성되어 있으며, 이들은 외국 영화의 우리나라에 있어서의 상영을 좌우하는 권한을 가지고 있다. 여기서 공정히 심의 통과된 작품만이 수입되기 때문에 '심의원'의 책임은 참으로 무겁다.

그러나 앞으로 상영될 외화의 질적 수준은 문제가 되지 않을 정도로 저락될 것이다. 1954년의 아메리카 영화는 대작은 거의 시네마스코프와 비스타비전의 양식으로 전환되었고 우리나라의 어떠한 극장도 시네스코나 비스타비전을 받아들일 시설을 하지 않았다. 물론 이외의 작품들도 우수한 것이 많으나 수입 가격이 고가인 까닭에 영화업자들은 자연 저가의 작품밖에 수입하지 않는다. 더욱 '예술적'인 작품은 한국의 관객 수준에 맞지 않고 흥행적으로도 위태하기 때문에 손을 내미는 자가 거의 없다 해도 과언이 아닐 것이다. 그러므로 제작 연대가 오래된 싼 작품이 한국에 밀려들어 오게 되며 우리는 하는 수 없이 이런 삼류 작품밖에 보지 못하는 것이다. '심위'는 수입업자가 아닌 고로 삼류 작품의 심의 외에는 하지 못한다. 결국 우수 영화의 수입을 목적으로 노력할 수는 없게 된다.

기중 몇 가지의 좋은 작품이 상영될 가능성이 있다. 존 휴스턴의 〈아프리카 여왕〉, 스탠드 크레이머 제작인 〈탐정 이야기〉, 아나톨 리트박의 〈회상〉 〈분홍 신〉의 멤버가 제작한 〈호프만 이야기〉, 영이(英伊) 합작인 〈로미오와 줄리엣〉, MGM에서 존 포드가 감독한 〈모감보〉, 막스 오필스의 〈마담 드…〉 등이다. 그러나 이런 작품이 곧 외국 영화의 전반의 움직임을 반영시키는 것도 아니며 한국에 있어서의 외화의 수준을 확보할 것이라고 단언할 수 없다. 〈아프리카의 여왕〉에는 캐서린 헵번과 험프리 보가트가 주연하였으며, H. 보가트는 영화의 출연으로 그해 아카데미 연기상을 받았고, 〈탐정 이야기〉는 아메리카의 시정 생활과 그 속에 사는 인간의 비극을 그리고 있다.

〈회상〉은 높은 경지의 작품은 아니다. GI[5]와의 사랑 때문에 센강에 투신하는 여자의 애화를 그린 것이다. 〈로미오와 줄리엣〉은 천연색 영화의 색채의 우수성으로 널리[6] 알려졌고 〈모감보〉는 삼각연애의 심리 구사에 성공한 작품이다.

이상 제한한 매수에 지극히 추상적인 전망에 그친 감이 있으나 한국 영

---

5 미국 육군 병사의 속칭.
6 원본에는 '넓히'로 표기됨.

화의 금년은 시련과 고난의 시기가 될 것이다. 이런 고난을 겪고 극복해 나가면서도 작품의 질적 수준이 향상된다면 이는 다음의 좋은 활로를 개척하는 일이 될 것이며 한국 영화계에 큰 서광을 가져오게 할 것이다.

외국 영화에는 그리 큰 기대를 가질 수 없고 혹시 우수한 작품이 수입된다면, 수입업자의 공로를 우리들은 치하하여야만 될 것이다.

(『코메트』 13호, 1955년 4월 20일)

1954년도 외국 영화 베스트 텐[1]

제1위 〈제3의 사나이〉

제2위 〈파리의 아메리카인〉

제3위 〈오르페〉

(10점 만점)

후보 작품명	제작	국내 배급	점수 합계	등위
말타의 매	미국	국제영화	3	
제3의 사나이	영국	대한영교(映敎)	95	1
황색 리본	미국	신한문화	2	
격전지	미국	국제영화	3	
햄릿	영국	동남영화	42	4
죄 많은 여인	독일	신영사	1	

---

1 '한국영화평론가협회 선정'이다.

열사(熱砂)의 비밀	미국	불이(不二)무역	0	
애상의 나그네	불란서	국제영화	25	10
밤마다 미녀	불란서	세기영화	36	5
다시 없는 기적	불란서	남화상사	25	10
심야의 탈주	영국	미양실업	34	6
흑수선(黑水仙)	영국	동남영화	20	
챔피언	미국	신부(信夫)영화	34	6
푸른 화원	미국	불이무역	15	
파리의 아메리카인	미국	불이무역	63	2
황혼	미국	불이무역	23	
물랭루주	영국	미양실업	30	8
레베카	미국	동양영화	2	
패배자의 최후	불란서	동남영화	16	
하이 눈	미국	동양영화	28	9
오르페	불란서	수도영화	47	3

　이상과 같이 채점되었는데 투표한 영화평론가의 명단은 다음과 같다. 허백년, 유두연, 이진섭(李眞燮), 이정선, 박인환, 박태진, 이청기, 이철혁(李喆爀), 김소동, 오영진, 이봉래 등 제씨 들이었다.

(『신태양』 4권 6호, 1955년 6월 1일)

영화예술의 극치

— 시네마스코프[1] 영화를 보고

1950년 20세기폭스 사장 스커러스[2] 씨는 시카코에서 성명(聲明)을 했다. "영화 사업은 점점 전도가 유망하다"고. 그것은 영화가 테레비에게 침해되고 있다는 비관설이 전 아메리카의 영화업자의 가슴속에 파고들고 있을 때였다. 스커러스 씨의 낙관설에는 근거가 있었다. 그는 과학의 진보에 신뢰하고 있었다. 1951년 그는 서서(瑞西)[3]에서 아이드 휘아[4]라는 대(大)스크린의 색채 텔레비전의 실험을 보고 그 장래성을 간파했다. 1952년 9월 그 데몬스트레이션이 행하여지고 GE 제너럴 일렉트릭사(社)가 그 장

---

1 Cinema Scope : 1950년대 할리우드가 영화 산업에 닥친 위기를 극복하려는 방안으로 고안. 애너모픽 렌즈(anamorphic lens)를 일반 렌즈 앞에 장착해 촬영한 후 화상을 옆으로 늘리는 원리를 이용. 시네마스코프 화면은 가로 세로의 비율이 표준 규격에 비해 가로의 비가 크다.
2 Spyros Panagiotis Skouras(1893~1971).
3 '스위스(Suisse)'의 한자어 표기.
4 원본대로 표기함.

치를 극장용으로 개량했다.

더욱 동년 파리에서 스커러스는 앙리 크레티앵 교수가 발명한 외상정영(歪像正映)[1] 렌즈의 권리를 매수했다. 여기서부터 시네마스코프가 생긴 것은 말할 필요도 없다. 영화사상 최초의 시네마스코프는 1953년 2월 뉴욕에서 상영되어 영화계에 혁명적인 파격을 야기시키었다. 이것은 영원히 기록되어야 할 것이며 그 작품의 이름은 〈성의(聖衣)〉인 것이다.

시네마스코프의 출현은 전 아메리카 영화를 새로운 세계로 끌고 나갔다. 각 영화사는 명칭만은 달리 붙였으나 결국 초 특작은 거의 시네스코의 시스템을 취해야만 되었고 이러한 작품을 상영시키기 위하여서는 만곡(彎曲)[2]된 와이드 스크린과 입체음향을 완전히 할 수 있는 음향 장치를 하여야만 되었다.

나는 단시일 간의 체미(滯美)였으나 많은 시네마스코프 영화를 보았다. 시네마스코프를 보기 위해 간 것과 다름이 없었다. 모든 영화관은 거의 사본(四本) 사운드 트랙식(式)의 설비를 하고 있으며 처음 본 작품은 〈쇼보다 훌륭한 직업은 없다〉라는 것으로 28일부터 수도극장에서 상영되는 〈성의〉를 제작한 20세기폭스사의 것이다. 지금까지의 평면 영화와 다른 것은 인간의 육안이 갖는 시계를 그 외시야(外視野)와 측시야(側視野)의 한계 전체에 걸쳐 넓히고 있는 것이다. 즉 이것은 영화의 세계의 광대와 개방을 의미하는 것이다. 무대에서 춤추는 사람이 움직이면 될 뿐이지 카메라의 위치는 고정되어도 좋다.

---

1 모습을 왜곡하여 다른 모양으로 표현하지만 원래의 모습이 지니는 특징은 변하지 않음.
2 활처럼 굽어져 완만한 곡선을 이룸.

야구나 테니스를 주제로 한 평면 영화는 되도록 화면의 깊이와 밀도를 날아내려고 종장(縱長)의 구도를 사용하고 팬 포커스의 카메라 수법으로 전후에 인물 각자의 초점을 합쳐서 그 액션과 감정을 대외적으로 그려야만 되지만 시네마스코프의 있어서는 피사체의 중간에 카메라의 렌즈가 가면 테니스 같은 것은 마치 현장을 구경하는 것과 다름이 없는 실감이 오는 것이다. 텔레비전은 한쪽 눈을 감고도 볼 수 있다. 평면 영화도 그러하다. 하나 시네마스코프는 양안(兩眼)을 다 뜨고 있지 않으면 볼 수 없다. 안질로 한쪽 눈이 당분간 보이지 않는 영화평론가인 나의 친구 유두연 씨에게는 몹시 미안한 이야기다. 나는 그를 생각하면서 사본 트랙식의 〈해저 2만 리〉(이것은 월트 디즈니의 작품)을 볼 때 실제 한쪽 눈을 감고 보았다. 시네마스코프의 원리적인 비밀을 이러한 간단한 곳에 있다. 그것은 영화의 세계를 되도록 자연에 접근시키려고 노력하고 있는 것이다.

시네마스코프는 지금 세계의 모든 영화관에서 상영되고 있다. 사본식이 아니면 적어도 일본식(一本式) 사운드 트랙이 설비되고 있는 것이다. 아메리카에서의 인구 1, 2만의 도시의 작은 극장은 일본식인 것이 많았다. 영화 제작사는 대작은 시네마스코프에 의존하여 기술적으로는 발전한 여러 작품의 1954년에 많이 늘어나[3] 영화 사업상으로는 작년이 전후(戰後) 최고의 성적을 올렸다. 영화 〈성의〉를 제작한 폭스사의 스콜라 씨의 예언이 맞았을 뿐 아니라 그는 할리우드에 기사회생의 단서를 만들어주었다.

지금까지 시네마스코프는 흥미 본위의 스펙터클이 아니면 넓은 배경을

---

3 원본에는 '날아나'로 표기됨.

찾아서 일종□□□ 본위의 작품이 많았다. 평면 영화가 가없는 밀도와 다른 불필요한 광대성이 너무 눈에 띄었기 때문에 종래의 영화가 의도한 영화예술의 방향에 정진하지 않으면 안 되는 시기에 이른 것은 명확한 일이다. 이번 우리나라에서 처음 상영되는 〈성의〉는 아직 보지 못했으니깐 무어라고 말할 수 없으나 여하튼 반드시 감상해두어야 할 영화일 것이다.

그 후 적어도 54년도의 작품 〈7명의 신부와 7명의 형제〉〈스타 탄생〉 〈긴 회색의 선〉〈카르멘 존스〉〈데지레〉는 시네스코의 미래와 예술성을 입증할 수 있는 작품들이라고 할 수가 있다.

시네마스코프의 음향은 완전한 음체음(音體音)이라고 불러도 조금도 손색이 없다. 시네스코가 월등하게 자랑할 수 있는 것은 그 음향이다. 자연음을 영화에서 들을 수 있는 것은 하나의 혁명이며 인간의 힘이 그 과학의 덕택으로 고도하게 발휘되어 있다고 할 수가 있다. 형상과 색감과 음향의 합치는 시네마스코프에서 완성되었다고 할 수 있다.

앞으로 우리가 바랄 것은 시네마스코프가 이집트의 피라미드나 캐니언 록키의 경관을 그리는 데 만족하지 말고 그 카메라의 넓은 시야 속에서 개인의 운명보다도 사회 전체의 운명과 대결하고 개인의 드라마보다 집단의 드라마를 응시하여야 할 것이다.

그러한 대비로서는 작년도의 영화예술로서의 우수작이 흑백 · 평면 영화인 〈부두〉〈시골 처녀〉〈사브리나〉에 그쳤다는 것으로도 쉽게 알 수가 있는 것이다. 이번 시네마스코프 영화 〈성의〉는 영화사상의 큰 혁명으로서 시대와 센스에 뒤지지 않고 함께 걸어나가자면 한 번 보고 생각해봐야만 될 것이다. (필자 시인 · 영화평론가)

(『평화신문』, 1955년 6월 28일)

악화(惡畵)는 아편이다

영화에 대한 행정사무가 문교부로 이관은 되었으나 아직 뚜렷한 좋은 일을 하고 있는 것 같지가 않다. 사실에 있어서 문교부 영화 담당자들은 외국 영화 수입에 있어서 우수 작품만을 수입시키기 위하여 노력한다고 필자에게 말한 적이 있으나 지난 6월분의 추천 작품을 보면 한심하기 짝이 없다. 15, 6년 전에 작품이 있는가 하면[1] 거의 무의미한 활극과 흥행 본위의 저급한 작품이 절반이 넘는다. 물론 업자들의 신청에 의하여 그것만을 심사하기 때문에 이러한 폐단도 생기겠지만 만일 확고한 예술 본위의 우수작을 수입시키겠다는 신념을 가지고 처리해 나간다면 저급 작품은 그 신청의 전부라도 좋으니 각하시키면 되지 않는가. 이렇게 일을 해나가려면 많은 애로도 있을 것이며 사정(私情)을 물리치지 않으면 안 된다. 하지만 우리들은 고가의 외화를 버리고 언제까지나 3, 4류의 비겁한 작품만

---

1 원본에는 '의하면'으로 표기됨.

을 들여올 필요가 없다. 한발 더 나아가서 업자의 반성도 요망되지만 여하튼 간에 문교 당국자의 과단(果斷) 있는 처리만이 앞으로 기대되는 바이다. 악화를 대중에게 계속적으로 공개한다는 것은 마치 아편을 주고 중독화시키는 것과 다름이 없는 것이다.

(『중앙일보』, 1955년 7월 12일)

시네마스코프의 문제

시네마스코프(시네스코)에 대한 일반의 기대가 컸던 만큼 〈성의(聖衣)〉와 〈원탁의 기사〉는 더 많은 실망을 주었다. 물론 만곡(彎曲)된 대(大)스크린, 입체적인 음향의 효과가 지금까지의 평면 영화보다 뛰어나게 다르다는 점도 들 수 있겠으나 영화가 지닌 본질적인 예술성은 그것만으로 흡족하지는 못한 것이다. 스크린이 양면으로 퍼졌기 때문에 관객은 자연스러운 시각도로서 화면을 볼 수가 있고 넓은 스크린을 채우기 위해서는 웅장한 배경이나 많은 인물들이 등장되어야 하므로 지금까지의 영화보다는 훨씬 스펙터클한 것을 볼 수가 있으나 시네스코가 숙명적으로 결함을 가지고 있는 것은 이러한 우위성과는 다른 내면적인 문제인 것이다. 즉 시네스코는 흥미와 오락 본위의 세계에만 그칠 것이 아니라 좀 더 나아가 깊은 인간성과 사회성을 어떻게 하면 묘사하느냐는 점이다. 〈성의〉와 〈원탁의 기사〉는 20세기폭스사와 MGM사에서 모두 시험적인 도정으로 처음 만든 작품들이다. 그 때문인지 시네스코로서는 더욱 많은 약점을 지니고 뚜렷이 작품의 주체성이 나타나 있지가 않다. 비단 스크린이 크기 때문이라고 돌리지 않아도 이 두 작품에서는 결코 내면의 세계를 그리려고 하지도 않았으며 어디까지나 흥행성에만 급급하였다는 것이 노골적으로 나타나 있다. 왜 우리들은 같은 시설과 같은 시간에 예술성이 없는 졸렬한 작품만을 보아야 하는가? 물론 제작순이 있으니 차차 이어 볼 수가 있다고 답할지 모르나 그것은 업자의 패배가 되고 마는 이야기다. 처음으로 소개되는 시네스코 작품이 우수한 작품일수록 관객들은 앞으로 좋은 인상을 갖고 다른 시네스코를 안심하고 감상할 수도 있지 않은가. 이번 두 작품 때문에 앞으로 들어올 수 있는 다른 우수 작품은 몹시 해를 입게 될지도 모르는 일이다.

나는 우리나라에 시네스코가 여하간 공개된 일을 기뻐하는 한 사람이지만 더욱 빛나게 하기 위해서는 이 두 작품보다 기술적으로, 내용적으로 발전된 작품이 상영되었다면 그것을 소개한 업자나 본 관객의 노고가 헛됨이 없었을 것이라고 생각한다.

다시 본지(本旨)에 들어가 시네스코는 화면이 넓기 때문에 생기는 막을 수 없는 공간이 많다는 점이다. 이것은 영화의 리듬을 정지시키며 관람성에도 좋지 못한 자극을 준다. 또 하나는 공연히 웅장성이 너무 심해서 부자연한 분위기를 초래시킬 때가 많으며 최소한의 제작비로 최대한의 효과를 거두어야만 되는 영화 기업의 첫 취지에도 어긋난다는 점이다. 그 때문에 '구경거리적' 요소만이 시네스코의 전부라고 부르게 된다면 전체의 영화를 아끼고 그 예술성을 옹호하려는 사람들은 얼마나 실망하여야만 되는가! 나는 이러한 위구(危懼)와는 다른 우수한 몇 작품, 즉 〈스타 탄생〉 〈해저 2만 리〉 〈쇼보다 훌륭한 직업은 없다〉 등을 보고 다소 걱정은 덜 했으나 시네스코가 타개해 나아갈 문제는 결코 한두 가지가 아니다. 텔레비전과 비할 때 전연 그 실감성은 논할 바가 아니다. 그러나 텔레비

전과의 대항만이 아니라 지난날의 흑백 영화의 빛과 그림자의 예술성에
는 지금까지의 시네스코 수법으로는 도저히 따르지 못할 것이다. 광대한
서부의 원야(原野), 웅대한 나일강이나 스핑크스의 상(像)… 그것은 단지
그림엽서의 가치에만 그치고 말 것이다. 이번 두 작품은 실패작이긴 하나
그 창의성의 의의는 있다. 그리고 영화사상 최초의 시네스코 작품으로 오
래도록 이름이 남을 것이다. 하지만 우리들은 새로운 의장(意匠)으로 나타
난 시네스코의 시스템이 음향의 완성에만 그치지 말고 그 소재나 배경을
구함에 있어서도 많은 창조적 의욕을 갖추어 주기를 바란다. 다른 평면
영화보다 훨씬 떨어지는 불선명한 화면의 문제도 여기에 따르는 큰 난관
임이 틀림없다. (필자 영화평론가)

(『조선일보』, 1955년 7월 24일)

문화 10년의 성찰

— 예술적인 특징과 발전의 양상-특히 외국 영화를 중심으로

(상)

영화

태평양전쟁의 종말은 식민지 한국의 자유 독립을 가져왔다. 비록 국토는 양단(兩斷)되었으나 36년 만에 한국인은 자유와 데모크라시를 찾았고 인간의 본능과 욕구의 소산인 훌륭한 외국 영화 작품들이 5년 만에 한국에서 다시 상영되게 되었다. 내 자신의 얘기를 여기에 적는다면은 일본의 군국주의 사상의 선전물에 불과했던 많은 우열(愚劣)한 영화에서 해방되어 비로소 마음이 확 풀리는 영화를 다시 보게 되었고 작품 그 자체의 감격보다도 오랫동안 어두운 실내에 있었던 인간이 신선한 대기를 호흡하는 것과 같은 그러한 감개(感慨)를 맛볼 수 있었던 것이다.

원래 영화는 문화의 어떠한 부면(部面)보다도 가장 빨리 진출되는 법이다. 연합국으로서 일·독의 침략주의와 싸운 미·영·불은 세계에서 가장 우수한 영화 국가이며 더욱 미군의 진주가 완료되자 그 익년(翌年)인

1946년부터 아메리카 영화를 위시한 자유 제국(諸國)의 작품들이 이 땅에서도 각광을 비쳤다.

우선 아메리카 영화 〈노래하는 목녀(牧女)〉가 상영되었으나 그것은 논외의 것이며 당시 미군정의 헬믹 군정 장관 대리가 언명한 바와 같이 "군정과는 아무런 관련이 없고 민간의 상사회사인 중앙영화배급회사가 남대문로에 자리를 잡고 〈라인강의 감시〉' 〈카사블랑카〉와 같은 반(反)나치즘의 영화를 배급한 것이 해방 후 실질적인 면에서 최초의 외국 영화의 진출이라고 하겠다." 그 후 6·25동란까지 '중배'는 사업을 계속해왔고 이어 영불(英佛)의 신작들도 상영되었다. 하지만 외국 영화의 진출이 활발해진 것은 1·4후퇴 이후 '중배'의 해체에 의한 한국인 자본의 경영에 의한 영화 수입 회사가 속출되어 경쟁적인 움직임을 보인 이후라고 하겠다. (나는 거의 대부분의 작품을 보았으나 그중에는 전연 예술성이 없는 흥행 본위의 것과 작품 자체가 저급하여 논의의 대상이 되지 않는 것도 많았으므로 여기에는 예술적인 특징과 영화 발전에 큰 도움이 된 작품만을 추려서 쓰기로 한다.)

반(反)나치주의의 작품

마이클 커티스의 〈카사블랑카〉는 잉그리드 버그먼과 험프리 보가트가 주연한 전시 중의 대표작품이다. 1943년의 아카데미 감독·작품상이 수여된 이 작품은 내용의 감미성 때문에 같은 반나치 운동을 그린 영화 〈라인강의 감시〉보다도 많은 관객을 감동시키었는데 나는 더욱 나아가 아메리카 영화의 방향을 명시한 훌륭한 작품이라고 말하고 싶다. 북아프리카

---

1   〈라인의 감시(Watch On The Rhine)〉.

의 항구 카사블랑카의 전시 중의 혼란 속에 모여든 복잡한 남녀의 관계 그중에서도 나치즘에 저항하여온 레지스탕스 운동자와 그 협조자를 거기에 독군(獨軍)의 진주에 따르는 민심의 동향과 그 첩보원들의 동태―이러한 서로 연관성 있는 인간의 섬묘(纖妙)한 심리와 애정의 문제가 잘 묘사되고 있으며 훌륭한 휴머니티한 세계가 앙양(昂揚)되고 있다. 선전 영화의 일종이긴 하나 그러한 냄새가 전연 풍기지 않으며 박력 있는 분위기의 각성은 작품의 가치를 높이고 있는 것이다.

〈라인강의 감시〉에서 폴 루카스의 역시 43년의 아카데미 주연 남우상은 받았으나 릴리언 헬먼의 원작의 영향 때문에 무대극과 같은 느낌이 심했으며 영화로서의 템포가 무척 느렸다. 동란 후에는 불란서의 본격적 레지스탕스 영화 〈패배자의 최후〉가 상영되었다. 어두운 촛불 밑에서 한 남자가 쉴새 없이 글을 쓰고 있다―이것은 '저주받은 사람들'의 이야기인 것이다―나치의 포학(暴虐)에 저주된 사람들은 그것을 불란서인의 양심으로 그린 리얼리즘의 반향이 높은 훌륭한 작품이다. 무대는 주로 어두운 잠수함 속이며 내부의 인간들의 공포를 적나라하게 묘사한 르네 클레망의 연출은 더러 장면에서 유달리 빛나고 있다. 국어의 상위(相違)에 의하여 인물 간의 관련을 극적 흥분으로 이끌어 올린 점 악마와 같은 나치 광신자의 형상 등을 오래도록 우리의 기억에서 떠나지 않을 것이다.

더욱 서스펜스의 묘출에는 앙리 아르캉의 훌륭한 촬영 기술이 크게 공헌되어 있는 것도 특기해야 할 것이다. 그 후 클레망의 〈애상의 나그네〉도 상영되었으나 이 작품과는 전혀 소재도 다르지만 그리 성공된 것이 못됐다. 단지 불란서 영화의 전전(戰前)의 전통인 낭만과 페시미즘 감정을 나타냈다고 본다.

뉴로티시즘²의 경향

뉴로틱이란 뜻은 신경병 소질자(素質者)의 의미이며 이런 경향의 작품이 여러 편 상영되었다. 머빈 르로이의 〈마음의 행로〉, 1945년의 아카데미 작품 감독 주연상을 받은 빌리 와일더의 〈잃어버린 주말〉³ 등이 대표적인 것이며 미국의 전시 전후의 하나의 현상으로써 기억상실자와 정신병자에 대한 의학 심리학의 연구가 성행되고있는 반영이라고도 할 수가 있다.

〈마음의 행로〉 이것은 뉴로티시즘을 모르는 많은 여성을 울린 작품으로 가장 널리 알려져 있으나 단순한 선정주의에 그친 것은 아니다. 전쟁에 출정하였다가 어떤 충격을 받아 과거의 기억을 상실한 남자의 일시적인 비극을 그린 것이며 〈잃어버린 주말〉 알코올중독자의 불행한 생활과 애정을 빌리 와일더의 예리한 연출로서 묘사되고 있다. 이러한 경향은 영화비평가 보즈리 크루우저⁴의 말을 빌리면 현실 도피의 경향이라 하며 1944년부터 현저해진 것이라고 한다. 그러나 나는 〈잃어버린 주말〉을 비통상적(아브노말리티)⁵인 것을 추구하면서도 가장 통상적인 인간의 비평과 관찰이 여실히 나타난 대표적인 아메라카 영화가 아닌가 생각한다. 더욱 영화가 시대의 반영으로서 풍조적인 사상을—즉 현실도피가 그것이라면—제대로 파악하고 그것을 훌륭히 표현하였을 때 예술적인 가치는 언제

---

2 원본에는 '뉴로티슴'으로 표기됨.

3 제18회(1945년) 아카데미상 시상식은 1946년 3월 7일 LA 그로맨스 차이니즈 극장에서 개최되었다. 〈잃어버린 주말〉은 작품상, 남우 주연상, 감독상, 각색상 등 4개 부문을 수상했다.

4 원본대로 표기함.

5 abnormality.

나 존재한다고 믿는다.

장 콕토의 예술

위대한 예술가 더욱 시인으로 이름이 높은 콕토의 몇 가지의 작품 〈미녀와 야수〉 〈오르페〉 〈쌍두의 독수리〉가 소개되었다. 나는 이것을 해방 후 최고의 성과의 하나로 믿고 있다.

〈오르페〉에서는 콕토 자필의 데생으로 장식된 타이틀… 콕토의 육성으로 들려오는 프롤로그를 잊을 수 없다. 여기서 그는 예술가로서 '자기'를 표면화한 작품을 대담하게도 영화에 시험해봤다. 그 아방가르드적인 기도(企圖)를 작자 자신의 훌륭한 예술적인 기품(氣稟)을 성공했으며 현실 세계에 살고 있고 시인이 순수한 예술의 세계에 대한 향수는 생과 사의 환상적 전환으로 훌륭히 표현되고 있다.

이 영화에서 일어나는 사건은 모두 작자의 정신 내부에 있어서의 갈등의 상징이며 자유로운 콕토의 조형(造型) 의식과 개성적 감각의 결정이라고 하겠다. 〈미녀와 야수〉 역시 콕토 독자의 분방한 이미지네이션의 소산이며 "어른이 애기하는 우화를 어린애들은 그냥 믿는다. 어른들도 이 어린애와 같은 마음을 조금이라도 가졌으면 좋겠다"라는 교묘한 정신이 그대로 제작 의식으로 되어 있다. 그 작품에 삽입되어 있는 복잡한 영화 기술의 메커니즘[6]을 드는 것도 의의 있는 일이겠으나 그것을 매체로 한 작중인물의 특이성과 정신적인 환상은 아직까지의 영화가 발견하지 못한 것이다. 시간과 공간을 초월한 표현의 가능성을 창조한 콕토의 영화예술

---

6 원본에는 '에카니슴'으로 표기됨.

은 아마도 영화사상 최고의 것이 될 것이다. 또한 장 들라누와와 협력한 〈비련〉은 일반적으로 많은 인기를 얻었다.

카르네와 클루조

2차대전 전부터 두각을 나타낸 마르셀 카르네의 〈북호텔〉〈애인 줄리에트〉〈항구의 마리〉〈인생유전〉이 상영되었다. 카르네는 자크 페데르, 르네 클레르의 주류를 계승하고 있으며 그의 로맨티즘과 리얼리즘의 터치[7]는 그로 하여금 가장 대표적인 불란서 감독의 한 사람으로서 위치를 확보시켰다. 또한 〈북호텔〉은 그리 성공한 작품이 되지 못했으나 〈애인 줄리에트〉는 현실 도피적이면서도 인간의 운명을 역설적인 경지에서 관찰하고 있으며 꿈과 현실의 문제를 주제로 현실의 냉혹성을 묘사하는 데 성공했다.

〈인생유전〉에서는 현란한 멜로드라마적 수법으로 전개되며 압도적인 박력과 흥분 속에서 인생의 애관(哀觀)스러움을 그리고 있는데 부분적으로 산만한 점도 많이 있다.

(하)

하지만[8] 카르네의 훌륭한 재능이 이 한 작(作)에 이르러 최대의 꽃을 피웠다고 할 수 있다. 더욱 전시 중의 작품이 가지는 전반적인 레지스탕스

---

7 원본에는 '탓지'로 표기됨.
8 원본에는 '지만'으로 표기됨. 이 문장부터 「문화 10년의 성찰」(하)이 시작되는데, 부제가 "색채 영화와 시네마스코프—특히 외국 영화를 중심으로" 바뀌었다.

정신도 많이 함축되어 있다. 클루조의 〈정부 마농〉의 정신은 곧 현대의 상징적인 반영이다. 아베 프레보의 유명한 소설 『마농 레스코』가 현대화되었으며 전후 인간의 황폐한 심리와 행위가 단적으로 표현되고 있다. 그는 성격 묘사보다도 분위기를 중요시하고 영화의 기능을 마음대로 구사하면서 불안과 절망에 허덕이는 현대의 제상(諸相)을 이러한 작품 속에 그려냈다. 전후에 가장 이질적인 이상(異常) 신경의 작가이다.

영국의 색채 작품

마이클 파웰과 에머릭 프레스버거의 공동 팀이 제작한 〈분홍 신〉 〈호프만 연담〉[9]과 〈천국의 계단〉 〈흑수선(黑水仙)〉[10] 그리고 〈판도라〉 〈헨리 5세〉, 존 휴스턴의 〈물랭루주〉 등은 그 작품이 가지는 다른 예술성보다도 영국 영화의 색체 예술의 우위성을 자랑하는 것이다. 물론 아메리카 영화의 색채 감각도 뒤떨어지는 것은 아니나 영국 영화는 2차대전 후 색채 예술의 거의 모든 정력을 경주하였다. 색채는 그 작품이 지니는 현대와 배경 인물의 성격과 작품의 정서에 따라서 색조를 창조하지 않으면 안 되며, 〈분홍 신〉에 있어서는 13분간의 발레 장면에 종래의 발레 개념을 초탈한 영화만이 가질 수 있는 고차적인 예술과 숭고할 정도로 아름다운 색채 설계를 했고, 〈천국의 계단〉 〈흑수선〉과 함께 독자(獨自)의 경지를 개척하고 있는 것이다. 그러나 색채 영화가 참다운 예술로서 발전을 하기 위해서는 많은 현대생활을 그리고 거기에 색채에 의한 리얼리즘을 한 번 돌파하여야 할 것이다.

---

9 영화 〈호프만 이야기〉(1951).

10 영화 〈검은 수선화〉(1947)

린과 리드의 세계

데이비드 린의 〈밀회〉와 캐롤 리드의 〈제3의 사나이〉〈심야의 탈주〉는 10년간의 가장 우수한 작품들이다. 영국 영화의 대표적인 감독 린은 노엘 카워드의 동명(同名)의 원작에서 완벽에 가까운 시나리오를 구성했으며 영화가 표현하기가 대단히 곤란한 심리 묘사를 대담한 나라타주 기법으로 이끌어나가면서도 조금도 설명에 빠지지 않고 있다. 중년의 부부의 가정생활과 중년 남녀의 연애를 이상적으로 묘사한 향기 높은 명작이며 린의 안정된 영국적인 전통의 표현 수법과 셀리아 존슨의 연기가 특출되어 있다. 캐롤 리드의 〈심야의 탈주〉는 그가 전후에 연출한 제1작이다. 우리나라에는 〈제3의 사나이〉가 먼저 소개되었는데 그는 이 두 작품에서 범죄자의 심리를 취재했다.

먼저 그는 같은 스릴러 영화인데도 히치콕의 신경적인 묘사와 달라 범죄자의 절박된 심리를 훌륭한 분위기 묘사 속에 포착하고 그의 영화적인 예민한 감각에 의해서 구성된 각 장면은 힘찬 박력을 가지고 깊은 감동을 준다. 퇴폐적이라고 할까 절망적이라고 할 수도 있는 분위기 묘사에 등장인물의 심리를 표현한 로버트 크래스커의 촬영도 잊을 수 없는 것이다. 〈제3의 사나이〉는 더욱 훌륭하며 빈의 시가를 배경으로 더욱 시각적인 숏과 숏의 연결로서 세밀한 심리와 미묘한 애정의 세계를 표현하는 데 크게 성공했다. 그 인상적인 라스트 신은 잊을 수 없다. 현존되어 있는 가장 걸출한 영화 작가라고 할 수 있는 것이다.

이탈리안 리얼리즘

전후(戰後) 세계 영화의 승리는 이태리 작가들에 의하여 쟁취되었다고 해도 과언이 아니다.

로베르토 로셀리니의 〈로마의 분노〉(〈무방비 도시〉)와 비토리오 데 시카의 〈자전거 도둑〉은 영화예술의 극치를 이루고 있는 것이다. 패전의 공기가 충만한 제2차 대전의 말기 나치스의 필사의 제압하에 있던 로마 시민 그러면서도 그들은 전쟁을 저주하여 나치스에게 저항하고 있다. 독군에게 잡혀 가는 피나, 프란체스코, 수백 명의 주시를 받으며 그들을 태운 트럭은 달린다. 동지들은 트럭을 습격한다… 이러한 시퀀스[11]는 참으로 장렬하여 이탈리안 리얼리즘의 진가를 발휘한 영화사상에 아직 없던 진박한 신이다. 이것은 지금까지의 리얼리즘의 한계를 초월한 예리한 표현이며 냉혹한 응시, 반항, 불타는 증오가 넘쳐흐른다.

그 정치적 사회적인 의식은 다른 영화에서는 찾을 수도 없는 가장 첨단적인 것이며 그 터치도 가장 치열(熾熱)한 감정을 잘 나타내고 있다. 어딘지 조잡한 기교, 구성도 눈에 띄나 여하간 전후의 문제작이다.

데 시카의 〈자전거 도둑〉은 단순한 스토리 속에 패전 후의 사회상·인간과 생활의 복잡한 동태와 심리를 캐치하고 있다. 타이틀 백[12]의 이동하는 모브 신[13]과 강력한 퍼스트 신[14]의 인상은 처음부터 관객의 감정을 힘 있게 이끌고 간다. 이 영화는 생활의 시(詩)를 생(生)의 자각에 선 커다란 인간성을 데 시카의 노련한 연출로써 완전히 그리고도 남음이 있다. 굴욕과 회한 상심과 자실(自失)에 빠진 아버지의 손을 잡은 어린애 그들은 잃어버린 자전거를 찾지 못하고 절망과 기아가 기다리는 집으로 눈물을

---

11 sequence : 특정 상황의 시작부터 끝까지를 묘사하는 영상 단락 구분. 몇 개의 신(scene)이 한 시퀀스를 이룸.
12 title back : 영화 등의 첫머리에 나오는 제목, 배역, 스태프에 관한 자막의 배경이 되는 화면.
13 mob scene : 군중 장면.
14 first scene : 첫 번째 장면.

흘리며 황혼의 로마 거리를 걷는다. 내일부터의 생활은?… 어두움이 짙은 로마의 거리에 많은 사람이 오고 간다. …데 시카는 평범한 한 시민의 가정에서 발단(發端)하는 사회와 개인과의 여러 교착된 사건을 정확한 콘티[15]에 의해 감동적으로 그리고 있다. 이 두 작품은 가장 독창적이면서도 보편성을 지니고 있는 전후의 최고작의 하나인 것이다.

특기할 미국 영화

존 포드의 〈황야의 결투〉(헨리 폰다, 빅터 매추어 주연)…… 제법 성공된 작품이다. 서부의 목가적인 분위기와 인간의 심리가 잘 묘사되고 있으며 빅터 매추어의 연기도 여기서는 마음에 들었다.

〈말타의 매〉(존 휴스턴 연출)와 〈챔피언〉(마크 로브슨 연출)은 서로 그 소재는 다르나 하드보일드한 정신을 제대로 나타내고 있다.

〈말타〉의 정확한 콘티뉴티와 연출 기법은 휴스턴으로 하여금 오늘의 명성을 얻게 하는데 족하고 〈챔피언〉의 냉혹한 터치와 긴박한 시퀀스는 이 작품의 분위기 ㅁ성에 큰 도움이 되었다. 그 후에 소개된 게리 쿠퍼 주연의 〈열풍〉은 범작(凡作)이다. 조지 스티븐스의 〈젊은이의 양지〉는 가장 성공된 아메리카 영화이다. 젊은 세대의 사회적 욕망과 애정의 문제를 잘 처리하고 있으며 원작이 가지는 비극성을 재현하는 데 영화로서의 모든 기법을 구사했다.

후반의 스릴과 감동은 아메리카 영화답지 않은 안정된 침착한 태도로 묘사하고 있는 것이다. 몽고메리 클리프트는 전작(前作) 〈광야 천리〉 〈잃

---

15 콘티뉴티(continuity) : 영화 촬영을 위해 각본을 기본으로 장면의 구분, 출연자의 동작 및 대사, 음향 등을 기록한 것.

어버린 찌미〉[16]보다 더 훌륭한 연기를 보였다. 알프레드 히치콕의 〈의혹의 애정〉[17] 〈레베카〉가 상영된 것도 높이 평가하여야 될 것이다. 스릴러의 대가의 가장 대표적 작품이며 전작에서는 조안 폰테인의 아카데미 주연상, 후작은 아카데미 작품상을 받은 작품이다. 불안한 심리의 흐름 긴박한 시인의 구성 등 히치콕 감독의 탁월한 영화적 화법이야말로 가장 특이한 것이다.

빈센트 미넬리의 〈파리의 아메리카인〉에서는 색채 영화의 모든 기법을 충분히 활용했고 라스트 신에 거쉬인[18] 음악과 불란서 후기 인상파의 회화를 모티프로한 모던 발레는 가장 아메리카적인 독창성을 나타내고 있다. 진 켈리의 무용이 인상적이다.

순서는 다르지만 음악가 조지 거쉬인의 생애를 그린 〈아메리카 교향악〉(〈랩소디 인 블루〉)도 크게 감명한 작품이다. 아메리카인의 기질과 그 생활의 방식에 세부적이나마 잘 묘사돼 있으며 전편에 흐르는 거쉬인의 음악이 폴 화이트먼 악단의 연주로 황홀하게 들리고 있다. 제한된 매수 관계상 부득이 가치 있는 작품명만 나열한다면 로렌스 올리비에의 〈햄릿〉, 제임스 메이슨이 주연한 〈처녀의 애정〉,[19] 알렉산더 골다의 〈미녀 엠마〉, 장 들라누와의 〈전원 교향곡〉 〈사랑의 행로〉, 줄리앙 뒤비비에의 〈육체의 향연〉 〈운명의 맨해튼〉(이 두 작품은 전중(戰中) 미국에서 제작한 것)과 〈인생의 황혼〉 〈천사들의 왕국〉 〈안나 카레니나〉, 자크 베케르의 〈황금

---

16 원본대로 표기함.

17 〈의혹의 그림자(Shadow Of A Doubt)〉(1943).

18 음악을 제작한 조지 거쉬인(George Gershwin).

19 원본에는 '오슨 웰스'로 표기됨. 1946년 콤프톤 베넷 감독이 제작함.

의 관〉, 이브 알레그레의 〈다시 없는 기적〉, 크리스찬 자크의 〈카르멘〉과 〈풍운의 기사도〉, 르네 클레르의 작품 〈밤마다 미녀〉이며, 아메리카 영화로서는 세즈닉이 이테리에서 데 시카[20]와 제작한 〈종착역〉, 빌리 와일더의 〈열사의 비밀〉, 레오 맥커리의 〈나의 길을 가련다〉, 조지 쿠커의 〈가스등〉, 윌리엄 디털리의 〈제니의 초상〉, 프레드 진네만의 〈하이 눈〉, 엘리아 카잔의 〈그림자 없는 살인〉 〈나무는 자란다〉, 샘 우드의 〈폭풍의 청춘〉, 그리고 〈제인 에어〉 〈큐리 부인〉 〈귀향〉 〈베니를 위한 훈장〉[21] 〈킬리만자로〉, 세실 B. 드밀의 〈지상 최대의 쇼〉, 멕시코 영화 〈진주〉 등이 마치 쓰레기통 속에 핀 꽃처럼 겨우 그 모습을 자랑했다.

실제 있어서 수백 편의 영화가 수입 상영은 되었으나 그중 명화나 인상적인 예술작품은 상기한 바와 같이 얼마 되지 않는다. 그 원인은 무정견(無定見)한 업자들의 흥미 본위의 프로그램 픽처와 가격이 싼 저급한 작품만을 수입 상영한 데서 온 것이며 아직 우리나라 일반 대중은 영화예술의 우열을 분별할 만한 식견이 충분치 않으며 작품 내용이 저급할수록 더 많은 관객이 동원되었다는 것은 참으로 한탄할일이라 하겠다. 더욱 영화 행정 당국의 무식은 이루 말할 수 없었던 것이며 일본어 프레스 시드… 이것은 광고문을 실은 선전물인데 그것에 의하여 소위 수입 추천을 그 전이나 현재도 하고 있는 형편이다. 그리하므로 실제로 들어온 작품은 언어도단의 것이 거의 전부이었으며 대중은 이러한 문화 이전 예술성과 건전한 오락에서는 거리가 먼 작품을 보게 되었고 이러한 것이 영화예술의 전반적인 수준에 달한 것이라고 착각해 왔던 것이다.

---

20 이탈리아의 영화감독 비토리오 데 시카(Vittorio De Sica).
21 원본에는 〈베니의 훈장〉으로 표기됨. 1945년 어빙 피첼(Irving Pichel) 감독이 제작함.

끝으로 금년도 상반기 즉 10년간의 마지막 시기에 있어서 시네마스코프 작품 〈성의〉와 〈원탁의 기사〉가 상영되었다. 50년의 영화사의 있어서 하나의 혁명인 시네마스코프의 출현은 우리나라 외국 영화 10년사에 유종의 미를 거둔 것이라 하겠다. (完)

(『평화신문』, 1955년 8월 13일, 14일)

〈피아골〉의 문제

— 모순 가득 찬 내용과 표현

(상)

영화에 있어서의 내용과 표현에 관한 문제에 대해서 나는 요즘 심각하게 생각하게 되었다. 작품으로서의 완성은 어디까지나 내용과 표현이 합치되어야 하며 표현이 제아무리 우수하다손 치더라도 그 내용이 훌륭하지 못할 경우에는 그것은 우발적인 것이 아니면 카메라의 기교에 지나지 않을 것이다.

최근 우리 국산 영화 〈피아골〉에 대해서 여러 가지로 논평되고 있다. 그러나 나는 이 영화를 처음 보고 크게 느낀 것은 내용과 표현의 분리성이다.

영화의 내용은 한 시나리오 작가가 시나리오를 쓰기 위해서 어떠한 것을 의도했다든가 또는 어떤 작품을 썼다는 것으로 그치는 것이 아니며 연출자가 그 작품을 어떻게 처리했느냐 하는 데 있다.

결국 시나리오의 유일한 독자는 일반 관객이 아니라 제작자 및 연출자인 것이며 그들에게 시나리오는 부분적인 하나의 작용만을 제공하는 것이다. 좋은 시나리오는 좋은 영화를 만들 수 있다는 것도 그 작용의 우열을 말하는 것이며 나쁜 시나리오는 좋은 영화를 만들 수 없다는 것도 이와 동일한 작용을 의미하는 것이다.

나는 월여(月餘) 전 〈피아골〉의 시사(試寫)를 보았다. 문교부의 검열이 나오기 전의 일이니깐 아마 이번에 상영된 것과는 부분적 묘사에 있어서 많은 차이점이 있을 것이라고 생각할 수는 있지만 여하튼 그 작품을 보고 나서 불쾌한 인상을 너무도 많이 느꼈다는 것은 그 영화의 하나하나의 장면들이 지금까지의 한국 영화에 비해 우수했다는 것과는 다른 감흥을 나에게 주는 것이다.

물론 이강천의 연출 기법은 전작(前作) 〈아리랑〉에 비해서는 문제할 수 없는 정도로 진보되었으며 콘티뉴이티의 불확성 연기 지도는 지금까지의 한국 영화로서는 도저히 따르지 못할 것이다. 내용을 떠나 신과 신의 연속에서 볼 수 있는 여러 장면들은 시각적으로 우수한 경지를 이루고 있지만 결국 이것만을 가지고 피아골이 성공이라고 할 수 없는 것이다.

스토리는 그리 유쾌한 것이 되지 못한다. 듣기만 해도 지긋지긋한 지리산 공비들의 생활과 의견이다. 그리고 그들 자신이 많은 결함을 가졌기 때문에 그 모순으로 인하여 자멸해버리고 끝으로 자유를 그리워하던 한 여자만이 남게 된다는 지극히 멜로 드라마틱한 것이다.

더욱 공비들이 윤간하는 시추에이션'은 마치 조셉 폰 스턴버그가 일본에서 영화화한 〈아나타한〉과 비슷한 아이디어이며 사실 그러한 사건도 지리산 공비들 간에서는 많이 있었다고 한다.

---

1 원본에는 '시추숀'으로 표기됨.

하지만 내용을 형성해주는 하나의 요소로서의 시나리오는 무엇을 의식하고 묘사하려고 했는지 모를 일이지만 영화의 객관적 조건—즉 예리하게 정리하고 비판한다는 정신과는 너무 멀며 미숙한 습작기의 작가가 빠지기 쉬운 테마에만 사로잡혀 공비의 생활과 의견에 긍정적인 입장을 하고 있는 데가 있다.

사실을 묘사하기 위해서 더욱 악의 세계를 강렬하게 나타나게 하기 위해서 리얼리즘적인 수법도 쓰지만 시나리오 작가에게 있어서의 감격은 금물이다. (계속)

(하)

이 작가는 불연지중(不然之中) 감격을 하고 있다. 공비들의 자수자에 의한 말을 듣고 그들에게도 동정할 여지가 있다는 것을 알고 있는데 영화의 매스 커뮤니케이션의 위력을 잘 아는 분이라면 도저히 그러한 묘사는 할 수가 없을 것이다. 그 하나의 예를 여기에 들자면 '아가리 대장'이 촌락 습격을 명령하고 자기 혼자 사찰에 남아서 고민하는 장면과 소년 대원의 주검이다. 나는 적어도 이 영화의 있어서는 공비 대장만은 철저한 악한—악인으로서의 공비로 그려져야만 된다는 것이다. 시나리오는 그에게 내성(內省)의 시간을 주고 있는데 그것은 그에게 있어서도 인간으로서의 진실한 시간이 있었다는 것을 말하며 어디까지나 휴머니티하게 해석해 보려는 작가의 진의는 엿보일망정 제3자인 우리들 관객에게 불쾌한 감을 주고도 남는다.

그 후 '아가리 대장'은 마음대로 부하를 죽이고 여기고 여자를 간통한다. 같은 공비 때문에 죽은 어머니를 껴안고 울고 돌아온 철모르는 소년 공비까지 무참히 죽인다. 그러한 악랄한 자에게 회한의 잠시(暫時)를 주었다는 것은 이 작품이 여러 장면에 있어 내용적으로 사상적으로 물의를 일으키게 할 원인이 될 수 있다. '나는 이번 상영에서 이러한 장면이 과연 어떠하게 처리되었는지 궁금하다.' 여기서 다시 생각되는 것은 영화가 주는 자극성과 포학성이다.

오늘날 구라파에서 많은 물의를 일으키고 상영 금지까지 받고 있는 것은 아메리카의 갱 영화가 가지는 포학성 때문이다. 외화의 예를 들지 않아도 우리의 영화가 암만 공비의 내용을 폭로할 의도로 제작되었다 해도 그들 공비들의 대부분이 공산주의자로서의 신념에서 죽어간다면 그것이 일반 대중에게 주는 자극은 어떠한 것일까. 나는 이것을 생각하지 않을 수 없다. 영화는 어디까지나 건전한 자극만을 주어야 하며 더욱 반공 영화에 있어서는 하나의 공비라 할지라도 그들이 공산주의 신념을 가진 채 죽게 한다는 것은 불쾌하기 짝이 없는 것이다.

포학성의 문제도 이 영화에선 크게 나타난다. 촌락 습격, 소년 공비의 주검, 양민 살해, 윤간 등… 갱이 많은 인명을 살해하는 것이 문제가 되는 것처럼 이 영화는 너무도 노골적으로 포학성을 묘사하고 있다.

공산주의와 대결하기 위해서는 그들의 내면세계를 알아야 하며 그들은 이러한 포학성을 가지고 있다고 그 작가는 말할지 모르나 영화의 관객 대중은 다른 예술과는 달라서 작가의 의도를 일일이 분간할 수가 없으며 공산주의에 광신적으로 복종해가는 〈피아골〉의 몇몇 등장인물에 많은 혐오를 느끼게 될 것이다.

연출자는 시나리오에 너무 충실한 탓인지 그러한 결함을 모르는 척 이 작품을 연출했으며 우연이라고 할까 대사를 제외한 여러 신에 있어서 전기(前記)한 것처럼 놀라운 기법을 나타내고 있다.

치밀한 연기 지도에서 온 심리의 묘사 같은 것은 참으로 높이 평가되어야 하지만 내용의 모순이 주는 영향 때문에 이러한 것을 무의미하게 만들고 말았다.

〈피아골〉은 그 표현 기법에 있어서는 해방 후 가장 성공된 작품임에는 틀림이 없다. 하나 내용에서 분리된 표현이라는 것은 영화로서 지극히 공허한 것이며 한국 영화가 이 한 가지 예로서 많은 내용적인 검토를 하지 않으면 안 될 것을 제시하는 것이다.

만일 〈피아골〉이 훌륭한 내용… 사상적으로 사건의 구성으로…을 가졌다면 황무지와 같은 우리 영화를 좋게 개척하고도 남음이 있으며 국산 영화의 질적 발전을 크게 도모하였다고 나는 생각한다.

이예춘(李藝春) 노경희(盧耕姬) 김진규(金振奎)[2] 등의 훌륭한 연기, 카메라의 회화적인 시각성, 다른 부분은 거의 성공한 데 비하여 시나리오가 주는 나쁜 영향 때문에 이 작품은 작품적 가치를 완전히 상실하여야만 되는 비극에 직면하였다.

앞으로 내용과 표현의 문제에 대해서 우리들은 진지하게 반성하고 노력하여야 할 것이다. (완)

(『평화신문』, 1955년 8월 25일, 26일)

---

2 원본에는 '金振圭'로 표기됨.

산고 중의 한국 영화들

— 〈춘향전〉의 영향

8 · 15 이후 오늘까지 국산품이 천대받고 있는 것이 한두 가지가 아니지만 그중에도 국산품 영화처럼 천대받는 것도 드물 것이다. 다행히 6 · 25 이후 당국의 국내 영화 진흥에 안목을 두어 국내 영화의 면세에 단안을 내린 이후 한국 영화는 일로 활기를 띠기 시작했거니와 방금 제작 중의 영화의 중간보고를 한다.

지난 2월 상순부터 서울 국도극장을 위시하여 전국 각지에서 선풍적 대인기를 얻은 이(이철혁) 제작 〈춘향전〉은 여러 가지 견지에서 한국 영화 제작에 큰 충격을 주었다. 그중에서도 가장 큰 영향은 한국 영화가 제작되더라도 절대 결손을 보지 않을뿐더러 많은 이윤을 올릴 수 있다는 것…… 이것은 즉 기업으로서의 영화 제작 사업이 위태로운 것이 아니라는 것을 일반에게 알리게 되었다.

사실 정확한 숫자로서 〈춘향전〉은 1,700만 환의 제작비를 투입한 것이 불과 5개월간의 흥행으로써 제작비의 근 6배에 가까운 이윤을 올리게 되었고 그러한 성과는 한국 영화 흥행 사상 초유의 일이었다.

또 한 가지 〈춘향전〉의 성공 원인은 그 스토리가 우리나라 전 국민에게 잘 알려져 있는 누구나 사랑하고 자랑삼는 대표적 고전이라는 데 있다.

그리하여 영화 기업에 관심을 갖고 과거에 제작 경험이 있는 업자들은 내남없이 일반 대중에 많이 알려져 있는 고전이나 소설의 영화화를 계획하게 되었다.

또 한 가지 요즘에 계획되고 촬영 중에 있는 작품의 대부분이 고전이나 이조 시대의 것이라는 것은 영화 제작에 있어 자연적인 배경이나 풍물을 많이 이용할 수 있기 때문이다. 창경원이나 비원, 경희루, 남원, 경주 등 과거의 고적이나 건물이 많이 남아 있는 곳이면 영화의 절반은 거기서 촬영될 수 있으며 촬영소 하나 없는 고장에서 여러 장면의 세트를 만들기도 힘이 드는 일이며 세트에 또한 막대한 경비를 투입할 수 없기 때문이다. 다시 본론에 들어가 〈춘향전〉 이후 계획된 작품은 〈왕자 호동〉〈젊은 그들〉〈단종애사〉〈양산도(陽山道)〉〈구원(久遠)의 정화(情火)〉, 그리고 중단되다시피 된 〈황진이〉 등이며 이것은 모두 이조 시대가 아니면 그 이전의 시대에 전개되던 일반 대중에게 널리 알려져 있던 작품들인 것이다.

제작 중의 작품들

물론 그렇다고 하여 전부의 작품이 고전은 아니다. 대체의 흐름이 고전을 영화화하면 흥행적으로 좋은 성과를 거둘 것이라는 희망적인 관찰이지 그것이 반드시 앞으로 좋은 결실을 줄 것인지의 여부는 필자로서도 모르는 일이다. 즉 이청기의 오리지널 시나리오 〈교차로〉(가제), 이만흥의 〈결혼 진단〉, 박계주 원작의 〈포화 속의 십자가〉, 이원경(李源庚) 시나리오의 〈격퇴〉 등은 현대를 소재로 한 것이고 배경만은 이조 말엽이지만 그 인물의 시대 감각을 현대에서 구한 유두연 오리지널 시나리오 〈망나니〉(가제) 같은 것도 있는 것이다. 제약된 매수를 고려하여 앞으로 각 작품에 대한 제작 보고를 적어보기로 한다.

〈양산도〉

지난번 〈꿈〉을 제작한 변순제(邊順濟)[1]가 제2회 작품으로 제작하는 야심작이다. 이조 중엽 어느 시골에서 일어난 수동이라는 사냥꾼 총각과 어떤 처녀와의 비련을 그리고 있는데 시나리오는 이운방(李雲芳), 이태환(李泰煥), 김기영(金綺泳)의 세 사람이 합작을 했고 〈죽음의 상자〉의 신예 김기영이 연출을 담당했다. 출연에는 한국 무용으로 알려진 김삼화(金三和)와 영화엔 이번이 처음인 연극배우 김승호(金勝鎬), 고운봉(高雲峰) 등인바 거의 그 촬영은 끝날 무렵이 되었다. 제작자 변순제는 지난번의 작품 〈꿈〉이 홍콩(香港)으로 수출하게 되는 것을 계기로 이번에 이 작품을 만드는만큼 내년도의 동남아시아 영화제에는 반드시 이 작품이 출품되도록 갖은 노력을 경주하고 있으며 풍부한 대중성과 독특한 예술성을 영화에서 그려 보겠다고 한다.

〈교차로〉

우리나라에서 처음으로 계획되는 1인 2역의 영화로서 우리들의 생활

---

1 원본에는 '邊候濟'로 표기됨.

주변에 있는 모든 종류의 인간상을 풍자하며 비판하려는 영화평론가 이청기의 오리지널 시나리오이다. 이야기는 어느 여배우 집에서 하녀 절도 사건이 발생한다. 회사 사장의 딸인 현숙은 부모의 정략결혼의 강요로 집을 나와 애인이며 부친 회사의 부장인 영철과 같이 부산으로 도피할 것을 약속하고 다음 날 역에서 기다리게 된다. 그런데 영철은 뜻하지 않은 교통사고로 늦었고 현숙은 폼²에서 그를 기다리다가 전(全) 형사에게 여배우 집 하녀로 오인 받고 체포된다. 한편 하녀는 사장의 딸로 인정되어 현숙의 대역을 맡게 된다. 경찰서에 구금된 현숙은 범행을 부인하면서도 신원을 밝히지 않으나 그 후 여배우와 하녀의 양아버지의 증명으로 범인이 아니라는 것을 알게 되고 그 후 여배우의 집 진범이 체포되는데, 하녀의 양아버지의 유서로서 하녀 옥희와 현숙은 쌍둥이였다는 것이 판명되는 것이다. ……무척 멜로드라마틱하지만…… 값없는 허영과 천한 사치를 탐내 허덕이는 경박한 여성 옥희와 진지하고 아름답게 살려는 현숙의 대비는 이 영화의 의도를 잘 살리고 있다. 이번 새로이 발족한 금성영화사의 제1회 작품이며 연출은 〈춘향전〉의 이규환 감독의 조수였던 유현목(俞賢穆)이 담당하고, 현숙과 옥희의 1인 2역은 역시 〈춘향전〉의 인기스타 조미령(趙美鈴)이 분하는 것이다. 이외에도³ 서월영(徐月影), 노재신(盧載信), 이택균(李澤昀), 염석주(廉石柱) 등의 이름난 연기자들이 경연을 하고 있다.

로케 장면은 끝나고 세트 촬영을 현재 경찰박물관 아래층에서 하고 있으며 그 완성은 9월 상순경이 아닐까 한다. 여하튼 많은 시대물 속에 끼어 현대와 그 사회의 축도를 그려 보고 또한 풍자하려는 의욕을 높이 평

---

2 원본에는 '홈'으로 표기됨. 문맥상 '플랫폼(platform)'으로 보임.
3 원본에는 '이씨외에도'로 표기됨.

가해도 좋을 것이다.

〈왕자 호동〉

무척 난산을 거듭하고 있다. 제작을 발표한 지가 5개월이 지났는데 이제서야 겨우 본격적인 촬영을 개시한 모양이다. 사실은 처음 이 작품의 연출을 이규동(李奎東) 감독이 담당했었으나 그분의 역량 부족 때문에 전연 제작이 진척되지 않으므로 연출자를 비롯한 일부 스태프를 퇴진시켰다고 한다. 결국 이러한 조치는 우리 영화계 초유의 일이며 그 제작자와 계획이 얼마나 무제도했다는 것을 말한다. 그리하여 시나리오를 쓴 이정선은 실질적으로 이 작품에 전적인 책임을 지고 새로이 조정호(趙晶鎬)[4]를 연출자로, 촬영에는 김명제(金明濟)를 각각 기용함으로써 최근에야 비로소 카메라가 움직이기 시작했다. 「왕자 호동」의 이야기는 여기에 적지 않아도 소설로 연극으로, 그리고 사화로서 널리 일반에 알려져 있으며 그 스케일의 웅대성을 재현시키기 위해 수천의 엑스트라와 수백의 마필이 앞으로 동원될 것이라고 한다. 완성은 10월경이 될 것이다.

〈단종애사〉

금년도에 있어서 뿐만이 아니라 우리나라 영화사상 최고의 스태프와 캐스트가 모인 가장 주목할 수 있는 작품이다. 이광수의 원작을 극작가 유치진이 각색하였고 연출에는 과거 〈복지만리〉로 알려진 노장 전창근

---

4 원본에는 '조정섬(趙晶纖)'으로 표기됨.

이 담당하고 있다. 특히 주목할 것은 문예 평론가로 이름 높은 유동준(俞東濬)과 영화평론가 유두연 양인이 처음으로 제작 및 기획에 참가하였다는 점이다. 어린 단종을 둘러싸고 벌어지는 피비린 정쟁, 수양을 물리치고 다시 단종을 복위케 하려다 죽는 집현전 학자 6신(臣)의 숭고한 의리는 역사적 사실로서 널리 알려져 있는 애처로운 이야기인데 이를 제작하는 삼일영화사는 현재 한국에 있는 최고 스태프와 연기자를 총망라함으로써 2천만 환의 제작비를 투입하고 있는 것이다. 간단히 중요한 연기자를 소개한다면 조미령, 〈춘향전〉의 인기스타 이민(李敏), 〈구원의 애정〉의 나애심(羅愛心), 윤일봉(尹一峰), 영화계의 베테랑 서월영, 김일해(金一海), 석금성(石金星), 극계의 중진 유계선(劉桂仙), 주선태(株善泰), 그리고 중진으로서는 송억, 조항(趙恒), 최남현(催湳鉉), 구종석(具宗石)의 10여 명이며 연출자 전창근은 수양대군으로서 〈자유만세〉 이후 최초의 연기 출연을 한다. 특기할 것은 전국 800여 명의 응모자 중에서 선출된 황해남[5]과 과거 명성을 날린 노재신의 딸 엄앵란(嚴鸎蘭)이 단종과 왕비 송 씨로서 데뷔하게 되는데 이 두 신인의 등장은 이 영화를 더욱 빛내고 있다.

촬영은 지난 5월부터 비원과 경복궁에서 개시되었으며 현재 세트에 들어가 있고 카메라는 역시 베테랑 한형모가 맡아본다.

내가 생각하기에는 우리 역사상의 가장 드라마틱한 소재로 최고의 스태프와 캐스트를 집결시킴으로써 한국 영화의 수준을 획하려는 것 같으며 그 기획자의 말을 빌리면 새로운 예술적인 표현이나 영화적 스타일을 따르려는 것이 아니고 영화 기법(연출·연기 그 외의 메커니즘의 분야)의 스탠더드 작품을 만들려고 한다는 것이다. 그리고 소재로서 이 작품의 내용은

---

5 원본에는 '황현진(黃賢鎭)'으로 표기됨.

우리 만족의 희로애락을 가장 직접적으로 공감[6]할 수 있고 도의적 미풍이 일관돼 있기 때문에 누구나 볼 수 있는 국민 영화를 제작한다는 것이다.

촬영이 끝나고 녹음이 완성되어 일반에 공개되기까지는 적어도 앞으로 2개월은 요할 것이다.

〈망나니〉

이 작품은 지난 6월부터 평내리(坪內里)에서 로케가 개시되고 7월에 들어서는 청량리에서 세트가 끝났다. 유두연의 오리지널 시나리오를 김성민이 연출하였고 복혜숙(卜惠淑), 전택이, 이민, 노경희 등이 출연하는 현대의 시대 감각을 지닌[7] 이조 시대가 배경이 된다. 절박된 인간의 단면을 그려보자는 것이 시나리오의 가장 큰 의욕이며 인간이 죽음에 처해졌을 때 생으로서 그 반응은 어떠한 것인가를 측량하고 있다. 작품으로서는 소품의 영역을 벗어나지 못할 것이나 김성민의 예리한 연출 기법은 한국 영화로서 새로운 경지와 스타일을 충분히 형성해 줄 것이다. 9월까지는 완성될 것이다.

〈포화 속의 십자가〉

오래전부터 제작되고 있던 이 작품은 겨울의 몇 신 때문에 지금 중단되고 있으나 크게 우리는 주목하여야 할 것이다. 왜냐하면 박계주의 원작도

---

6 원본에는 '공갈'로 표기됨.
7 원본에는 '지난'으로 표기됨.

그러하려니와 연출을 맡은 이용민의 존재이다. 원래 그는 카메라맨으로서 일본에서 너무도 명성이 높았다. 그는 시각으로서의 영화 표현을 위한 기법을 누구보다도 잘 알고 있으며 이 작품은 그에게 있어 본격적인 최초의 극영화이기 때문에 모든 역량이 총 결정되어 있음이 확실할 것이다. 출연은 〈피아골〉의 신진 김진규, 김신재이며 완성은 오는 12월경이 될 것이다.

이 외에도 육군 본부에서 제작하는 김만술(金萬術) 소위의 전투를 그린 〈격퇴〉 및 〈구원(久遠)의 정화(情火)〉 등이 있으나 생략하기로 하고 끝으로 한국 영화는 현재 제작 중에 있어서도 많은 발전을 하고 있음에 틀림없다는 것을 말하고 싶다.

전기한 바와 같이 여러 기업가는 그들의 의도가 영화예술로서 순수한 것이 아니라 할지라도 영화 제작에 자본을 투자할 충분한 준비를 갖추고 있으며 〈춘향전〉 이후에 발표된 〈피아골〉 〈열애〉 〈죽음의 상자〉는 여하간 습작기적 성격을 벗어났다. 앞으로 제법 규모가 완비된 스튜디오라도 하나 있으면 전 영화인은 열정을 더욱 기울여 내용과 질에 있어서 그리 손색없는 작품을 많이 만들 것이라고 믿는 바이다. 그리고 상기한 영화들은 지금의 제작 진행의 성과로 보아 앞으로 한국뿐만 아니라 해외까지도 진출될 충분한 가능이 엿보이고 있다.

(『신태양』 4권 9호, 1955년 9월 1일)

회상의 명화선(名畫選)

— 〈철로의 백장미〉 〈서부전선 이상 없다〉 〈밀회〉[1]

사일런트 시대로부터 오늘에 이르기까지 영화사상에 불후의 이름을 남긴 명작 영화를 엄선하여 여러 각도로 그 요소를 분석하고 다시 그 새로운 감동을 본지상에 재영(再映)시키고자 한다.

무성(無聲) 시대

〈철로의 백장미(La Roue)〉(불, 1923)[2]

제1부 흑의 교향악

멀리 저쪽으로 선명히 뻗쳐 있는 철도 연선을 따라 철도 기관수 시지프(세브랑 말스)의 집이 있다. 아내를 잃고 쓸쓸하게 아들 엘리(가브리엘 드 그라

---

1 원본에는 부제가 없으나 동일한 제목으로 내용이 다른 글이 3편이 있기에 임의로 넣음.
2 원본에는 '1921' 년으로 표기됨.

본)와의 두 사람만의 생활이다.

어느 날 열차 전복 사건이 일어났다. 그때 시지프는 어머니를 잃어버린 귀여운 계집애를 발견하고 집으로 돌아왔다. 그 애의 이름은 노마라고 했다. 레일[3] 옆에 핀 백장미와도 같은 아름다운 노마는 얼마 후 처녀(아이비 클로스)가 되었다. 노마는 시지프를 자기의 친아버지로 알고 있었으나 아름다운 노마를 보고 있으면 시지프의 마음은 이상하게 동요되는 것이었다. 한편 엘리도 청년이 되었다. 바이올린의 제작에 심혈을 경주하는 열정은 아름다운 노마에게 기울어지는 감정을 억제하는 것과 같은 격렬한 것이었다.

가난한 이 집안에 어느 날 자크 드 에르센(피에르 마그니어)이 찾아왔다. 철도 기사인 에르센은 노마를 자기 아내로 준다면 시지프의 궁빈을 원조하겠다는 난제를 꺼냈다. 가난한 생활에 시지프의 마음은 아름다운 노마에게 끌리면서도 에르센의 말에는 지고 말았다.

노마가 없어지고 만 집안은 불이 꺼진 것과 같았다. 시지프는 절망 끝에 스스로 노마호라는 기관차를 제차기로 충돌시키고 자기는 분출하는 증기 때문에 실명하고 만다. 여기서 나타내고 있는 정확히 계산된 피트 수에 의한 플래시백을 사용한 표현은 긴박감의 집중과 아울러 제1부의 종국으로서 상충적인 인상을 주는 것이다.

제2부 백의 교향악

노마가 없는 일가는 알프스에 가까운 눈이 쌓인 산록, 지선(支線)의 종

---

3 원본에는 '레르'로 표기됨.

점에 있는 쪼그만 바라크로 옮겼다. 모형을 손에 들고 쓸쓸하게 보고 있는 시지프의 눈에는 물론 멀리 있는 알프스산은 보이지 않는다. 그러나 여기서 나타내는 알프스의 원경의 투명한 아름다운 화면은 시지프의 심경을 잘 이야기하고 있다.

한편 에르센과 노마의 생활은 제대로 되어가지 않았다. 어느 여름의 하루, 호텔에 피서로 온 노마는 참을 수 없는 향수에 엘리가 있는 곳으로 갔다. 두 사람의 사이를 오해한 에르센은 엘리를 산 위로 끌고 올라가 말다툼을 했다. 격투, 눈 깜짝할 사이에 엘리는 발을 헛디뎌 절벽에서 떨어졌다. 겨우 잡은 나뭇가지에 생명을 건진 순간, 이제는 또다시 만날 수 없는 노마의 모습이 가슴속에 하나하나씩 나타났다. 어렸을 때의 두 사람의 매일. 백장미. 노마의 얼굴. 달리는 기관차. 흰 연기. 실명한 시지프의 얼굴. 한없는 회상을 가슴에 품고 엘리는 그 마음을 누구에게도 알리는 일 없이 깊은 골짜기로 떨어져갔다. 이 회상의 묘사 방법도 전의 열차 전복과 같이 플래시백에 의하여 그려져 있으나 전과는 다른 분위기를 만든 우수한 장면이다.

그 무렵, 시지프도 보이지 않는 눈으로 몽블랑산을 바라보면서 첫가을의 산을 올라가고 있었다. 잠시 동안 즐겁게 원무(圓舞)하는 사람들의 환성을 들으며 피곤한 몸을 쉬고 있었을 때 자기의 몸에서 갑작스럽게 힘이 빠져나가는 것을 느꼈다. 앉아 있는 시지프의 뺨을 부드러운 솜털과 같은 산바람이 스치고 간다. 옆의 농작물의 싹이 조용하게 흔들리는 초원에서 시지프의 숨은 끊어져 갔다. 제2부에 있어서의 산의 묘사는 제1부의 레일과 똑같이 극의 발전에 절묘한 배경으로 되어 있으며 역시 상충적으로 묘사되어 있다.

1차 대전 후 고경⁴에 있던 불란서 영화는 21년 아벨 강스의 이 작품으로 세계의 주시를 다시 받았다. 여기서 나타낸 플래시백의 신선하고 강렬한 표현은 사일런트 시대에 있어서의 강스의 명성을 불후하게 한 동시 그 시대의 불란서 영화의 최고봉을 나타내는 것이다.

각본 · 감독　아벨 강스
촬영　L. H. 버렐
작품　파테사(社)

토키 이후

〈서부전선 이상 없다(All Quiet on the Western Front)〉 (미, 1930)

제1차 구라파 대전이 한참 격화하고 있었던 독일의 어느 거리, 전선으로 향하는 대부대가 환호의 소리에 배웅되어 이 거리를 지나간다. 거리의 학교에서는 노교사 칸토레크가 학생들에게 애국심을 고취시키고 있었다. 순진하고 혈기가 왕성한 젊은이들은 우국의 히어로이즘에 끌려 입대를 지원한다. 파울(루 에이레스)을 비롯하여 앨버트(윌리엄 베이크웰), 케머리히(벤 알렉산더), 겁쟁이라고 불리었던 벰(월터 비 로저스) 등 수 명은 같은 부대에 배속되어 전에는 거리의 우편배달부였던 힘멜스토스(존 레이) 상사의 가혹한 훈련을 받은 후 전장으로 나갔다. 처음 날아온 포탄의 세례에 겁을 먹은 그들을 고참병인 캐츠진스키(루이스 월하임)가 위로해준다. 철조망

4　苦境 : 괴롭고 어려운 처지나 형편.

을 치러 나갔던 밤 그들은 최초의 전투를 체험하는데 벰은 참호병에 걸려 광기로 호를 뛰어나가고 케머리히도 발에 포탄을 맞는다. 참호 생활의 여러 날이 지났다.

파울과 친구들은 야전 병원으로 케머리히를 위문했으나 발을 절단하여 중태에 빠진 그는 군의의 치료도 효력이 없이 죽어 갔다. 그가 남긴 좋은 구두를 뮬러(러셀 그리슨)가 얻어 신은 것도 잠시 동안 뮬러도 전사하고 만다. 그들이 욕망했던 구두는 지금엔 주검을 약속하는 상징으로 변했다.

어느 날 밤 교회 부근의 격전에서 파울은 부상하고 포탄이 만든 구덩이 속에 포화를 피했는데 그때 뛰어든 불란서 병(레이먼드 그리피스)을 정신없이 찌르고 만다. 빈사의 불병(佛兵)의 호주머니에서 떨어지는 처자의 사진을 보고 파울은 전쟁에의 의문과 인간적인 고뇌에 빠지고 만다.

진지에 돌아온 파울은 어느 날 전우들과 운하를 건너 정찰에 나가서 대안(對岸)의 불란서 처녀들에게 이성(異性)의 향기를 느낀다. 파울은 그 후 바른쪽 복부에 부상을 입고 보양을 위해 고향의 거리에 돌아왔다. 거기서 본 것은 전과 다름없이 학생들에게 조국의 위기를 설복하는 노교사와 수설 없는[5] 전쟁론을 떠들고 있는 부자들의 모습이었다. 병이 든 어머니(베릴 머서)와 하나밖에 없는 여동생을 남겨 두고 또다시 전선에 나갔다. 그래서 오래간만에 그 인간적인 캐츠진스키에게 재회하나 그 즐거움도 잠시간 캐츠진스키는 날아온 총 한 방으로 쓰러진다.

우울한 전선의 며칠. 오래간만에 날이 청명한 어느 날. 포성도 웬일인지 잠잠하고 참호에서 진흙물을 퍼내는 셔블 소리. 누가 부는지 하모니카

---

5 수설(竪說) 없다 : 이야기의 조리가 없다.

의 소리마저 들려온다. 참호의 총안(銃眼)으로 파울이 내다보니까 연약한[6] 나비 한 마리가 날고 있다. 무심히 뻗치는 파울의 손. 그때 불란서의 저격병[7]이 쏜 일탄은 파울의 생명까지 뺏어갔다.

하나 그날 상령부에 도달된 보고에는 "서부 전선 이상 없다"였다.

1930년에 제작되어 그해의 아카데미상을 받은 이 영화는 지금까지도 전쟁 영화의 결정판이 되어 있다. 그것은 할리우드가 과거 수십 년간에 만든 가장 양심적인 작품이며 전쟁의 성격과 그 비극을 훌륭히 비판하고 있는 것이다. 그때까지 할리우드가 취급한 전쟁은 거의 예외 없이 로맨스의 배경이며 자극적인 구경거리 그것뿐이었다. 원작자 에리히 마리아 레마르크는 지금도 역시 활동하고 있으나, 이 소설로 일약 세계적인 존재가 되었고 전쟁 문학으로서뿐만이 아니라 현대 문학의 큰 고전이 되어 있다.

영화사상에서 본다 해도 이 영화는 하나의 기념비적 존재라고 할 수가 있다. 음(音)을 획득하고 얼마 되지 않는 영화가 그 효과적인 제재를 전쟁에 구해서 여기에 나타낸 화면과 음향의 교착 정리는 그 후의 아메리카 토키에 다대한 공헌을 한 것이다. 루이스 마일스톤은 이 한 작품으로 인해 불후의 이름을 영화사에 남길 것이다.

원작　에리히 마리아 레마르크
제작　칼 레믈리 부자
감독　루이스 마일스톤

6　원본에는 '연락한'으로 표기됨.
7　원본에는 '조격병'으로 표기됨.

각색　맥스웰 앤더슨, 조지 애봇, 델 앤드루스

촬영　아서 에드슨

작품[8]　유니버설사

전후(戰後) 작품

〈밀회(Brief Encounter)〉(영, 1945)

밀퍼드 역의 차실(茶室), 두 사람의 남녀가 조용하게 차를 마시고 있다. 거기에 수다스러운 부인이 나타나 얼마 후 남자는 일어서 나갔다. 발차의 소리. 여자의 새파란 얼굴.

여자는 부인에게 부축되어 기차를 타고 집에 돌아왔다. 남편인 프레드(시릴 레이몬드)는 다른 때와 마찬가지로 크로스워드 퍼즐에 열중하고 있다. 이 남편과 지금 헤어진 남자와…… 로라(셀리아 존슨)는 털실을 손에 들고 라디오에서 흘러나오는 라흐마니노프의 피아노 협주곡을 들으며 그 눈은 먼 곳을 바라보고 있다.

나는 선량한 비즈니스맨의 아내, 딸과 아들을 기르는 어머니로서, 행복한 가정의 주부로서 남편에게 사랑을 받으며 평화로운 날을 보내고 있었다. 목요일 나는 기차로 밀퍼드의 거리에 나가 오전 중에 일을 마치면 오후에는 편히 쉬고 저녁 기차로 돌아온다. 이것이 나의 유일한 즐거움이었다. 6주일 전 돌아가는 기차를 기다리고 있으려니까 눈에 모연[9]이 들어갔다. 친절하게 모연을 꺼내준 의사가 있었다. 다음 목요일 거리에서 인사

8　원본에는 '삼릉'로 표기됨.

9　暮煙 : 저녁 무렵의 연기.

를 했다. 그다음 주 식당에서 우연히 함께 앉았다. 그는 알렉(트레버 하워드)이라고 하며 나와는 반대 방향의 거리에서 목요일마다 이곳 병원에 일을 보러 온다고 한다. 오후 함께 영화를 보고, 그분은 아내에 관해서 나는 남편에 대해서 이야기를 했다. 헤어질 때 다음 주를 약속했었으나 불근신(不謹愼)한 일이었을까? 허나 네 번째의 목요일 그분은 오지 않았다. 보람 없는 하루였다. 돌아올 때 뛰어 달려왔다. 가을 햇빛을 맞으며 식물원을 산보하고 보트를 탔다. 즐거운 기분. 남편과 함께 있었을 때 이런 감정을 맛본 일이 있었는지? 그리고 물에 젖은 옷을 보트집에서 말리고 있었을 때 우리들은 열렬한 사랑을 고백했었다. 그날 밤 집에 돌아오니까 귀여운 아들애가 자동차에 치여 경상을 입고 있다. 어떠한 가리킴이라고 생각하면서도 목요일이 되면 나는 그분과 만나지 않을 수 없었고 드라이브를 하며 교외에서 개울 돌다리에 기대어 허락되지 않는 행복에 몸을 맡기었다.

밤, 그분이 친구의 아파트에 끌고 가는 것을 일단 거절은 했으나 역시 끌리어 그분과 함께 가까이하고 있는 순간에 친구의 돌연한 귀가로 나는 때마침 내리는 비를 맞으며 뒷문으로 도망쳐 나왔다. 허둥지둥 정신없이 걸어서 역에서 작별의 편지를 쓰고 있는데 그분은 다시 나를 찾게 되었다. 2주일 후에 아프리카의 케이프타운의 병원으로 부임하게 되니깐 다시 한 번의 기회를 원하는 것이었다. 그리고 오늘 최후의 목요일. 두 사람은 전주(前週)의 석교 또다시 섰다.

시간은 물의 흐름처럼 사라져 간다. 역에서 이별을 애석하고 있으면 그 수다쟁이 부인이 방해를 하고…… 작별할 시간이 왔다. 그분은 나의 어깨를 꽉 쥐고 떠나버렸다. 발차의 벨 소리. 나는 기다렸다. 그분이 혹시나

다시 한 번 돌아오지는 않을까 하고. 그러나 틈을 보아 폼[10]에 나가자 급행 열차에 몸을 던지려고 했다. 하나 죽을 수 없었다. 이것뿐이에요 나의 이야기는……

　남편은 아내의 모습에 눈치를 챘다. 아내는 아무 말도 하지 않았으나 남편은 모든 것을 양해했다.

　캐롤 리드와 함께 전후의 영국 영화를 대표하는 데이비드 린의 작품이며 시나리오 구성의 시험으로 영화에서 표현하기가 곤란한 심리 묘사를 대단한 나라타주로 끌고 가면서 설명에 떨어지지 않은 것은 주목할 일이다.

　원작　노엘 코워드
　감독　데이비드 린
　촬영　로버트 크라스커
　작품　시네길드사(社)

(『아리랑』 8호, 1955년 9월 1일)

10　원본에는 '홈'으로 표기됨. 문맥상 '플랫폼(platform)'으로 보임.

서구와 미국 영화

— 〈로마의 휴일〉〈마지막 본 파리〉를 주제로

(상)

우리들은 오랫동안 진부한 미국 영화만을 보아왔었으나 금년 가을 시즌이 되자 두 가지의 주목할 만한 우수한 작품 〈내가 마지막 본 파리〉(리처드 브룩스 감독)와 〈로마의 휴일〉(윌리엄 와일러 감독)을 보게 된 것은 참으로 반가운 일이다. 이 두 작품은 모두 최근의 미국 영화의 대표작이며 소재와 내용은 다르나 그 작품이 전개하는 배경의 땅이 구라파, 거기서도 파리와 로마에서 시종 일관되어 있다는 것은 지극히 흥미로운 일이다.

1922년 독일의 저명한 감독 에른스트 루비치를 미국은 불렀다. 그의 뒤를 이어 폴라 네그리, 빌마 뱅키, 그레타 가르보, 디트리히 등이 있었다. 이것은 셔우드 앤더슨의 『어두운 웃음』이나 더스 패서스의 『1919년』에서 발견하는 것처럼 구라파에 대한 인피리어리티 콤플렉스(열등감)라고까지는 할 수 없으나 문화적으로는 낡은 오래된 전통에 대해 많은 열등적인 기분이 남아 있었다. 그것은 비단 영화 부면(部面)만이 아니고 필라델피아의 오케스트라나 뉴욕 메트로폴리탄 오페라 등이 외국에서 지휘자와 연주가를 불렀고 거트루드 스타인과 헤밍웨이를 비롯한 많은 미국의 문학청년들은 몽파르나스에서 방황했다. 르네 클레르의 〈유령 서쪽으로 간다〉에서 스코틀랜드의 고성(古城)을 돈을 사가지고 미국으로 건너가는 것은 그러한 일면을 그려낸 것이라 하겠다. 하지만 미국인의 전통에 대한 욕구는 오늘에 와서 완전히 열등감에서 벗어나고 있다는 것을 우리는 알아야 할 것이다. 그것은 조지 거슈윈의 〈랩소디 인 블루〉나 〈파리의 아메리카인〉과 같은 음악을 그 후에 만들어 냈고 싱클레어 루이스의 『애로스미스』나 『도즈워스』, 드라이저의 『아메리카의 비극』이 나왔다는 사실이다. 1940년대에 이르자 구라파는 고독해졌다. 2차 대전을 겪으며 그들은 미국의 청춘의 힘을 빌리지 않을 수 없었고 저명한 예술인의 대부분은 미국에 건너가 새로운 예술을 발견하여야만 하였다. 몽파르나스를 헤매던 문학청년은 이젠 전 세계의 주목을 끄는 노벨문학상 수상자가 되고 어느 사이 에른스트 루비치나 그레타 가르보, 디트리히는 영화계에서 사라지고 말았다. 즉 아메리카인(人)은 미국 예술의 새로운 발전에 대해서 자신을 갖고 더욱 우월감을 갖게 된 것이다.

〈로마의 휴일〉이나 〈내가 마지막 본 파리〉는 이러한 전통에 대한 자신과 우월감을 그대로 나타내고 있는 것이라고 생각한다. 〈내가 마지막 본 파리〉의 주인공 찰스는 작가로서 가정인으로서도 처음엔 실패하고 만다. 하지만 그가 파리에서 방황한 소득은 수년 후 그에게 큰 도움이 되었다. (계속)

(하)

　자유로운 분방과 쾌락, 그리고 파탄은 파리가 풍기는 오랜 향기인 것으로 알던 미국인은 그것을 다시 회상하고 후회할 때 거기서 새로운 힘을 찾게 되는 모양이다. 〈로마의 휴일〉에서의 신문기자 조 브래들리 역시 밤에는 포커나 하고 아침 여덟 시 반의 출사(出社) 시간을 어기는 것쯤은 보통, 앤 왕녀와의 인터뷰에도 나가지 않는 그러한 사람이었으나 "로마에의 방문은 나의 생애가 끝날 때까지 나의 기억에서 영원히 사라지지는 않을 것입니다." 라는 말을 왕녀의 입을 통해 나오게까지 만들어놓았다.

　두 작품의 성공은 물론 감독자인 와일러나 브룩스의 힘이겠으나 역시 미국 영화, 미국 예술의 힘이라고 하고 싶다. 〈로마의 휴일〉에 비할 때 〈파리〉는 떨어진다. 하지만 거기서는 파리에서 살고 있는 미국인 전통 속에 있는 이단자의 모습이 잘 묘사되어 있으며 그것은 미국인이 아니면 도저히 솔직한 반성을 스스로가 그리지도 못하는 일이다. 오래도록 미국 영화는 남의 것을 가지고 많은 좋은 자기의 것으로 만들어냈다. 즉 처음에 말한 것과 같이 훌륭한 구라파의 예술인을 불러다가 미국 영화의 예술적인 지반을 닦고 이제 와서는 자기 자신의 완성의 길로 지향하고 있는 것이다.

　지난번의 영화 〈파리의 아메리카인〉(MGM)에서도 조지 거슈윈의 음악에 맞추어 모던 발레를 추는 장면에 불란서 후기 인상파 화가 앙리 루소, 위트릴로, 드가, 르누아르 등의 화풍과 색채가 그대로 조화되어 나온다. 이러한 독창적인 스타일은 구라파를, 그리고 전통이라는 것을 미국이 완전히 이해하고 배웠다는 것을 의미하는 새로운 증좌이다. 〈로마의 휴일〉

에서도 베스타 사원의 '진실의 입'이나 도포리노의 '소원의 벽'의 여러 신과 대화들도 결국 이러한 것이 아닌가 생각된다.

구라파, 정신과 문화의 기원지로 알려진 파리와 로마에 오늘날 미국의 카메라는 마음대로 진출해서 지난날 그들이 보고 헤매고 배우고 하던 것을 다시 관찰하고 있다. 과거라는 것이 회상을 위하여 있는 것처럼 마치 파리와 로마는 미국인이 그 쾌활한 기질로 새로운 자기의 것을 발견하기 위해서 있는 것 같다. 〈로마의 휴일〉의 그 소재를 다른 곳으로 옮길 수도 없고 〈내가 마지막 본 파리〉 역시 어디까지나 배경은 파리여야만 한다. 앤 왕녀는 어빙이 준 기념사진을 들고 눈물을 참고 퇴장했다. 그는 구라파의 모국(某國)으로 돌아갈 것이다. 넓은 응접실에 혼자 남은 조 브래들리도 걸어 나온다. 무거운 발걸음으로……. 이것은 〈내가 마지막 본 파리〉의 주인공 찰스의 경우처럼 미국인은 미국으로 돌아가는 것이다. 구라파에 한없는 매혹과 잊지 못할 회상이 남아 있다 하더라도 미국인에게는 이젠 오랜 전통과는 다른 새로운 우월 감정이 앞서게 되었다. 그리하여 이 두 작품은 어디까지나 미국인이 아니면 제작할 수 없는 일이며 오랜 전통에서 새로운 자기의 예술을 찾고 있는 미국의 모습인 것이다. (필자 시인, 영화비평가)

(『조선일보』, 1955년 10월 9일, 11일)

〈내가 마지막 본 파리〉[1]
― 어째서 우리를 감명케 하는 것일까

감상 좌담회 참석자

김소동(영화비평가) · 유두연(영화비평가)

박인환(시인, 영화비평가) · 조경희(趙敬姬)(『여성계』 주간)

사회… 영화 팬을 새로운 감동 속에 울리게 하고 있는 〈내가 마지막 본 파리〉에 대해 보신 소감을 말씀해주십시오.

김… 〈내가 마지막 본 파리〉를 보고 오랜만에 눈물이 나서 곤란했는데 ―이상한 일입니다.

유… 역시 엘리자베스 테일러 연기는 그만이야. 반 존슨의 연기도 이제

---

1   원본에는 홑화살괄호(〈〉) 문장부호가 없으나 영화 제목을 나타내기 위해 편의상 사용함. 대담 내용도 가독성을 높이기 위해 대담자들 사이를 띄움.

는 완벽이고 역시 이 영화는 연출과 연기가 살려놓았어.

조… 몇 번이고 보고 싶은 감명 깊은 영화였어요. 나도 김소동 씨처럼 눈물이 나서 혼이 났습니다.

박… 이 영화의 성공은 감독자의 힘이겠으나 역시 미국 영화 미국 예술의 힘이라고 하겠습니다.

김… 미국 영화의 새로운 면을 이번 〈내가 마지막 본 파리〉에서 완전히 보여주고도 남음이 있어 대단히 유쾌했습니다.

유… 불란서 영화의 풍토를 미국 영화가 대신 차지해 살려놓았다는 〈내가 마지막 본 파리〉는 〈파리의 아메리카인〉을 능가하는 이색의 영화가 아닐 수 없습니다. 조경희 씨는 이 영화를 보면서 솟아나는 눈물을 어찌할 수가 없다 했는데 나는 두 사람의 연기력에 꼼짝 못 하고 눈물이 나오고야 말았으니 이 영화는 앞으로도 여러 사람들 가슴에 길이 살아남아 있을 이상한 영화입니다.

박… 〈내가 마지막 본 파리〉의 주인공 찰스는 작가로서 가정인으로서도 처음엔 실패하고 마나 그러나 그가 파리에서 방황한 소득은 수년 후 그에게 큰 도움이 되었던 것입니다. 왜냐하면 자유로운 분방과 쾌락! 그리고 파탄은 파리가 풍기는 오랜 향기인 것으로 알던 미국인이 그것을 다시 회상하고 후회할 때 거기서 새로운 힘을 찾게 되기 때문입니다.
이 영화에선 파리에서 살고 있는 미국인 전통 속에 있는 이단자의 모습이 잘 묘사되어 있으며 그것은 미국인이 아니면 도저히 솔직한 반성을 스스로가 할 수 없을 것입니다. 오래도록 미국 영화는 남의 것을 가지고 많은 좋은 자기의 것으로 만들어 냈습니다. 즉 훌륭한 구라파의 영화인을 불러다가 미국 영화의 예술적인 지반을 닦고 이제 와서는 자기 자신의 완성의 길로 지향하고 있는 것입니다 .

유… 내가 할 말을 박인환 씨가 다 말하고 있으니 별로 할 말이 없습니다. 다만 연기에 있어 반 존스와 엘리자베스 테일러는 경이에 가깝도록 원숙해져서 마음대로 사람을 울리게끔 되었습니다.

김… 연출자의 역량을 100% 발휘한 영화가 그리 흔치 않은데 이번 〈내가 마지막 본 파리〉의 연출은 감독 리처드 브룩스의 비범한 역량에서 나오는 것이고 이를 계기로 해서 브룩스는 앞으로 대작을 실패 없이 내놓을 수 있는 사람인 것을 알았습니다.

박… 〈내가 마지막 본 파리〉의 주인공 찰스의 경우처럼 미국인은 미국으로 돌아가야만 되는 것인가 봅니다. 구라파에 한없는 매혹과 잊지 못할 회상이 남아 있다 하더라도 미국인에게는 이젠 오랜 전통과는 다른 새로운 우월 감정이 앞서게 되고 이런 데서 이 작품은 미국인이 아니면 제작할 수 없는 것임을 알려준 영화이고 따라서 오랜 전통에서 새로운 자기의 예술을 찾고 있는 미국의 모습인 것이 바로 이 영화라고 생각합니다.

유… 이 영화를 보고 우리 영화인들도 남의 좋은 것을 따서 자기의 좋은 것을 만들어야 한다는 반성과 공부가 있어야 되리라고 생각합니다.

조… 나는 그런 전문적인 영화 비평을 떠나 순수한 관객의 입장에서 볼 때 이 영화는 감명 깊은 것이고 눈물을 솟게 하는 영화였습니다. 여성들이나 가정인들은 한 번 보고 생각해볼 영화인 것 같습니다.

사회… 바쁘신데 대단 고맙습니다. 앞으로도 명화가 상영될 때마다 여러분의 권위 있는 고견을 빌려 감상 안내를 해볼까 합니다.

(『평화신문』, 1955년 10월 17일)

예술로서의 시네스코

— 〈스타 탄생〉과 〈7인의 신부〉

지금 서울에서는 문제시할 수 있는 두 가지의 시네마스코프 영화 즉 조지 쿠커의 〈스타 탄생〉(W.B)와 스탠리 도넌의 〈7인의 신부〉를 상영하고 있다.

1953년 가을 뉴욕에서 세계 최초의 시네마스코프 영화 〈성의〉(폭스사)가 상영된 이후 할리우드의 영화 경기는 앙등되고 각 사(社)는 모두 대작을 시네스코의 시스템으로 전환하여 이미 우리나라에서도 〈성의〉〈원탁의 기사〉〈지옥과 노도(怒濤)〉〈은배(銀盃)〉〈주피터의 애인〉 등이 소개되었으나 기중 〈성의〉를 제외하고서는 거의 제3급에 속할 만한 작품 가치밖에 되지 않았다.

그리하여 우리나라 일반 관중은 시네스코의 출현에 일종의 실망을 갖지 않을 수 없었다. 20세기폭스사의 두 작품 〈성의〉와 〈지옥과 노도〉는 음향 장치에 있어서 사이드 사운드가 겨우 입체음향의 효과를 주었으나 그 외 작품은 전연 사이드 사운드가 들리지 않고 보는 사람은 단지 확대된 스크린의 넓이에만 흥미가 있었을 뿐이다.

지금까지의 시네스코의 결함은 넓은 스크린을 채우기 위해서 화려하고 장대한 배경에만 치중한 점이며 결코 이러한 배경은 영화의 내용을 공허에 빠트리기가 쉬웠다. 즉 이것을 영화에 있어서의 인물과 성격을 묘사하기보다도 그것이 가지는 배경적인 소재에만 애를 썼다는 것이다. 그런데 이번에 상영되고 있는 〈스타 탄생과〉 〈7인의 신부〉는 배경에서 내용 즉 인물과 성격을 그린 우수한 작품인 것이다.

　내가 여기서 말하고 싶은 것은 흥행적으로만 생각하여왔던 시네스코의 양식이 한 1년간이 지난 1954년 하반기부터는 다른 색채 영화나 흑백 영화처럼 예술적인 가치의 평가를 얻기 위하여 정진하고 있다는 점이다. 필자가 가지고 있는 자료의 하나인 『Whos who hollywood』 1955년 판(이것은 아메리카에서 발행되고 있는 저명한 영화지(誌)가 공동으로 발간한 것인데) 이것에 의하면 지난 1954년의 10대 작품 중에 5편의 시네스코 영화가 선정되어 있으며 〈스타 탄생〉과 〈7인의 신부〉도 역시 그중에 하나가 되어 있다.

　여하튼 요즘에 와서 시네스코 표현에 있어 외형적 면에서 내면의 세계로 파고들어 갔으며 초기의 기술적인 난점도 많이 제거되고 있는 것처럼 생각이 된다.

〈스타 탄생〉

　1937년 윌리엄 웰먼의 연출로서 그해의 아카데미상을 받은 명작을 조지 쿠커가 이번에는 전작과 달리 뮤지컬 드라마로 개작했다. 노먼 메인(제임스 메이슨 분)은 과거의 화려했던 할리우드의 스타이나 지금은 알코올 중독으로 인기가 없다. 그는 저명의 가수 에스더(주디 갈랜드 분)를 발견하고 그를 영화계에 소개시킨다. 에스더는 그 후 비키로 개명하고 인기가 높아진다. 두 사람은 결혼을 하고 해변의 별장에서 행복한 생활을 하였는데 알코올 중독 때문에 영화 출연도 못 하는 노먼은 점차 몰락하여 경찰에 유치되고 만다. 그 후 아내'의 진정한 애정을 안 노먼은 처의 예술의 성공을 위하여 해변에서 자살한다. 남편의 죽음으로 비탄에 빠진 비키는 스타의 밤에 출현하여 자기는 노먼 메인의 아내라고 자기소개를 하고 만장(滿場)은 우레와 같은 박수로 환희의 절정에 달했다… 이것이 간략한 스토리인 바 조지 쿠카는 두 사람의 저명한 연기자의 힘을 빌려 지극히 객관적인 수법으로 조금도 탓할 수 없이 표현해 나가고 있다. 나는 〈스타 탄생〉은 시네스코로서의 성공만이 아니라 할리우드 영화의 성공이라고 말하고 싶다.

그것은 할리우드의 내막 적어도 스타의 성쇠가 여실히 그려져 있으며 메인과 비키의 생활과 사고에는 성실한 영화 예술가의 일면이 엿보인다고 하겠다. 이 작품의 성격은 그 스토리처럼 비극이다. 하지만 주디 갈랜드의 노래와 춤은 참으로 즐거우며 비극에 대한 암시성을 가지고 있다. 시네스코가 빠지기 쉬운 외형 묘사―형식주의에서 출연자의 눈과 카메라의 포커스는 내면 묘사로 뛰어들어가고 있으며 메이슨과 주디 갈랜드의 성격 파악도 놀랄 만한 것이라 하겠다. 나이트클럽으로 처음 노먼 메인이 나타나는 장면과 라스트 신인 스타의 밤 등은 인상적이며 넓은 스크린 중간에 비키가 혼자 서고 카메라는 점점 뒤로 빠져 원경으로 무대를 촬영한 수법은 더욱 시네스코에서는 이채를 띄운다. 3시간에 가까운 장편임에도 불구하고 흥분과 감격에 사로잡힐 수 있다는 시네스코 영화가 나온 것은 즐거운 일이다. 메이슨과 갈랜드는 이 작품의 출연으로 의해 1954년도 아

---

1 본문에는 '안해'로 표기됨.

카데미 주연상의 노미네이션에 들어갔었다.

〈7인의 신부〉

메트로적인 뚜렷한 색채의 음악 무용 작품이다. 배경의 전개보다도 스크린에 나타나는 인물의 움직임으로 관객을 즐겁게 하려는 건전 오락을 기도하는 데 성공하였다. 잠니·마사의 가무와 잠·니-풀의[2] 작품으로 전개되는 노래와 춤은 참으로 경쾌하고 신선하며 지금까지 영화가 뮤지컬에 있어 그 무대를 극장의 스테이지로 한데 반하여 이것은 오리건주(州)의 자연의 풍경 속으로 옮겼다는 것도 지극히 이채롭다고 하겠다. 나는 음악이나 춤에 대해서는 그리 알지 못하니 하여튼 이 영화를 보고 있는 동안 끝까지 웃을 수 있었으며 시네마스코프의 화면이 넓기 때문에 그전까지는 공허한 감 쓸데없는 배경이 많이 있었는데 이 작품에는 조금도 불필요한 백그라운드가 나타나지 않는다. 7인의 형제가 그들의 신부를 약탈□□□□□□□□ 자미있는 것이지만 영화 무대 발레의 □□들이 이 영화를 전개하는데 모두 특별한 역할을 하고 있다.

시네마스코프의 약점이 여기서는 거의 커버되고 있으며 단지 M.G.M 작품인 까닭에 사이드 사운드 음악 장치가 되지 않아 불만이 생긴다. (필자는 시·영화평론가)

(『중앙일보』, 1955년 10월 25일)

---

2   원본대로 표기함. 스탠리 도넌 감독, 조지 J. 폴세이 촬영, 진 드 폴 음악 등으로 만들어졌다.

영화 감상을 위한 상식

영화 감상을 위한 방법이라는 것은 단지 그 영화를 보고 어떻게 느끼냐는 법밖에는 없다. 말하자면 센스(感覺)이다. 이것이 제일 중요한 일이며 처음부터 자기의 센스를 가지고 작품을 자세히 그리고 친절히 보아야만 하는 일이지만 구태여 그 방법을 위한 몇 가지 이야기를 적자면 아래와 같은 것이 아닐까 나는 생각한다.

얼마 전까지 영화는 감독의 것이 되어왔다. 좋은 감독은 훌륭한 영화를 만들어왔고 너절한 감독은 좋은 영화를 만들지 못했다. 비단 얼마 전까지의 일이 아니라 이것은 현재도 미래도 그러할 것이겠으나 감독은 중요시 되던 감독 중심 제도라는 것이 차차 없어지기 시작했다.

영화 회사는 감독 한 사람의 실력에만 의존할 수가 없어서 더욱 영화감독은 예술가이기 때문에 그들의 마음대로 쓰기도 곤란했고 그들은 회사 측의 기업성과 간혹 어그러지는 일이 많았으므로 이 감독을 연출가라고 개칭하고 프로듀서(제작자) 아래에 속하게 하였다. 프로듀서는 회사에 월급제로 속하는 사람이 대부분이며 이들은 회사의 기업과 그 영리 정책을 대변하면서도 영화예술에 눈이 밝은 분이어야만 되는 법이다. 그래서 감독은 제작자 밑에서 연출의 부문에만 종사하게 되었던 것이다. 감독 제도의 폐단을 시정하는 것은 감독에만 영화 제작을 맡기면 자기가 생각하는 독자적인 예술에만 치중하기¹ 쉽고 또한 자기 영화를 훌륭하고 화려한 것으로 만들기 위하여 막대한 경비를 쓰는 법도 있지만 제작자 중심으로 옮긴 후부터는 감독은 제작자로부터 많은 제약을 받게 되었다. 그러하므로 영화를 감상하기 위해서는 그 영화를 누가 제작했느냐는 것을 알아야 한다. 이 제작자 제도가 가장 심한 나라는 아메리카이며 그다음은 영국 일본이다. 불란서에서는 그다지 제작자 중심이 아닌 것도 아직까지 불란서가 영화감독 각자의 예술의 개성을 존중하고 있다는 좌증이며 이것은 곧 불란서 영화에 예술적인 특성이 뚜렷이 남아 있다는 것을 이야기한다.

그렇다고 하여 제작자 제일주의로 나아가고 있는 아메리카 영화가 예술적으로 뒤떨어지고 있다는 것은 아니다. 아메리카에서 이 제도로 전환한 이후에는 다소 실패한 일이 많았으나 그 후 이름 높은 훌륭한 제작자가 속출해서 지금은 조금도 손색없는 시스템이 되었다.

즉 D. O. 셀즈닉, 하워드 휴스, 스탠리 크레이머, 세실 B. 데밀, 도어 쉐어리 등 제일급의 제작자가 나왔다. D. O. 셀즈닉은 〈바람과 함께 가다〉 〈레베카〉 〈제니의 초상〉 〈백주의 결투〉와 같은 명작을 내놓았고, 스탠리 크레이머는 가장 염가의 제작비로써 〈챔피언〉 〈하이 눈〉 〈검객 시라노〉, 세실 B. 데밀은 연출도 겸하여 〈삼손과 데릴라〉 〈지상 최대의 쇼〉, 도어 쉐어리는 M.G.M의 거의 대부분의 명작을 만들었다 해도 과언이 아니다. 영국에서는 유명한 알렉산더 코다와 에머릭 프레스버거와 마이클

---

1 원본에는 '취중하기'로 표기됨.

파웰의 두 콤비 제작자가 대표적인 프로듀서이다. 제작자는 영화에 있어서는 모든 일, 연출자, 시나리오, 배우의 선택에까지 그 권한이 있으며 제작 경비에까지 결정권이 있는 것이다.

그러므로 일반 대중은 영화를 보고 난 후부터 영화배우의 이름이나 감독의 이름을 외우는 것도 좋으나 그 프로듀서가 누구라는 것을 더욱 기억하여야 한다. 그 작품이 우수한 것이라면 더 중요하게 된다. 그래서 제작자의 이름이나 감독의 이름을 알고 있으면 다음 작품도 안심하고 가 볼수도 있고 그들의 예술적인 경향도 잘 알게 되는 것이다.

대체적으로 훌륭한 제작자는 우수한 연출자나 배우를 선정하게 되며 그 반대도 역시 같다. 더욱 연출자나 배우들도 훌륭한 프로듀서와 함께 영화를 만들 것을 원하며 그러기 위해서 무척 애를 쓰고 있는 예가 한두 가지가 아니다.

한국의 사정은 국산 영화가 적기 때문에 영화 관객의 대부분은 외국 영화를 볼 때가 많다. 그리고 그러한 외국 영화를 볼 때에 우리들에게는 어찌할 수 없는 핸디캡이 있는 것이다.

그것이 무엇이냐 하면 외국 영화를 즐겁게 보기 위하여 영화를 보는 것이 아니라 읽지 않으면 안 된다는 것이다. 영화의 말을 알아듣지 못하는 이상 자막을 읽는다는 것은 할 수 없는 일이며 실상 자막을 읽고 영화를 따라다니고 있는 것이다. 그러므로 영화를 한 번 보고 그 작품을 감상했다고는 할 수가 없고 이것은 단지 '보았다'는 것밖에 되지 않는다.

그러므로 진실로 영화를 감상하기 위해서는 그 작품이 읽고 난 후 따라가면서 보았을 때의 인상이 좋았으면 적어도 두 번만은 보아야 한다. 아니 두 번 이상이라도 좋으니 좋은 작품일 경우에는 여러 번 보는 것이 영화 감상의 식견을 높게 한다.

그 하나의 예로서는 장 콕토의 〈오르페〉나 캐럴 리드의 〈제3의 사나이〉 같은 것이 있다. 이 두 작품은 그 작가의 사상이나 예술적 경향이 다르지만 영화에 있어 그의 예술성과 이론을 마음대로 구사한 작품이다.

나는 외국 영화를 전문으로 감상하는 분부터서도 콕토의 〈오르페〉는 이해할 수가 없다는 소리를 들었다. 몇 번 보았느냐고 물었더니 한 번 보아서 뭔지 모르기 때문에 그 이상 보지 않았다는 것이다. 이것은 영화를 감상하는 태도가 아니다. 다른 제작자나 연출가가 만든 것이라면 몰라도 시인으로 연극으로 현 불란서의 대표적인 존재인 콕토의 작품을 모를 수는 없을 것이다. 여기서 다시 말하고 싶은 것은 자막을 읽고 화면을 따라가는 방법과는 다른 방법 즉 자막을 읽은 후에 느끼는 센스인 것이다. 그 센스를 갖지 못하고서는 도저히 화면을 따라갈 수도 없을뿐더러 이해도 못할 것이다. 콕토의 지금까지의 예술의 세계를 이해해온 분이면 몰라도 처음 콕토를 대하는 분이면 더 난처했을 것이다.

즉 읽는 것도 아니며 보는 것도 아니며 단지 느끼는 것이다. 느낀다는 감각성이 문제가 되는 것이다.

제작자와 마찬가지로 콕토와 같은 개성이 뚜렷한 영화 연출자가 있을 경우에는 그 연출자를 잘 이해할 필요가 있다. 그것은 이름으로서가 아니라 어디까지나 그 사람이 지니고 있는 예술성과 영화적 감각이다.

스릴러 영화의 대가 앨프레드 히치콕, 아메리카의 서부극 영화의 대가 존 포드, 사회의 인간과의 문제를 풍자적으로 그리는 찰리 채플린, 하드보일드파에 속하는 존 휴스턴, 치밀한 인간 묘사와 연극 연출에서는 많은 영향을 받은 엘리야 카잔, 낭만주의와 페시미즘의 세계를 그리는 마르셀 카르네, 풍속 묘사의 일인자 자크 베케르, 절박한 주제의 앙리 조르주 클루조 등… 이들은 제작자가 아니라도 그들의 이름으로서 충분히 예술이 되고 상품이 되는 영화인 것이다.

물론 실패작도 있었으나 대체적으로 성공된 작품들이매 그들의 개성적인 독특한 성격을 영화에 잘 나타내고 있다. 제작자는 여러 경향의 작품을 여러 감독의 손에 의해서 제작하고 있는데 반하여 연출가는 자기 독특한 것이 있다. 그러므로 상기한 위의 몇 사람에 대해서는 잘 그 예술을 이해하고 자주 감상하는 것도 영화 감상의 좋은 방법이 된다.

시나리오는 영화의 교과서라고 한다. 시나리오가 제작자와 연출가의 손에 의해서 채택되면 연출자는 그것을 콘티(대본화)하고 곧 배우가 결정되어 촬영이 개시된다. 하지만 채택되지 않는 것이 많다. 역시 시나리오도 제작자의 지배하에 있는 것이다. 그러나 훌륭한 시나리오는 훌륭한 작품이 되고 그중 몇 사람은 영화의 전반적 가치를 좌우한다.

그러므로 영화의 감상에 의한 하나의 방법으로 시나리오를 읽으면 훨씬 도움 되는 수가 많으나 우리나라에서는 아직 시나리오가 잡지 같은데 소개되지 않으니까 큰 문제가 된다. 시나리오를 읽으면 영화를 보기 전에 그 작품이 지니는 이미지를 알 수가 있으며 더욱 영화로서의 의도를 완전히 파악할 수 있다. 물론 연출자가 아니기 때문에 전부를 안다는 것은 힘이 드는 일이나 그 연출자의 성화적인 성경만을 그전에 알고 있다면 시나리오가 실린 지면(紙面) 위에 영화의 각 신이 전개될 수도 있는 것이다. 이것도 역시 이미지를 정리하는 센스가 중요한 역할을 한다. (끝)

『희망』 5권 11호, 1955년 11월 1일)

회상의 그레타 가르보

— 세계를 매혹케 한 그의 영화적 가치

20세기 전반을 통해 20여 년간 은막의 여왕으로 전 세계의 팬들을 뇌살(腦殺)케 한 그레타 가르보— 그의 마지막 영화가 개봉된 지 13년이 지난 오늘에 이르기까지 가르보는 스크린의 연인으로서 우리의 가슴을 두드리고 있다. 요즈음 그가 주연한 대표작 〈두 얼굴의 여인〉과 〈춘희〉를 중심으로 가르보에 대한 연모의 불길이 할리우드를 비롯해 전 세계에 재연되고 있는 것을 찬스로 해서 본지는 회상의 가르보를 특집하여 지난날의 가르보 팬들에게 추억의 시간을 선물하는 바이다.

영화계의 한 전설적 존재로 되어있는 명우 그레타 가르보는 최근 뉴욕에 있는 현대예술관을 방문하면서 그의 남은 여생을 즐기고 있다.

그는 이곳에서 수명의 직원들과 함께 얼굴을 마주 대고 앉아 그가 16년 동안 출연한 24편의 영화를 차례로 이야기하며 감상하고는 한다.

이 영화들은 모두가 가르보를 인간으로서 받을 수 있는 최고의 인기와 존경을 받게끔 된 작품들이다. 그의 마지막 영화가 개봉된 지 13년이 지난 오늘에 이르기까지 어떠한 공식적인 회합이나 그를 따라다니는 많은 신문 기자들을 교묘히 피하여 남의 눈에 띄지 않는 생활을 계속하여 영화 이외에는 그의 생활을 알 수 없는 불가사의한 존재로 화(化)해버렸다.

이와 같은 그의 태도는 모든 영화 팬들에게 더욱이 인기는 고조시켰으며 아직까지도 현대 어느 여배우보다도 못지않은 명성을 떨치고 있다.

그는 이와 같이 영화에서 나온 때와 일상생활과는 성격적으로 판이한 생활을 하고 있는 까닭에 많은 일화를 남기고 있다.

약 20여 년 전에 어느 스코틀랜드 청년이 극장에서 가르보의 사진을 도적하다가 발각되어 체포된 일이 있다. 재판장에 끌려 나온 이 청년을 심문하는 판사는 그의 기소문에 나타나는 가르보의 이름을 보고 가르보란 누구냐? 하고 물어보았다. 당시 방청석에 나타난 방청객들은 소위 1개 국(國)의 판사가 가르보의 이름을 모를 수가 있는가? 하여 일대 화제 아닌 센세이션을 던진 일이 있다. 이때 판사가 당한 망신은 수일 내에 가실 줄 몰랐으며 그중 한 가지 예로서는 신문 보도원들이 판사를 둘러싸고 질문을 한 일이 있다.

이러한¹ 실례를 들어보아도 가르보의 존재가 여하하였다는 것은 능히 알 수 있는 것이다. 가르보의 인기가 절정에 달하고 있던 20세기 전반의 약 20여 년간은 세계 각국의 모든 가르보 팬들은 서로 다투어 가르보의 미를 그들 독특한 형용사로 표현하였던 것이다.

그 말마디 중에서 가장 걸작인 한마디는 "모든 남성이 꿈꾸는 여자"라고 한 말이다. 이처럼 가르보를 제각기 이름 짓고 마음 속속들이 가르보를 마음 여기는 젊은 청년들은 불량하건 온순하건 간에 가르보의 인간성

---

1 원본에는 '이한'으로 표기됨.

을 높이 평가하였던 것이다. 가르보를 생각하는 사람들은 가르보를 스크린에서 대할 때나 혹은 잡지에서 대할 때에는 마치 신자가 하느님 앞에서 기도하는 것처럼 마음을 잠잠히 재우고 깨끗한 마음으로 가르보를 감상하였던 것이다.

1932년도에는 『팬티페어』[2]라는 잡지에 가르보의 얼굴이 큼직하게 독사진으로 인쇄되어 나온 일이 있다. 그 당시 발간된 가르보의 초상화를 실은 잡지는 전 세계의 유행을 휘감았으며 일순간에 유행되고 있는 모든 여성의 미를 전환시키고 말았다.

그의 머리나 옷차림은 비단 영화배우뿐이 아니라 각국의 귀부인이나 여사무원까지도 다루어가며 모방하였다.

그가 영화에 출현되는 기간에는 그의 영화들은 물론 일거일동이 전파를 타고 세계 각국에 전달되었으며 이럴 때마다 영화 팬들은 현재 극장에서 상영 중인 영화보다도 가르보의 다음 영화에 더욱 많은 관심을 집중시켰던 것이다.

그가 〈안나 카레니나〉에 출연하고 있을 때 촬영 시간이 25분 늦었다는 별로 대단치 않은 일에도 세계의 각국 신문에는 적지 아니 큰 기사로 취급되곤 하였다.

〈안나 크리스티〉는 가르보가 발성 영화에 출연한 첫 영화였는데 이 작품은 과거 현재 미래를 통하여 그처럼 모든 영화 팬들이 마음 초조히 기다리는 일이 다시금 없을 정도로 큰 기대를 자아내던 것의 하나다.

이 영화가 개봉되었을 때 당시의 유명한 영화평론가 로버트 세우드는 다음과 같이 논평하였다.

---

2 원본대로 표기함.

"모든 평론가는 배우의 어떤 결점을 들어내어 평을 가하는 것이 큰 즐거움인데 나는 이 영화에 대해서는 한마디도 할 것이 없다."라고.

가르보의 주요 작품

1929년 - 〈단일한 기준〉[3]

1930년 - 〈안나 크리스티〉

1927년 - 〈육체와 악마〉[4]

1939년 - 〈니노치카〉

1932년 - 〈그랜드 호텔〉[5]

1941년 - 〈두 얼굴의 여인〉

1942년 - 〈춘희〉

1933년 - 〈크리스티나 여왕〉[6]

(『평화신문』, 1955년 11월 27일)

---

3 원본에는 〈단순한 주장〉으로 표기됨.
4 원본에는 〈과육과 악마〉로 표기됨.
5 원본에는 〈화려한 호텔〉로 표기됨.
6 원본에는 〈1940년-크리스찬아 여왕〉으로 표기됨.

비스타 비전[1]

    파라마운트사의 기술부가 완성한 것으로서 대형 스크린 영사(映寫)로서 생기는 화면의 선명도의 저하를 피하기 위하여 촬영을 표준형의 두(二) 코마[2] 분의 사이즈로 찍고 그 후 다시 표준형 프레임에 축사(縮寫) 프린트한다. 따라서 네가[3]와 포지[4]의 면적 비는 약 2.66 대 1로 되고 화면은 종래의

---

1 Vista Vision : 미국 파라마운트 영화사가 1954년경에 완성한 대형 화면 방식의 영화. 박인환은 『주간희망』에 '영화상식'이란 주제로 「비스타 비전」(창간호, 1955. 12. 26)을 시작으로 「금룡상을 제정」(2호, 1956. 1. 2), 「영화 법안」(3호, 1956. 1. 9), 「영화 구성의 기초」(4호, 1956년. 1. 16), 「몽타주」(5호, 1956. 1. 23), 「아메리카의 영화 잡지」(6호, 1956. 1. 30), 「시나리오 ABC」(8호, 1956. 2. 13), 「다큐멘터리영화」(11호, 1956. 3. 5), 「세계의 영화상」(12호, 1956. 3. 12), 「옴니버스영화」(13호, 1956. 3. 19)를 발표했다. 이 전집에서는 각각의 글이므로 독립적으로 편집한다.

2 coma : 빛이 렌즈를 통하여 결상(結像)할 때에 퍼져서 혜성 모양으로 보이는 현상.

3 네거티브 필름(negative film) : 음화를 만드는 데 사용.

4 포지티브 필름(positive film) : 음각의 형태로 네거티브 필름에 새겨지는 피사체를 현상하여 양각의 형태로 새기는 필름.

와이드(대형) 스크린 영화에서는 볼 수 없는 정도로 선명해진다.

또한 파라마운트에서는 스크린의 크기와 인간의 시각이라는 것을 고려해서 가장 자연스러운 1 대 1.85의 화면을 취했다고 한다. 그러나 극장의 구조에 의하여 1 대 1.33, 1 대 1.66, 1 대 1.75 혹은 시네스코의 비율로서 상영하고 싶을 때에는 영사기용의 마스크에 의해 영사되도록 구성되어 있다. 그리고 먼저 말한 두 코마 분의 촬영은 네가를 수평으로 하여 찍는 특수 카메라를 사용하여 그러기 위하여 비스타 비전 촬영기가 새로 발명되었다.

입체음향 재생 장치에는 퍼스펙타 사운드를 채용하였는데 이것은 폭스사(社)의 3개 이상의 마이크로폰과 4본(本)의 자기녹음(磁氣 錄音) 사운드 트랙을 사용한 완전 입체음향 재생 장치가 아니고 MGM나 워너사(社)에서 쓰고 있는 1본(本)의 광학적 사운드 트랙을 특수한 재생 장치로 3개의 확성기를 쓰게 되는 간편한 것이다. 그러므로 영면(映面)은 다른 와이드 스크린보다 훨씬 선명하지만 폭스사의 시네스코가 갖는 완전 입체음은 들을 수가 없다.

파라마운트에서는 1954년 말에 공개한 〈화이트 크리스마스〉를 제1작으로 1955년부터는 전면적으로 비스타 비전 영화로 전환하고 있으며 영국에서도 J. 아서 랭크 솔하(率下)에 있는 전 프로덕션이 비스타 비전화(化)를 성명(聲明)했다. (박인환)

(『주간희망』 창간호, 1955년 12월 26일)

제5부

1956년

'금룡상(金龍賞)'을 제정

지난 1년 동안에 우리나라에서 제작된 극영화 편수는 이규환 감독의 〈춘향전〉을 비롯해서 10편이 된다. 이와 같이 많은 작품이 35밀리로 제작된 것은 8·15해방 이후 처음이며 그 직접적인 원동력은 국산 영화에 대한 무세(無稅)가 87년[1] 초에 시행된 때문이라고 할 수가 있다. 그러나 활발해질 영화 제작과는 달리 한국 영화사와 함께 살아온 배우 이금룡(李錦龍) 씨가 영화 〈열애〉에 출연 도중에 작고하였다. 특이한 성격 배우로서 스크린에 군림하여오던 동(同) 씨의 죽음은 우리나라 영화계에 큰 쇼크를 주었으며 그의 업적은 참으로 컸다 하겠다.

그리하여 그가 소속하고 있었던 대한영화배우협회의 몇 사람이 주동이 되어 사회·문화계의 권위자를 심사 위원으로 한 '금룡상'이 제정되었는데 이것은 고 이 씨에 대한 기념상(紀念賞)인 동시 우리나라에서 가장 빛

---

1   단기 4287년. 서기 1954년.

나는 영화상이다.

즉 대한영화평론가협회상이 87년부터 발족되고 있으나 이것은 동 협회원 12명으로 구성하고 있는데 비하여 '금룡상'은 심사 위원이 근 40여명에 가깝고 시상의 범위도 평론가협회상에 비하여 넓다. 현재까지 심사위원회는 개최되지 않았으나 지난 1년 동안의 10편의 작품 중에서 가장 주목을 끌고 있는 것은 고려영화제작소의 〈망나니 비사(悲史)〉와 백호영화제작소의 〈피아골〉이며 이 두 작품에 출연한 여우 노경희와 〈망나니 비사〉에 있어서 전택이, 〈피아골〉의 주인공 김진규, 이예춘이 연기상의 물망에 오르고 있으며 감독상에는 이강천, 김성민으로 충분한 대상이 된다. 여하간 한국 영화의 발전을 위해 '금룡상'이 제정된 것은 기쁜 일이며 동(同)상을 계기로 우리나라 영화가 더욱 진작될 것을 믿는다. 그리고 작년에 〈열애〉의 이집길도 역시 병몰(病沒)하였다. (박인환)

(『주간희망』 2호, 1956년 1월 2일)

영화 법안

　지난번 국회 문교분위에서는 문교부 안을 중심으로 해가지고 우리나라 최초의 영화 법안을 만들었다. 이것은 전 4장 36조에 걸친 것인데 제1조에 명기되어 있는 것은 본 법은 영화 사업의 육성 발전을 촉진하고 영화 문화의 질적 향상을 도모하여 민족 예술의 진흥에 기여케 함을 목적으로 한다고 되어 있다. 여하튼 선진 외국에서 거의 제정 시행되고 있는 영화 법과 다름없이 이 영화 법안도 자국 영화의 육성 발전을 위한 하나의 방도를 위한 것이며 거기서도 더욱 우리 정부가 최대의 혜택을 국산 영화에 부여하고 있는 것은 이 영화 법안과는 달리 '무세(無稅)'라는 것이다. 이 무세 정책은 이미 87년 5월¹부터 시행되어왔으며 다른 국가에서는 그 예가 전연 없는 일이다.

　이번 영화 법안에서 가장 주목을 끌고 있는 것은 문교부 장관의 제청으

1　단기 4287년 5월. 서기 1954년 5월.

로 대통령이 위촉하는 각계 대표 15인으로 구성되는 '영화위원회'와 영화 제작에 금융의 편의를 도모하기 위하여 정부에 '영화금고'를 설치하는 것과 영화 제작의 기술적 편의를 위한 '국립영화촬영소'를 설립하는 일이다.

영화위원회는 그 기능에 관해서 아직 밝혀져 있지 않으나 영화 금고의 대부(貸付), 외국의 일반 영화 수입에 대한 제한과 검열의 기준을 정할 수 있게 되었으며 영화금고는 적당한 담보물 없이는 자금을 대부치 못하나 원금은 연 2할 이내의 이자를 합하여 1년 이내에 변제하여야 된다. 그러나 이 영화금고 때문에 외국 영화 수입업자는 많은 타격을 자연 입게 되었으니 그것은 100분지 10에 해당하는 수입 부가금과 상영 부가금으로서 입장료의 100분지 1의 금액을 금고에 납부하게 되어 있다. 이것은 국산 영화의 문화영화에는 예외로 하고 있다. 영화 법안은 그 후 국회 재정 분위에 회부되었으나 최근에 알려진 바에 의하면 영화금고와 국립촬영소 설치 등이 예산 편성상 거부되었다 한다. (박인환)

(『주간희망』 3호, 1956년 1월 9일)

영화 구성의 기초

영화를 보기 위해서 또는 영화가 어떻게 구성되어 있는가를 알기 위해서는 그 기초를 잘 파악하여야만 된다. 먼저 35밀리(이것이 표준이다) 영화의 운행 속도는 1초간 24프레임(駒)이다. 16프레임이 1척(呎)이니까 24프레임은 1척 2분의 1, 따라서 1분간의 운행 척수(呎數)는 90척이 된다. 이것은 세계 공통의 표준이다.

그러면 1프레임의 크기는 필름 자체의 횡폭(橫幅)은 35밀리이고 카메라의 노출구를 통해서 대상물의 노출되는 은화(隱畵)(네거티브)의 1프레임은 횡 22.04밀리, 길이 16.03밀리이며 다음에 영사기의 영사창(어퍼추어)[1]을 통해서 스크린에 확대 투영되는 양화(陽畵)(포지티브)의 1프레임은 횡 20.96밀리, 길이 15.24밀리가 표준이다.

35밀리 양화필름의 그 외의 다른 면은 감광막면(에멀전 사이드)[2], 우측의

---

1 Aperture : 카메라 및 영사기 등의 창(窓), 개구(開口).

2 emulsion side : 사진 필름에서 빛에 민감한 부분.

음향트랙, 필름 운행을 위한 퍼포레이션(孔)[3]이다.

제작의 실제에 있어서는 영상을 카메라의 영상 음화에, 음향은 녹음기의 입향(立響) 음화에 각각 다른 2본(本)의 필름에 동시화(同時化) 모터에 의해 운행되어 촬영 및 녹음되는데 (후시(後時) 녹음 포스트 레코딩, 음악 스코어링, 더빙 같은 것은 별도로 하고) 영상과 음향이 완성된 두 음화는 편집된 후 1본의 양화필름에 프린트되어 영화는 완성된다. 우리들이 영사에서 보는 영상의 모든 것은 이와 같이 양화필름이 투사 확대된 것이며 영상은 모두 약 4대 3의 비율의 구형(矩形)[4] 프레임 속에 들어가 있다.

또 한 가지 알아둘 것은 극영화는 몇 가지의 시퀀스(국면 · SEQUENCE. 연속적인 장면이 나타내는 사건 진행의 일시적 단계)에, 그리고 그 시퀀스에는 여러 가지의 '장면'(SCENE)이, 또 그 장면에는 몇 가지의 '화면'(SHOT)으로 분해된다. (박인환)

(『주간희망』 4호, 1956년 1월 16일)

---

3 perforation : 카메라의 스프로킷과 핀에 맞물릴 수 있도록 필름 가장자리에 일정한 간격으로 뚫린 구멍.
4 직사각형.

몽타주

남편은 신문을 보고 있고 아내는 편물(編物)[1]을 하고 있다. 실내에는 전등이 켜져 벽에 걸려 있는 시계는 8시 5분 전이다. 이따금 말을 주고받고 하다가 아내가 "여보 8시가 되었어요" 하는 말에 남편은 시계를 한 번 쳐다본 다음 일어나서 문밖으로 나간다. 이런 간단한 영화 장면이라도 촬영할 때의 카메라의 위치는 하나가 아니다.

대화를 하고 있을 때 부부 사이에 오고 가고 하는 표정·실내 전체의 분위기·"여보 8시예요" 할 때의 시계와 시계를 보는 남편의 얼굴, 이런 자세한 것을 표현하려면 롱숏이니 클로즈업 그리고 카메라의 각도도 여러 번 변해야 한다. 이럴 때 단 한 대의 촬영기를 이동해가면서 찍는다는 것은 대단히 불편할뿐더러 배우의 연기를 몇 번이나 컷해야 하고 또 되풀이시켜야 하기 때문에 연기를 하는 배우의 기분을 지속시키기가 어렵다.

---

1 편물 : 털실 따위를 얽고 짜는 등의 일.

그래서 때에 따라서는 촬영기가 3대, 4대 각각 다른 거리, 각도에 위치되어 촬영은 개시되고 배우의 연기는 계속된다. 이와 같이 많은 카메라로 여러 각도에서 촬영한 필름 가운데서 필요한 부분과 필요 없는 부분을 갈라내어 하나의 완성된 필름을 구성하게 되는데 이 필름의 취사선택을 맡아보고 있는 부분을 몽타주계(係)라 하고 그것은 수많은 영화 제작 부문 가운데에서 중요한 부분으로 되어 있다. 하나의 카메라의 위치에서 박혀진 화면을 프레임이라 하는데 이 프레임의 하나하나가 긴밀하게 구성 연결된다는 것은 영화 제작에서 중요한 수법에 속하고 그만큼 몽타주의 센스 수완은 영화의 가치를 좌우한다. 원래 몽타주란 원판 피사체가 다른 사진이나 그림을 서로 혼성시켜 하나의 화면을 구성하는 것인데 회화, 예술사진 특히 현대의 추상파니 표현파니 하는 경향의 작품. 즉 자연에서 얻기 어려운 씬 형체 구성을 만들려는 것이다. 표현을 종횡무진히 하는 영화에 있어서는 특히 이 몽타주의 방법은 트릭이나 오픈세트에 자주 활용되어 여간 흥미 있는 것이 아니지만 그것은 다음 기회로 밀겠다.[2]

(『주간희망』 5호, 1956년 1월 23일)

---

2 '미루겠다'의 의미.

아메리카의 영화 잡지

　최근 서울 시내의 각 다방이나 가두에서 표지를 찢고 팔고 있는 아메리카의 영화 잡지를 우리는 많이 접한다. 어떤 이유에서 표지를 찢어버렸는지 알 수는 없으나 그중에서 눈에 많이 띄는 것은 143만 부 발행의 『PHOTO PLAY』와 127만부의 『MODERN SCREEN』이다. 이처럼 많이 팔리는 영화 잡지는 전 세계에 없으며 내용은 스타의 경력, 가정 방문기 등이 주로 취급되어 있으며 개개(個個)[1]의 영화에 관해서는 별로 취급하고 있지 않은 것이 아메리카 팬 잡지의 특징이다. 부수가 많은 것은 전기의 두 잡지는 편집이 훌륭한 것 때문이며 이외에 『MOTION PIC-TURE』로 예전부터 유명하고 그다음에는 『SCREEN LAND』와 『SILVER SCREEN』은 스냅 사진이 많은 것이 특색이다. 부수가 훨씬 적은 잡지에는 『MOVIE LIFE』 『FILM LAND』 『MOVIE FAN』 『MOVIE PIX』

1　원본에는 'ㅁ個의'로 표기됨.

『MOVIE PLAY』『MOVIE SPOTLIGHT』『MOVIE STAR PARADE』
『MOVIES』『PREVIEW』『SCREEN』『SCREEN FAN』『SCREEN
STARS』『SCREEN WORLD』『3-D MOVIE』가 있으나 대동소이. 이
외에도 지방에 발행되는 소(小) 부수의 팬 잡지도 적지 않다. 이상 잡지
는 대체로 월간이며 15~25센트 정도. 영화평론을 중심으로 한 권위 있
는 기사를 게재하고 있는 것은 내셔널 보드 오브 리뷰[2]의 기관지 『FILMS
IN REVIEW』(3불 50센트[3])와 캘리포니아대학에서 발행하고 있는 계간지
『QUARTERLY OF FILM RADIO AND TELEVISION』(4불)이 있으며 전
자는 계간적인 데 비하여 후자는 매스커뮤니케이션의 연구지(誌)적인 성
격을 갖고 있다.

ㅁㅁ자 지(誌)로서는 『VARIETY』와 『MOTION PICTURE HERALD』
의 2대 주간지가 유명하다. 이것은 전년의 예약하지 않으면 직접 구독할
수가 없을 것이다. (전자가 11불, 후자가 10불). 이외에 일간지에 있는 『HOL-
LYWOOD REPORTER』『DAILY VARIETY』『FILM DAILY』의 3종이
유명. 가격은 연 20불 전후이다. (박인환)

(『주간희망』 6호, 1956년 1월 30일)

---

2 National Board of Review(전미 비평가 위원회).
3 원본에는 '仙'으로 표기됨. 화폐단위 센트(Cent)는 한자로는 전(錢), 마카오에서는 선(仙)
   으로 표기함.

시나리오 ABC

시나리오는 영화의 설계도이다. 어떤 위대한 감독이 "참으로 훌륭한 시나리오에서 참으로 나쁜 영화가 된 일은 있지마는 그 반대는 한 번도 없다."라고 말한 적이 있다. 간혹 그 예외가 있을지는 몰라도 이 말은 원칙적으로 틀림이 없는 것이라고 생각한다.

영화의 시나리오는 연극의 각본보다도 중요하다. 시나리오에도 대화─영화의 특수한 대화─가 있으나 시나리오에는 카메라가 기록하지 않으면 안 되는 이미지(영상)와 음(音)의 명확한 예정이 있는 것이다. 거기에 색채가 추가되기 때문에 영화의 시나리오는 모든 예술 중에서 인간의 생활에 가장 가까운 것으로 된다. 아메리카의 소설(포크너, 케인, 콜드웰)을 보면 그것이 얼마나 영화적으로 구성되어 있는가를 알 수 있다. 즉 새로운 취미의 문학이 영화에서 나타나고 있는 것이다.

시나리오는 직접적으로는 영화를 위해서 써져야 한다. 모든 무대의 기억을 멀리하지 않으면 안 되고 영화가 구하는 총합과 속도만을 염두에 두고 영화가 구하는 시간의 단축을 지도 원칙으로 해서 영화를 생각하지 않으면 안 된다. 문학에서, 낡은 예술 형식에서, 미사여구에서, 뮤직홀에서 벗어나지 않으면 안 된다. 다큐멘터리의 간결한 스타일로서 여러 가지의 내용을 포함하는 영화를 만드는 데 노력하여야 한다. 우리나라에서는 영화의 작자를 존중하는 법을 알아야 한다. 아메리카에서는 제작 예산에서 원가의 2할이 각본비며 출연료는 7분(分)에 지나지 않는다는 것을 기억할 필요가 있다. (시나리오의 검토에는 4개월 내지 6개월의 시간이 걸린다. 그리고 우리나라 시나리오 대(代)는 2분(分)에 불과하다.)

시나리오는 대체로 3백 내지 6백의 장면과 대화를 전문으로 하는 작가와 기술에 정통한 작가들이 서로 긴밀하게 협력하지 않고서는 좋은 것을 만들 수 없다. 이번 항은 불란서 영화비평가협회원으로 알려진 로 즈가[1]의 저서에서 많은 참고를 얻은 것을 부기한다. (박인환)

(『주간희망』 8호, 1956년 2월 13일)

---

1 원본대로 표기함.

다큐멘터리영화

다큐멘터리라는 뜻은 불란서어의 '기록에 의한, 도큐망테르'에서 생긴 말로서 1920년 말 그리어슨¹에 의해서 처음으로 쓰게 되었다.

현실을 있는 그대로 필름에 기록하는 말하자면 실사(實寫)는 영화의 창시와 함께 시작되었으나 그것을 재편집함으로써 단순한 재생에 그치지 않고 새로운 현실을 창조하게 되고 그 후 작가의 세계관이 크게 반영됨에 따라 다큐멘터리영화는 비로소 극영화에서 구별되는 새로운 장르가 되었다.

〈초기〉…… 1897년 불(佛)의 뤼미에르가 만든 기병(騎兵)의 마상시합²의 실사는 영국에 큰 영향을 주어 당대의 대표적 영화 작가는 육해군 후

---

1 John Grierson : 영국의 영화감독·제작자로서 기록영화 이론의 창시자. 다큐멘터리라는 용어를 처음 사용함.

2 원본에는 '馬山試合'으로 표기됨.

원하에 많은 실사를 제작했다. 또한 불인(佛人) 모터셔[3]는 토이기(土耳其)[4]에서 노서아로 들어가 일본과 일로전쟁(日露戰爭)[5]을, 1906년에는 아테네의 올림픽을 촬영했다. 그러나 이것은 실사에 지나지 않았는데 폰팅(H. G. Ponting)[6]의 〈스콧의 남극 탐험〉(1912년)[7]은 최초의 본격적인 다큐멘터리영화로서 기억되고 있다.

〈플래허티〉[8]…… 그는 1년여의 촬영과 6개월간의 편집으로 〈북극의 괴이〉(1922년)을 제작했는데 이것은 에스키모의 생활과 식량에 대한 투쟁에서 인간이 자연을 정복해가는 모습을 그렸다. 1934년 그는 영국에 건너가 북아일랜드의 고도(孤島) 아란에서 자연과 싸우는 인간을 묘사한 〈아란〉[9]을 만들었다. 그 후 아메리카 농림성의 위탁으로 〈토지〉(1942년)를 제작했으나 너무도 내용이 비참한 생활을 주제로 했기 때문에 공개 금지가 되었다.

〈최근〉…… 제2차 대전과 함께 각국은 선전을 목적으로 다큐멘터리영화를 많이 제작했다. 아메리카에서는 로치몽[10]의 〈마취 오브 타임(March Of Time)〉 시리즈 외에 〈싸우는 귀부인〉(1945년), 영국의 〈버마의 승리〉, 불

---

3 프랭크 모터쇼(1882~1932)는 프랑스가 아닌 영국의 영화감독 및 촬영감독.

4 土耳其 : 터키의 한자어.

5 러일전쟁(1904~1905).

6 허버트 조지 폰팅(Herbert George Ponting, 1870~1935년) : 사진작가.

7 원본에는 '12년'으로 표기됨. 이하에서도 '22년' '34년' '42년' '45년'으로 표기됨.

8 로버트 조지프 플래허티(Robert Joseph Flaherty, 1884~1951) : 미국의 다큐멘터리 영화감독. 다큐멘터리영화의 선구자로 평가받음.

9 〈아란의 사람들〉(Man of Aran).

10 루이스 드 로치몽(Louis de Rochemont), 리차드 드 로치몽(Richard de Rochemont) 형제가 제작.

(佛)의 〈저항의 일기〉 등이 유명하다. 〈제3의 사나이〉의 캐럴 리드도 대전 중에는 다큐멘터리영화를 만들었으며 월트 디즈니의 〈사막은 살아 있다〉도 특이한 다큐멘터리 작품이라고 하겠다. (박인환)

(『주간희망』 11호, 1956년 3월 5일)

세계의 영화상

오는 3월 하순에는 세계적으로 가장 주목되는 미국의 아카데미 영화상
이 수여되며 세계 각국에서도 많은 영화제(賞)를 개최하게 되는데 그 중요
한 것을 추리면 다음과 같은 것이다

아카데미상 : 오스카상이라고도 불리는 이 상의 본명은 영화예술과학
아카데미로서 1927년 더글라스 페어뱅크스[1]를 중심으로 발족하여 현재
회원은 약 2,000명, 12부회(部會)로 나누어져 있으며 매년 아메리카 영화
의 수준을 높이는 데 공헌이 된 작품, 훌륭한 영화인, 외국 영화의 우수작
을 표창하고 있다. 매년 2월 중까지는 전년도의 각 부분에서 5명의 후보
를 선출하고 이에 대한 회원의 투표로써 결정되는데 발표는 수여식 날이
아니면 하지 않는다.

---

1 루이스 드 로치몽(Louis de Rochemont), 리처드 드 로치몽(Richard de Rochemont) 형제가
제작.

베니스 국제영화제 콩쿠르 : 1932년 5월 베니스시(市) 주최로 열리는 베니스 국제종합예술제의 영화 부문으로 설정되어 1932년은 콩쿠르의 준비회(準備會)로 했고 1934년도를 제1회로 하고 그 후 각 부문별로 순위를 정해서 상장을 수여한다. 출품 자격은 개최일부터 1년 이내에 제작된 각국의 극영화, 기록영화, 만화영화.

칸 국제영화제 콩쿠르 : 1946년 불란서 정부 중앙영화센터에 의하여 설정되어 외무성, 상공성, 칸시(市)의 후원 아래 개최되는데 조직 위원이나 심사 위원에 불란서 일류의 문학인과 영화 비평가 및 예술인이 참가하고 있다. (박인환)

(『주간희망』 12호, 1956년 3월 12일)

옴니버스영화

옴니버스라는 것은 승합마차라는 뜻으로서 불란서어 옴니뷔스에서 영어화된 말이다.

원칙으로서 감독, 배우가 각기 독립해서 연출, 출연하는 단편극 영화가 여러 개 합쳐서 구성되는 영화이다.

영화계에서 이 형식이 유행되기 이전에 이미 출판계에서 시도되어 1930년 전후의 불황 시대에 전 세계적으로 탐정 소설집, 전집 서적 등이 기획 발간되어 성공을 거두었다.

옴니버스영화는 기획의 진부성을 타개하기 위한 소산이며 더욱 제작 비용이 싸게 들면서도 호화로운 배역을 늘어놓을 수가 있는 이점이 있다.

옴니버스영화의 최초는 영국의 소설가 서머싯 몸의 원작을 아나킨, 크랩트리, 해럴드 프렌치, 랠프 스마트의 네 사람이 감독한 〈4중주〉(1948년)이며 이어서 불란서의 안드레 카야트, 조지스 램핀, 드레빌, 클루조 감독의 〈200만 명이 돌아왔다〉(1949년), 모파상 원작 『필리포(Filippo)』를 드레빌, 이브 알레그레, 오탕라라, 로셀리니, 림, 라콩브 감독의 〈일곱 개의 대죄〉(1952년)가 있으며, 아메리카에서는 라인하르트, 미넬리 감독의 〈세 가지의 사랑의 이야기〉(1952년), 오 헨리 원작을 코스터, 해서웨이, 네골레스코, 혹스, 킹 감독의 〈인생 모양〉(1953년) 등이 있으나 아직 우리나라에는 본격적인 옴니버스영화는 소개되지 않았으며 근일 〈세 가지의 사랑의 이야기〉가 처음으로 소개될 것이다. 끝으로 말할 것은 옴니버스영화에서는 감독과 출연자의 개성과 특기를 손쉽게 분간할 수 있다는 점이다. (박인환)

(『주간희망』 13호, 1956년 3월 19일)

1955년도의 총결산과 신년의 전망

사회 본사
장소 향원(鄕苑)
참석자 박인환(영화평론가), 유두연(영화평론가), 이봉래(문학평론가)

사(司)⋯ 바쁘신데도 불구하시고 이렇게 참석해주셔서 대단히 감사합니다. 우리 영화가 금년에 들어서면서부터 활발한 작품 활동을 함으로써 예년에 비해 많은 작품을 수확한 것 같습니다. 그리고 외화 상사에서도 우수한 작품을 수입하여 우리 영화계가 좀 더 활기를 띠었던 것 같습니다. 이러한 우리 영화계를 작품 본위로 결산을 해보는 것이 퍽 뜻이 있을 것 같아 여러분을 모시고 좋은 말씀을 듣기로 하겠습니다. 그럼 우선 여러 영화의 전체적인 질에 대하여 말씀해주십시오.

전체적인 질

유(劉)… 어떻습니까? 작년을 기준으로 하면 퍽 뒤떨어지지…….

이(李)… 질이 떨어져? 예술성, 문학적인 수준은 뒤떨어졌는지 모르지만 작품이 가지고 있는, 가령 시네마스코프가 들어왔다든지 이러한 면에서는 장족의 발전이 있다고 봅니다.

사… 그럼 주로 한국 영화에 대해서 말씀해주십시오.

유… 한국 영화에 대해서는 나는 말하지 않겠소, 왜냐하면 나는 현재 작품 활동을 하고 있으니까, 그만두겠습니다.

박(朴)… 별로 한국 영화는 좋은 것이 없으나 아마 그 가운데서 지금 이야기된다면 김성민 씨가 감독한 〈망나니의 비사(悲史)〉 그리고 역시 이규환 씨가 한 〈춘향전〉이 어떠한 수준에 달했다고 할까요. 그 외 것은 전연 논할 가치가 없다고 생각합니다.

이… 금년도 영화 제작에 대해서 내가 생각하는 것은 시나리오 부분 몇 가지일 것입니다. 이청기 씨가 한 〈춘향전〉[1], 유두연 씨가 한 〈망나니의 비사〉 이것이 오리지널리티를 가지고 있는 데에 더 가세한데 부과하며 자기의 가치를 그리고자 했다는 것도 그것이 현대화했고 우리가 살아 나

---

1 원본에는 '春香街'로 표기됨.

가는 세대에 호응한 그러한 사조 같은 것을 시나리오의 부분에서 그리려고 했다는 것을 이야기하고 싶습니다.

유⋯ 그런데 나는 시나리오가 나왔다는 것은 특이한 현상이며 영화는 하나의 기업으로서 되도록이면 신문의 연재소설, 장편소설이라든지 현대에서 부닥친 사회성이라든지, 현대성이라든지 이런 것을 그린 것입니다. 다만 이야기하고 싶은 것은 어떠한 영화 기업자도 영화에 있어서 새로운 예술성을 확립했다고는 하지 않았습니다. 왜냐하면 그것은 영화 제작에 있어서 사람들이 예술을 따라간다고 하는 것은 하나의 기적이거든요. 밥 먹고 살기가 어려운데, 기적입니다.

박⋯ 그다음 내가 이야기하고 싶은 것은 한국 영화에 관해서 진지한 논평이 금년도에 가해진 것이 있는데 이것은 이강천 감독의 〈피아골〉의 문제로, 대체적으로 영화에 대한 관심에서 사상 면이나 표현 면에 있어서도 결국 한국 영화를 위해서 지극히 좋은 일이라고 생각합니다. 여기에 있어서는 문제의 해명이 되지 않았어요. 앞으로 우리나라 영화를 내용 면에서 우리 영화가 제작을 완전히 해나가는데 문제의 해결이 되리라고 생각합니다. 우리 한국 영화가 비단 무세(無稅)라고 하여 사회의 영향을 끼친 것이 아니고 〈피아골〉에 있어서 많은 대중에게 한국 영화에 대한 논의 관심을 갖게 된 것은 영화 저널리즘을 위해서 좋은 일이라고 생각합니다.

이⋯ 〈양산도〉라든지 〈젊은 그들〉이라든지는 한국 영화에 발전성을 줄 수 없는 것이 사실이라고 봅니다.

유… 그것은 한국 영화가 위선(爲先) 있다. 한국 영화를 본 사람이 2, 3만 명 동원된다는 것으로 앞으로 작품에 예술성을 주면 하나의 공이 될 것입니다.

이… 한국 영화가 된다는 것은 먼저 국산품 영화를 보아야겠다는 데 지나지 못하지요.

유… 물론이지요. 아직도 애용이라는 것이 없거든. 외국 영화를 보다가 우리 영화인 〈양산도〉 〈젊은 그들〉을 보고 아이고, 한국 영화는 저런 것이로구나, 이런 잠재의식이 생기면 앞으로 곤란하거든요.

박… 감독 중심제이냐 또는 출연자 중심제이냐 할 때 우리나라에는 제작가 아닌 사람이 제작을 하는데 결국 영화 제작하는 사람이 흥행도 생각하고 좀 더 작품의 질적 수준을 높이는 데 이런 적극적인 기본 정신을 가지고 하는 것이 절대로 필요합니다.

이… 말이 나왔으나 하는 말이지 〈양산도〉라든지, 〈젊은 그들〉은 솔직히 말해서……. 그만하고.

사… 그러면 대개 금년 55년도 제작된 것은 시대 영화가 많은데 시대 영화가 우리나라에서 보급된다고 할까요. 대중한테 주는 영향은 어떤지요.

박… 이제 그럼 제가 이야기 하나 할까. 구라파, 미국에서는 신문이라든지 베스트셀러라고 하는 대중에게 많이 알려져 있는 작품을 제작하는 데 한국 영화도 대중에게 많이 알려져 있는 〈단종 애사〉 〈춘향전〉 〈젊은 그들〉이 그러할 것이고. 그러나 앞으로 시대 영화가 성공한다고 생각 못하겠습니다. 왜냐하면 영화란 것이 그 원작자가 쓴 작품보다도 그만도 못한 것이 많아요. 철저한 계획과 플랜을 세워 가지고 성실하게 해야 앞으로 대중에게 호평을 받게 될 것입니다.

이… 비단 영화뿐 아니라 문학계도 그래요. 왜냐하면 역사소설이라든지 시대극이 제일 하기 좋아요. 일본 말에 고마가시[2]가 들거든요.

박… 그런 것도 아마 로케하는데 불국사, 경회루, 비원이라든가에는 오픈세트를 안 해도 적당히 이용해 먹을 수 있거든. 결국 앞에 말한 것이 역시 무엇을 만들지 간에 작가 의식이 중요한 것 같은데요.

이… 시대극, 이것은 누구든지 매력이 있어요. 특히 오늘날처럼 현실이 복잡하고 귀찮은 때는 많은 노스탤지어가 들거든.

박… 나는 그렇게 생각이 않은 것이 미국 영화에 있어서 웨스턴, 그다음에 일본 영화에 찬바라[3], 한국 영화에서 시대 영화만을 우리 양식(良識)으로서 만들 수 있으나 역시 앞으로 좋은 것이 그냥 이름이 알려졌다든가 양산도 노래 같은 것을 가지고 돈벌이 하려고 하지만 아직도 수지가 안

---

2 '남의 눈을 속임'을 뜻하는 일본어.
3 '시대극'을 뜻하는 일본어.

맞을 것입니다.

이… 유 씨는 말 안 하는구먼.

유… 다들 하는데 뭐.

사… 그러면 다음은 작품의 경향에 대해서.

박… 작품은 경향도 시대 영화에 흐르고 말았습니다. 무슨 주류적인 경향이 없습니다.

사… 한국 영화에 있어서 연기자의 발전이나 독특한 점이 없습니까.

이… 금년의 배우들은 좋았습니다. 〈망나니의 비사〉의 노경희, 전택이 씨 등은 장족의 발전이 있습니다.

유… 연기자도 좋았고 집단적으로 연기자의 좋은 분위기를 만들었다는 것은 하나의 중요한 한국 영화의 표현이라고 생각됩니다.

박… 〈피아골〉의 김진규, 이예춘, 노경희가 제일 좋았습니다.

이… 우리나라 국산 영화를 따져보면 전반적으로 시대의 흡흡(吸吸)하였고[4] 별로 볼만한 영화가 없습니다. 그런데 한편에 있어서 발전할 만한

---

4 구름이 움직이는 모양.

어떠한 가능성이 있지 않아요?

유… 그런 것을 나는 이렇게 생각해요. 한국의 영화관에 가는 사람이 있지요. 생전 처음 간 사람이 있으며 아직도 그런 가능성이 한국 영화에 남아 있어요. 금년에는 그런 면에서 관객과 영화와의 사이에 좋은 바로미터를 가져야 하지요. 그런 의미에서 아까 이야기한 것입니다.

박… 제가 이야기하고 싶은 것은 〈젊은 그들〉이나 〈양산도〉 같은 영화를 만들려면 그런 엉터리 영화에는 세금을 붙였으면 좋겠어요.

이… 그것은 제제(際制)를 시켜야 돼요.

박… 영화 장사만은 세금 안 내거든요. 모처럼 여러 사람이 국회로 문교부로 이리저리 뛰어다니면서 무세 제도를 만들어놓으니까 이것을 악용하는 것이 너무 많아요.

이… 영화는 일종의 투기가 되고 말았습니다.

유… 영화를 만드는 제작비하고 원비를 회수하는 가능성을 강력히 당사자들은 생각 않을 수 없지요. 왜냐하면 비용을 덜 들이고 작품을 만들자니까요.

박… 5, 6백만 환을 가지고 만들고 있으니 전창근 감독의 〈단종 애사〉는 2천만 환이 들었다는데 5, 6백만 환의 회수가 곤란하면 그런 2, 3천만

환 들인 것은 회수가 안 될까요.

유… 그것은 별개의 문제이다.

박… 싸게 들거나 많이 들거나 좋은 영화를 만들어야 합니다.

이… 저 역시 그래요. 아무렇게나 한다는 것은 이것은 영화 보는 사람에게 커다란 사기입니다.

유… 다른 이야기합시다.

사… 그럼 1955년도에 한국에서 상영된 외국 영화에 대해서 특히 미국 영화에 대해서 말씀해주세요.

유… 미국 영화를 통해서요. 에… 썩 좋은 작품이 몇 개 있는 반면에 전반적인 수준은 퍽 저열하다고 봅니다.

이… 나도 동감입니다.

박… 역시 그렇습니다. 금년도 〈스타 탄생〉 〈로마의 휴일〉, 그다음 〈최상 최대의 쇼〉, 그다음 〈내가 마지막 본 파리〉 〈7인의 신부〉 〈킬리만자로〉, 그다음 〈성의(聖衣)〉 등 몇 가지 들어왔는데. 금년도 본 것은 굉장히 나쁜 미국 영화가 많이 들어왔어요. 굉장히 좋은 것은 손해를 보고 나쁜 영화는 많이 벌었습니다. 그래서 좋은 영화는 들어오지 않아요.

사… 그런 점은 차차 나아졌다고 보는데요.

이… 나아진 경향은 하나도 없습니다. 오히려 나빠져갑니다.

유… 재미나는 것은 한국은 세계 각국으로부터 제작 연도가 형편없이 광범위한 기간을 둔 작품이 1년 동안에 들어오거든요. 그래서 한국의 영화 구경하는 사람들은 퍽 재미나는 구경을 합니다.

이… 그럼요. 1940년도부터 1955년도 것을 한꺼번에 보는데.

박… 한국에 있어서 제작 연도와 관객 문제에 있어 가지고 진지하게 이야기하게 된다면요, 즉 기중에서 〈스타 탄생〉 〈성의〉 〈애천(愛泉)〉 〈랩소디〉 〈내가 마지막에 본 파리〉 〈7인의 신부〉이라든지 이런 것은 머 즉시 들어온 셈이죠.

유… 우리 하나하나 문제 되는 작품을 놓고서 재미나는 이야기나 해봅시다. 나 참 이 〈진주(眞珠)〉라는 영화는 멕시코 영화인데 이것 참 한국의 우리 영화하는 사람은 많은 참고가 될 것입니다.

이… 나는 보긴 일본에서 보았는데 아마 6년쯤 되었을까. 그때 진지하게[5] 〈진주〉가 나온 뒤에 일본에서 평이 이만저만하지 않았어요.

---

5 원본에는 '直擊하게'로 표기됨.

유… 많은 감명을 받았습니다.

박… 〈진주〉가 우리나라에서 많은 교과서적인 역할을 했다고 봅니다. 그런 영화를 만들 수 있다는 것이 나는 멕시코 문학이라던가, 존 스타인벡 원작이 주는 힘이 굉장히 큽니다. 아마추어적인 입장에서.

이… 나는 참 나이브한 점이 좋아요. 그런 의미에서 이태리 영화에서 소박할 점이 많았지요.

유… 나는 한국 사람이 체득하고 있는 하나의 인생관이라고 할까, 행복이란 것이 물질이 갖다 주는 것이 아니라고 주제가 말하고 있는데 이런 것은 가슴에 와요.

이… 동양적인······.

유… 거기에는 페드로 아르멘다리즈가 나오는데 여러 외국 영화에 나옵니다. 〈보르지아 가의 독약〉이라고 하는 것이 나왔는데 거기서는 〈진주〉에서 풍기는 인간의 냄새가 안 나와요.

박… 〈진주〉의 연기자 문제인데 역시 자기 나라 배우는 자기 나라 감독이 잘해주어야지요. 페르난데스가 미국에 끌려와서 하면 좋은 것을 못 만들거든요.

유… 작품에서 〈황혼〉 어때요.

이… 〈황혼〉은 작년도 것입니다.

박… 순차적으로 한 번 해봅시다. 〈회상〉 이야기합시다.

이… 〈회상〉 좋습니다.

유… 극히 소품이지만 강력한 느낌을 준다는 것보다 수채화적인 담담한[6] 면이 있지요.

이… 그런 것으로 말한다면 수채화한 맛이 있어. 트라멜 이런 것이 있어요.

이… 우리 한국에서도 보는 그런 풍경이지요.

유… 미국 영화가 외국하고 합작하면 영화로서 대단히 좋을 것 없다고 생각합니다. 또 성공된 것이 없습니다.

이… 리트박이 불란서에 가서 만든 것이지요?

유… 커크 더글러스가 출연한 것은 그때 그가 거기에 가 있을 때 초청해다가 만든 것이지요. 좋은 것은 〈지상 최대의 쇼〉의 세실 B. 데밀 그 사람인데 그것은 확실히 미국 사람 아니면 갖지 못하는 것이며 그중에서도

---

6 원본에는 '담탁한'으로 표기됨.

활동사진을 60년간 한 사람이니까요.

　이… 그런 점에서 제임스 스튜어트가 마감에 끌려가지 않아요.

　유… 그런 것도 있지요.

　박… 나 거기에 나오는 찰턴 헤스턴의 역이 참 좋았습니다.

　유… 하여튼 그의 대표작이고 그 영화에서 그의 뚜렷한 기둥을 세웠다
고 할까

　이… 압도적입니다

　박… 세실 B. 데밀이 잘한 것은 역시 배우들을 적합하게 잘 쓴다는 것,
눈이 좋다는 것, 〈지상 최대의 쇼〉에서 느끼는 글로리아 그레이엄이라든
지 그다음 찰턴 헤스턴이라든지 모두 우리는 강력한 인상을 받았습니다.

　유… 그것은 미국의 데밀이 아니면 못해요. 왜냐하면 자기가 제작을 담
당하고 젊어서부터 감독이라는 난경(難境)을 지나서 그 사람은 영화의 귀
신이거든요.

　이… 그 영화에서 그 나라 동물이 많이 나오지 않습니까. 자칫하면 그
저 동물에 눌리어 그들의 연기가 눈에 띄지 않겠는데 역시 그 사람은 동
물을 잘 쓸 줄 알더구먼요.

박⋯ 간단 간단히 합시다.

사⋯ 〈킬리만자로〉 거기 대해서.

유⋯ 나는 썩 좋지 못하게 보았습니다.

박⋯ 내가 좋은 것은요, 영화에 있어서 해스백 그런 것 역시 좋지 않아. 역시 그것은 원작보다도 문학성도 영화로서는⋯⋯.

이⋯ 에바 가드너, 거기서 잡년 노릇을 하는 것이 제일 좋습니다.

유⋯ 그것은 나는 좋게 생각되지 않아.

이⋯ 고릴라가 나온다든지 하는 것은 신기하더군요.

유⋯ 〈모감보〉를 보면 동떨어지고 있지 않아요.

이⋯ 소설 자체로 영화를 만든다는 것은 어려운 것이지.

사⋯ 문학작품을 영화화하는데 여러분 말씀을 좀⋯⋯.

박⋯ 그런데 영화는 문학보다 뒤떨어졌다 이것이 과거의 통념시되어왔습니다. 1936년 소위 〈도즈워스 공작부인〉이 시작됐어요. 본격적인 시작이 됐어요. 대체적으로 문학작품의 영화화에서 베스트셀러는 외국에서 베스트셀러로 문학으로 하지 않는 모양입니다. 역시 베스트셀러는 우리 나라에서만 그냥 이야깃거리입니다. 우리나라에서 말하면 조흔파, 김내 성 씨의 소설 같은 것입니다.

이… 톨스토이 저작한『전쟁과 평화』, 스탕달이 쓴『적과 흑』이라든지 이런 것이 역시 좋은…….

박… 미국보다 좀 더 진지한 문학작품을 취급하고 있는 것 같군.

이… 작년 이야기지만『햄릿』, 셰익스피어 원작이 있지 않아. 이런 것 은 아직 그것은 원작에 손색이 없다고 할 수 없어요.

유… 이거 너무 교과서 만들면 잡지가 안 팔려.

사… 너무 교과서는 안 되지요.

박… 내가 보기에는 작가로서 제일 성공한 것은 리처드 브룩스가 나는 잘 그렸다고 봅니다. 영화에 있어서 소위 자기 입장에 놓여 있는 〈내가 마지막 본 파리〉라든지 아직 나오지 못했지만 그린의 〈정사(情死)의 종말〉 에서 벤 존슨은 거기에서도 가장 좋은 연기를 했습니다.

유… 〈내가 마지막 본 파리〉에 밴 존슨이 나왔는데 그 작품 자신의 카 리스마가 볼 만하지만 아주 너절한 이야기를 가지고 그러한 세계를 그린 것은 역시…….

이… 아주 원시적인 이야기입니다.

유… 감독이 어떻게 하면 오늘의 감각으로 하면서 하나의 카리스마한 것으로 아주 딴 것으로 만들고 있습니다. 거기에서 역시 그래요.

박… 금년도 우리나라에 소개된 것에 리처드 브룩스 감독이 한 영화가 있지요.

유… 나는 리처드 브룩스 감독이 앞으로 미국에서 좋은 일을 상당히 하리라고 기대됩니다. 금년도에 존 포드 작품의 하나인 〈모감보〉 〈아이랜드의 연풍(戀風)〉, 이것은 존 포드가 아니면 역시 못하는 것이오. 우리나라 말로 무엇이라 합니까. 고담(古談)의 맛이 난다고 할까요.

박… 내가 생각하기에는 〈모감보〉라는 영화는 도리어 작가들 자신의 작으로 만들면 좀 더 좋은 영화가 되었으리라고 생각해요.

이… 존 포드의 그 작품은 과장된 점이 많았어요.

유… 화면이 움직이는 장면은 사람은 별로 움직이지 않고 자연을 그렇게 잘 이용했어요.

이… 거기에 나오는 인물들이 너무 유형적입니다.

박… 벌써 정거장에서 처음부터 너무도……. 너무도 판에 박은 듯한 이야기 같아.

　박… 유두연 씨, 〈스타 탄생〉은 특성이 없어.

　유… 나는 제일 좋다고 생각지는 않지만 다섯 손가락 안엔 들어가. 요전에 본 것과 대조해 보면.

　이… 너무 내세우기 위해서만 그러한 감이 없지 않아 있고 시네마스코프도 되지 않았습니다. 완전히 어떠한 기업성이라 할까. 이런 것이 눈에 띄어.

　박… 불란서 영화를 볼 때 그 사람의 생활에 있어서 음악을 주는 것이 여러 가지 생활 주는,[7] 미국 영화는 하나도 한국의 관객을 위해서 하지 않았습니까.[8] 역시 그런 주디 갈랜드라는 음악하고는[9] 미국 영화에서 대단히 성공했다고 생각해요.

　이… 우리 한국인의 입장에서 보는 것은 어떨까요.

　박… 그것이 중요한 것입니다. 비평될 하나의 인간으로 보는 것, 세계

7　문맥상 의미는 "불란서 영화는 사람의 생활에 있어서 음악이 주는 여러 가지입니다"이다.
8　문맥상 의미는 "하지만 미국 영화는 한국의 관객을 위해 하나도 그렇게 하지 않았습니다"이다.
9　문맥상 의미는 "그런데 주디 갈랜드의 음악은"이다.

성으로 시야를 가짐으로.

이… 그러면 아직 미국을 제외하고는 나는 이상(以上)에 보았던 것하고 대조를 하면 이것은 주디 갈랜드 하나의 미국의 비극입니다. 뮤지컬한 것이 주제로 보아서 이전 것이 지금도 생각나게 하는 것은. 이번 것도 제작과 제임스 메이슨의 연기가 훌륭해.

유… 나는 주디 갈랜드의 연기 중에 화장실에서 눈물을 흘리는 장면은 참 잘해.

이… 해수욕 나가는 것? 그 사람이 자살하려고 나가는 것을 내버려 둔 것은 우리 상식으로 있을 수 없는 일이지. 아주 설명 부족이야.

박… 나는 미국 영화로 〈7인의 신부〉에서 1시간 반 동안이나 화면을 조금도 비우지 않았다는 것은 비상해.

이… 볼 때 그저 흥미가 있지 않아.

박… 〈7인의 신부〉는 미국적인 희극영화지.

이… 그 외도 한 번 보았지만 레드 스켈턴이 있지.

유… 에스더 윌리엄스와 하나 한 것이 있는데…….

유… 희극영화 이야기가 나왔는데 한국서 희극을 받아들이고 볼 거요.

이… 밥 호프 영화에서 참 재미있는 말이 나왔더라. 칼싸움을 하다가 칼이 부러지니까 아, 메이드 인 재팬(日本刀)이라고 하지 않아. (일동 웃음)

유… 음악 영화로는 〈랩소디〉란 것이 있었습니다.

박… 역시 그것도 음악이 주는 거야.

이… 거기에 높은 고전음악이 나오니까 어떤 우월감에서 좋다고 하지. 음악 영화로서는 성공한 것이 못 되어.

유… 음악 영화로서 〈멜바의 연가〉 〈랩소디〉, 로맨스 노래로부터 오페라.

박… 그것은 콤마파의 노래지

유… 노래보다 음악적인 것이 많이 있지요.

박… 아니 그런데 유 씨, 우리나라에서 불란서 영화가 안 들어오는 정책이 있소? 〈인생유전〉 빼놓고 전연 못 보았어요. 〈외인부대〉에서 지나 롤로브리지다 젖가슴 내놓는 것이 참 좋았어요.

유… 영화의 작품 수준보다도 페르난델이 〈금단의 열매〉에서 나잇살

먹은 자식이 젊은 계집애를 따라다니는 게, 그것은 페르난델이 아니면 안 되는 맛이 있지 인상을 줍디다.

박… 그런데 이태리 영화로 말하면 막걸리의 탁한 맛이 있어. 산뜻한 맛이 없어.

이… 그것도 맛이지.

박… 그런데 형태를 찾아볼 수 없이 끊어놓으니 그렇게 끊을 영화를 왜 수입 허가를 합니까.

유… 문교부로 물어보십시오.

박… 그렇게 잘라버리고 무엇을 보라고 돈을 내고 들어갑니까.

유… 〈보르지아 가의 독약〉의 마르틴 캐롤도 크리스티앙 자크가 자기 여편네 몸뚱이를 팔려고 했었는데 그것도 고만 잘리었으니.

박… 그다음에 재미나는 것은 커크 더글러스의 〈율리시스〉. 이태리 영화가 가진 국제성이라고 할까, 이태리 영화가 가진 스펙터클한 이 작품을 난 좋게 보았는데.

여우(女優) 이야기

이… 〈신사는 금발을 좋아한다〉.

유… 미국 영화에 마릴린 먼로가 본격적으로 등장한 것입니다.

박… 그다음 그레이스 켈리, 오드리 헵번, 매기 맥나마라라는 여자 배우 있습니다. 그다음 진 피터스라는 여자……. 영화는 〈로마의 휴일〉이 좋고, 이 영화를 만들었다는 작자 의도가 현재 소위 세계 평화를 부르짖는 미국 사람들이 세계 평화를 위해 어떠한 위치에 있다는 것을 소개하고, 그다음 그네들이 본질적으로 가지고 있는 어떠한 휴머니티한 것 즉 공주와 사랑이 통할 수 있는 미국의 신문기자와 자기가 찍은 5천 불짜리 사진을 로마의 기념으로 공주에게 준 사진사, 이것을 볼 때 미 국민이란 것이 영화에 나타나서.

이… 그것은 구라파인이 그렇게 할 것이지 미국 정신이지.

박… 그런데 우리는 이태리 영화를 볼 때 그들의 그 아름다운 배경을 볼 수 없었는데 오히려 미국 사람이 그 어떠한 점을 잘 나타냈어요.

이… 우리나라의 좋은 풍경을 외국이 더 잘 볼 수 있고 우리가 미국에 가서 미국 사람의 모르는 것을 더 잘 볼 수 있습니다.

박… 말론 브란도도 금년이 처음이지. 그것은 셰익스피어를 미국 사람이 고치고 잘 만들었다는 소위 무대를 모르는 듯한 점이 있어요.

유… 그런데 썩 잘 만들어.

박… 맹키위츠가 이것을 사변(事變) 이후에 처음이지요.

이… 거기에 제임스 메이슨은 끼지 못하더구면요.

박… 말론 브란도가 압도적이야.

유… 금년에 재미있는 영화들이 들어왔어. 〈호프만〉에 〈황금 마차〉, 이 것은 영화의 소위 예술성을 논한다면…….

박… 〈황금 마차〉 이것은 나도 좋아서 내리 보았는데 그놈이 영화로서의 양식(良識)이란 것을 꽉 잡았습디다.

사… 어디 중국 영화는 어때요.

유… 중국 영화 이야기는 그만둡시다.

이… 나는 부산에서 중국 영화 〈신견첩혈기(神犬喋血記)〉라는 영화를 보았는데 머 중국보다는 우리가 낫습디다.

박… 그것은 아무것도 아니야.

유⋯ 돈도 많고 물질도 많이 들어있으나 속은 텅텅 비었습니다.

사⋯ 금년에 시네마스코프 외국 영화가 많이 들어왔죠.

박⋯ 영화 50년사에서 불란서도 함께 시네마스코프란 것은 영화 역사상 기술상에 획기적인 것이라고 생각합니다.

이⋯ 시네마스코프로 성공될 영화와 안 될 영화가 있어요.

박⋯ 〈성의〉 이래 금년에 공개됐는데 우리나라에서는 〈성의〉보다 〈원탁의 기사〉가 성공했어요. 나는 시네마스코프로 발달했으면 좋겠어.

유⋯ 내가 좋아하는 것은 모두 망하고 싫은 것은 자꾸 잘 되는 것이 사실은 사실이야.

사⋯ 그럼 이상으로 오늘 정담회(鼎談會)를 마치겠습니다. 대단히 감사합니다.

[주] 속기사의 미숙으로 잘못된 곳이 많음을 사과합니다.
속기 : 한국속기기술학원

(『영화세계』 7호, 1956년 1월 1일)

현대 영화의 감각

— 착잡한 사고와 심리 묘사를 중심하여

영화는 보는 사람의 생각에 따라 그 작품이 지니고 있는 감각은 여러 가지로 변하는 것이지만 본질적인 그 영화의 '센스'를 알지 못하고 자기의 주관만을 이야기하는 것은 편견일 따름이다. 현대에 와서 영화의 역사 50년에 있어 최근 10년간의 영화의 발달은 과학 및 기술의 진전을 제외하고서라도 그 감각의 발전은 참으로 놀랄 만한 것이었다.

종합적인 예술로서의 영화의 사명은 다른 장르의 예술이 그러한 것과 같이 그 시대성을 파악하기 위해서는 그 현실적인 제(諸) 요소인 감각성을 지니지 않으면 안 되는 것이다. 가까운 예로서는 지난번 재상영된 줄리앙 뒤비비에의 〈무도회의 수첩〉을 다시 한번 볼 때 15, 6년의 세월이 걸린 이 작품이 지금 우리에게 준 매력은 단지 옴니버스의 구성이나 왕년의 명우(名優)들이 앙리 장송과 몇 사람의 훌륭한 대사를 외우는 것뿐이며 그 감각성은 현재의 우리와는 참으로 먼 것이라고 할 수밖에 없는 것이다. 그러나 그 작품이 처음 공개되었을 때 즉 15, 6년 전의 이 영화는 감각성에 있어 가장 첨단을 가는 것이었고 그때의 강렬한 인상은 아직도 우리에게 남아 있으나 막상 영화를 다시 대하고 나니 그때와 같은 감명은 사라지고 말았다.

2차 대전 이후 외국 영화계에는 몇 사람의 놀랄 만한 현대적 감각을 지닌 영화 작가들이 나타났다. 대전 전부터 저명했던 르네 클레르, 줄리앙 뒤비비에, 에른스트 루비치, 스턴버그와 같은 작가들은 죽지 않았으면 대체적으로 작품 활동을 하지 못한 데 비하여 캐럴 리드, 르네 클레망, H·G·클루조, 이브 알레그레, 장 콕토, 이태리의 데시카, 로셀리니, 아메리카의 존 휴스턴, 조셉 맨키위츠, 엘리야 카잔 등(물론 이외에도 많으나) 가장 현대적 감각의 작품을 발표했었다.

그럼 영화에 있어서 현대적 감각이란 무엇이냐? 몇 마디로 말할 수 있다면 먼저 그것은 현대의 인간이 지니고 있는 착잡한 사고나 심리의 표현이고 불안과 공포에 허덕이는 사회와 그 심상 풍경을 영화가 어떻게 묘사하느냐 하는 데 있는 것이다.

〈제3의 사나이〉에 있어서 캐럴 리드는 황폐한 전재(戰災)의 고도(古都) 빈을 배경으로 그곳에서 전개되는 정치적 갈등과 인간의 교착(交錯)한 단면을 제대로 묘출(描出)시키고 있으며 또한 영화 기술로서 시퀀스 속에 있는 경면(景面)들을 형성하는 소리 등을 정확하게 나타나게 하여 놀랄 만치 치밀한 감각으로 이 작품을 만들었다. 더욱이 작품은 전후적(戰後的)인 사회와 인간의 심리를 압축시켰으며 영화의 기법에 있어서도 지금까지의 어떠한 영화보다도 가장 훌륭한 예술성을 가진 것이다.

다시 말하자면 영화의 감각을 즉 예술적인 가치로서의 현대성이며 그 예술성이 과연 현대의 제(諸) 요소를 어떻게 함축시키고 있느냐가 논의될 따름이다.

이러한 것과는 달리 장 콕토의 〈오르페〉도 현대 영화의 하나의 감각성을 말하는 것이다.

천국에서 들려오는 숫자의 방송, 유리 속으로 사라져버리면 천국으로 가고 또한 사자(死者)가 다시 소생된다는 것과 같은 몹시 비현실적이나 이 것은 작가의 의도를 우리가 '센스'로 이해하여야만 된다. 이러한 때 필요한 것은 관객의 작품을 보는 감각성이며 영화뿐만이 아니라 현대의 시나 회화에 있어서도 동일한 일이다.

살바도르 달리[1]의 쉬르리얼리즘 회화나 피카소의 제 작품을 결코 우리가 설명하지 못하는 것처럼 콕토의 영화를 또한 그의 감각을 우리는 설명할 수가 없으며 단지 마음으로 또한 각자의 이성으로 어떻게 느끼고 받아들이느냐는 데 있는 것이다.

존 휴스턴의 처녀작 〈말타의 매〉[2]와 〈아프리카의 여왕〉은 현대인의 하드보일드한 심정과 템포를 알려주고 있다.

현대의 문명은 속도의 문화라고 누가 말한 것처럼 휴스턴은 비정한 인간의 마음을 영화의 속도 속에서 계산하고 있으며, 신[3]의 전개가 참으로 빠른 템포로써 이어 나가고 있다.

H. G. 클루조의 절박한 막다른 길에 이르는 인간의 심리 묘사, 로셀리니의 리얼리즘적인 강인성, 맨키위츠의 현대 사회 생활에 대한 풍자, 에리아 카잔의 강력한 터치에 의한 연출 기법 등 현대 영화의 감각은 결국

---

1 Salvador Dali(1904~1989). 스페인의 초현실주의 화가.
2 원본에는 〈말타의 비보(秘宝)〉로 표기됨.
3 scene.

이러한 데서 찾을 수 있는 것이다.

또한 영화는 아메리카 영화에서 본다면 그 국민의 생활 양식이나 기계 문명을 표현할 때가 많은데 이것도 역시 하나의 현대적 감각이라고 우리는 볼 수 있으나 역시 여기서 요청되는 것은 그 속에 사는 인간이나 사회의 움직임이 현대성을 더욱 지녔을 때 그것은 영화로서 성공할 수 있는 것이다. 현대 영화의 감각을 말하기 전에 우리는 먼저 영화를 보는 눈, 다시 말하자면 스스로의 감각성을 가져야 되며 이것만이 그 영화의 감각의 세계를 분석할[4] 수 있는 힘이 될 것이다.

(『국제신보』, 1956년 1월 27일)

---

4 원본에는 분동(分棟)으로 표기됨.

회상의 명화선

— 〈선라이즈〉 〈어느 날 밤에 생긴 일〉 〈자전거 도둑〉

사일런트, 토키, 테크닉컬러, 입체영화, 시네마스코프, 시네라마 이렇게 급속도로 발달해온 영화의 지난날의 명작을 감상하는 것도 의의 있을 것이다.

무성영화

〈선라이즈(sunrise)〉(미) 1927

우선 먼저 두 개의 자막이 나온다. 하나는 이것은 남자와 그의 아내를 노래한 것이라는 것과 또 하나는 인생—태양이 오르고 기울어지는 곳, 도시 전원의 구별 없이 평등한 인생, 때로는 괴롭고 때로는 달콤하고 서러운 것은 인생이라는 뜻이 세워져 있다.

휴가의 계절. 어떤 호숫가에 있는 벽촌의 빈약한 선창가에 아름다운 도시의 여자(마거리트 리빙스턴)가 나타났다. 그의 풍만한 육체, 세련된 미모와 태도에 씩씩하고 거기에 순정한 시골 사나이(조지 오브라이언)가 순식간에 정신을 팔고 만다.

그는 농업과 어업에 종사하면서 아름다운 정숙한 아내(자넷 게이너)와 출생한 지 얼마 안 되는 어린애도 있다. 도시의 아름다움은 알지 못하나 평화롭고 행복하게 언제나 웃으며 살아오는 두 사람이었다. 그러나 '도시의 여자'가 온 지 한 달도 지나기 전에 집과 배는 모두 고리대금업자의 담보로 되고 말았다.

오늘도 남자는 여자와 만나기 위하여 집을 나갔다. 대지를 덮는 연기와 같은 안개, 갈대밭 아래에 물결치는 호수(해리 올리버의 세트, 로셔, 스트러스[1]의 카메라의 훌륭한 기술의 협화로서 성공한 이동 촬영은 현실의 세계처럼은 생각되지 않는 서정적인 분위기를 시작에 호소하며 그 비류(比類)가 없다)에서 만난 두 사람은 관능의 황홀에 취해 빠지고 여자는 남자를 도시에 유혹하고 그에게 아내를 살해할 것을 권유한다.

호숫가의 맨 가운데, 아내를 떨어뜨리려고 남자의 눈은 악마와 같이 번쩍거린다. 아내를 쳐다보는 눈, 미소에서 우울로 공포에 움직이는 아내의 얼굴, 물, 노, 남편의 눈, 아내의 얼굴이 차차 급격하게 컷백 되는 클로즈업에 의하여 화면에 나타난다. 사일런트 말기의 심리 묘사에 있어서 거의 최고의 커팅의 전형일 것이다. 그러나 머리를 숙이고 그는 아내를 죽이지 못한다. 대안(對岸)에 머물렀을 때 아내는 그가 무서워서 도망친다. 전차, 그리고 거리.

"겁내지 마라!"

남편은 아내에게 여러 번 이야기했다.

떠들썩한 카페테리아에서 두 사람은 마음에 없는 점심을 먹기 시작했

---

1   촬영 : 찰스 로셔(Charles Rosher), 칼 스트러스(Karl Struss).

다. 공포로 빵도 잘 먹지 못하는 아내 옆에서 미안한 얼굴로 아내를 바라다보는 남자의 눈에는 이미 '도회의 여자'는 잊어버리고 있었다.

때마침 결혼식에서 신랑 신부에게 말하는 목사의 말이 남자의 가슴을 찌른다. 회한의 눈물이 얼굴에 흐르는 것을 보고 비로소 아내는 마음을 편하게 갖는다. (그러나 거리에 나가서부터의 할리우드적인 코미디 릴리프는 확실히 멜로드라마화 되어버리고 전반의 서정을 잊어버리고 있다.)

즐겁게 놀고 돌아오는 길 갑자기 폭풍우가 불어 아내가 행방불명이 되었다. 남자는 밤이 늦어서 혼자 헤엄쳐 돌아왔다. 마을 사람들이 떠들썩하는 것을 본 도회의 여자는 그것이 그의 소행인 줄 알고 아내가 구조되었다는 것을 남자에게 고했다. 지금은 노해버린 그는 도회의 여자의 목을 비틀어 떼밀었다.

하룻밤 동안 아무것도 모르고 잠만 자고 있는 아내. 기도를 계속하는 남편. 얼마 후 밤이 밝아서 빛나는 해가 뜰 때(선라이즈)에 아내는 눈을 뜨고 빙그레 웃었다. 행복은 또다시 돌아왔던 것이다. 마침 그 무렵 자기의 소행이 어떠한 비극을 만들었다는 것도 모르며 도회의 여자는 혼자서 그 마을을 떠나갔다.

사일런트의 말기 독일에서 아프리카로 건너간 F. W. 무르나우의 최초의 작품이다. '다카메라의 눈'의 열렬한 신봉자인 무르나우는 시각에 의하여 스토리를 완전히 이야기할 것을 시험한 순수 영화 작가이다. 이 작품의 전반에 나타난 순수성은 할리우드가 만든 사일런트 영화의 최고봉이며 영화가 걸어나갈 하나의 방향을 시사하고 큰 영향을 주었으나 무르나우는 그 기대를 남긴 채 1931년에 세상을 떠났다.

원작　헬만 주더만

각색　칼 마예어

감독　F. W. 무르나우

촬영　찰스 로셔, 칼 스트러스

(폭스사 작품)

토키 시대

〈어느 날 밤에 생긴 일(It Happened One Night)〉(미) 1934

아메리카의 천만장자의 딸 엘리 앤드루스(클로데트 콜베르)는 바람둥이 아버지의 간섭을 물리치고 아무것도 모르고 비행가인 킹 웨슬리와 약혼을 한다. 몹시 놀란 아버지는 딸에게 설득[2]했으나 엘리는 단식까지 한 후 틈을 보아 요트에서 마이애미의 바다에 뛰어들었다. 아버지는 필연코 상금을 걸어서 자기를 찾을 것이 틀림없을 것이라고 통쾌히 생각하면서……

뉴욕으로 가는 버스 정류장에는 탐정들이 모여들었으므로 엘리는 어떤 노파에게 대신 차표를 사달라고 하고 교묘히 몰래 버스를 탔다. 그때 엘리는 처음으로 피터 원(클라크 게이블)과 만난다. 피터는 독신인 신문기자로 친구인 편집장과 싸워서 신문사를 뛰쳐나온 길이었다. 원래부터 두 사람은 전혀 알지 못하는 인간이었으나 처음부터 좌석 때문에 운전수와 싸우고 밀고 들어가 버스가 움직이려고 할 때에 피터의 무릎 위에 엘리의 엉덩이가 떨어져도 서로 흘겨보는 사이였다. 이렇게 하여 2,000마일의 여

2　원본에는 '세득'으로 표기됨.

행이 시작되었으나 피터는 신문기자의 센스로 그가 보통 사람과는 다르다는 것을 눈치챌 수 있었다. 교만한 태도, 화려한 복장에 피터는 불만을 느꼈으나 그와 반면에 엿볼 수 있는 그의 유기[3]와 천진난만한 아름다움에 마음이 끌렸다. 그리고 도중 엘리가 가방을 도난당했을 때, 버스를 늦게 탔었을 때, 싫은 사람한테서 말을 걸렸을 때 그는 어딘지 모르게 엘리를 비호했다.

거기에 엘리가 상금 1만 불의 문제의 사람이라는 것을 알았을 때 그는 비행가 킹은 엉터리니깐 아버지 있는 곳으로 돌아가라고 쓸데없는 충고까지 했다. 그리고 그의 아버지와 킹을 욕했다. 비가 와서 다리가 무너져 두 사람은 조그마한 바라크에서 자지 않으면 안 되게 되었다. 그는 제리코의 성벽이라고 말하고 모포로 침대를 막았다. 조야[4]하고 염치없는 남자였으나 세상에서는 무엇이 존중한가를 점점 알려주는 믿음직한 그에게 엘리는 참다운 애정을 느끼게 되었다.

하는 수 없이 아버지는 킹과의 결혼을 승낙하고 엘리는 뉴욕에 도착했다. 그러나 엘리는 즐겁지가 않았다. 피터는 자기를 싫어하고 있다. 거기에 아버지한테 엘리에 관한 경제적 문제로 편지를 보낸다는 것은, 그는 모든 것을 체념하고 킹과 결혼할 것을 결심했다. 그 결혼의 당일, 처음으로 아버지로부터 피터가 그를 사랑하고 있다는 것과 1만 불의 상금 대신 엘리를 태워 보내준 자동차의 가솔린을 사기 위해 판 외투와 넥타이의 대금 39불 60센트만 청구했다는 것을 들었을 때 엘리는 결혼식장을 뛰쳐나가 피터의 가슴속에 뛰어들었다. 두 사람이 밤을 보낸 그 시골집에서 오

---

3 乳氣 : 어린애 같은 모양.
4 조야(粗野)하다 : 거칠고 조잡스럽다. 원본에는 '조아'로 표기됨.

늘 밤은 구약 성서의 고사(故事)를 본받아 제리코의 성벽을 허물기 위해 장난감 나팔 소리가 요란하게 들렸다.

이 영화의 테마는 아메리카 영화에 보통 있는 것에 지나지 않으나 인공적인 풍속 취미에 떨어지는 일 없이 또 솔직하고 명랑하게 조금도 불유쾌한 기분을 주지 않았던 것은 리스킨의 교묘한 시나리오와 카프라의 유창한 연출의 성과이다.

도회적인 훌륭한 연기로 아카데미상을 받은 케이블과 콜베르의 연기도 잊을 수가 없다. 그 외에 작품, 감독, 시나리오 상도 받고 있다.

원작 새뮤얼 홉킨스 애덤스
각본 로버트 리스킨
감독 프랭크 카프라
촬영 조셉 워커
(콜롬비아사 작품)

전후 작품

〈자전거 도둑(Ladri di Biciclette)〉(이(伊)) 1948

타이틀백의 이동하는 무브 신이 직업을 얻기 위해서 직업소개소에 모여드는 사람들이라는 것은 이 영화가 생활의 시(詩)를 생의 자각에 서 있는 커다란 인간성을 표현하고 있으며 인상이 강한 퍼스트 신으로서 우선 성공하고 있다.

직원에게 불리어서 안토니오는 이날 겨우 실업에서 구조되어 광고 포스터를 붙이는 일자리를 얻게 되는데 그러기 위해서는 어떻게 하든지 자전거가 필요했다. 그것이 없으면 직은 다른 사람에게 빼앗기는 것이다. 그러나 그의 자전거는 벌써 오래전 생활고로 전당포에 들어가 있다. (이것은 전작 〈구두닦이〉에서 '말'이 어린애들의 꿈이며 희망의 상징이었다는 것처럼 자전거에서 노동자의 생활의 의욕과 희망의 상징을 찾아보는 훌륭한 구성이라고 할 수가 있다.) 남편에게서 이 이야기를 들은 아내(리아넬라 카렐)는 보료 같은 것은 필요 없다고 베드에서 들어내고 그것과 교환으로 자전거를 전당포에서 찾는다.

이렇게 하여 네 사람의 가정에는 희망의 촉광이 비치기 시작한다. 아내는 점쟁이 여자한테 사례를 하러 가겠다고 하나 남편은 점쟁이 때문에 취직한 것은 아니라고 한다. (후에 자전거를 잃어버린 안토니오가 여기저기 찾아다니다가 피로해서 또다시 들르는 의미 깊은 복선이다.) 여기서부터 다음 날 아침에 걸쳐서 데시카의 속으로부터의 눈은 참으로 투명하며 괴로운 생활 속에 있는 인간적인 따스함과 깊이를 한 과장도 없이 묘사해 나간다. 이 일각의 즐거움도 눈 깜짝할 사이 안토니오가 포스터를 붙이고 있는 동안에 자전거를 도난당한다. 경찰에 가도 상대도 해주지 않고 친구들과 협력하여 자전거 시장을 찾았으나 소용없었다. 실망…… 고뇌…… 노여움의 미묘한 심정이 안토니오의 표정에 확실히 나타나 있다. 그리고 그와 그의 아들 브루노(엔조 스타이올라)는 죽어라고 자전거를 찾기 위해 거리를 헤맨다. 영화의 대부분은 이 묘사로 차고 범인을 아는 거지 노인을 따라 교회에, 지푸라기라도 잡는다는 생각으로 점쟁이 여자에게 창굴로 겨우 범인을 잡으나 증거가 없기 때문에 도리어 그 한패들로부터 위해를 받을 뻔했다. 노인을 따르는 경과 묘사는 부자간의 절실한 애정을 그리고, 브루노의 귀여운 유머러스한 연기와 안토니오의 어른으로서의 절박한 연기와의 콘트

라스트는 관객 심리의 완벽한 파악으로 되어 작품의 흐름에 깊은 인간미를 가하는 데 큰 요소라고 할 수가 있을 것이다. 절망의 구렁텅이에 빠져버린 아버지는 할 수 없이 남의 자전거를 훔치려고 한다. 이 전후 풋볼 경기장의 환성, 길가에 정신없이 쓸쓸하게 앉아 있는 아버지와 아들, 경기장의 자전거 정류장, 부자 앞에 오고 가고 하는 자전거 돌아가는 차륜의 클로즈업, 훔치려고 그 거취에 고민하는 안토니오의 표정, 어린애의 피로한 얼굴색. 이러한 것이 훌륭한 효과적인 몇 코마와 편집에 의하여 클라이맥스의 감격적인 신을 제출한다. 훔친 자전거를 타고 도망치려고 하나 그 자리에서 여러 사람들에게 잡히고 만다. 굴욕, 회한, 상심, 자실, 그 아버지를 꽉 옆에 기대서서 쳐다보는 브루노의 얼굴. 뺨에 눈물이 흐르는 아버지의 얼굴. 아들의 손을 잡는 아버지의 손. 그것을 다시 잡는 아들의 손. ─ 벌써 보는 사람은 화면의 주인공 자신이며 아버지와 아들의 눈물은 참으로 보고 있는 사람의 눈물이다. ─ 아마도 그들 두 사람은 자전거를 찾지 못할 것이다.

자전거가 없는 내일부터의 생활은……. 어두움이 다가오는 로마의 거리에 많은 사람의 파도 속으로 아버지와 아들 두 사람의 모습은 사라져 간다.

각색 케사르 자바티니 외 5명
감독 비토리오 데시카
촬영 카를로 몬투오리
음악 알렉산드로 치코니니
(ENIO사 작품)

(『아리랑』 2권 3호, 1956년 3월 1일)

한국 영화의 신구상
— 영화 전반에 걸친 대담

작　가　김영수(金永壽)
만화가　김용환(金龍煥)
사　회　박인환(영화평론가)
장　소　동화백화점 지하 식당

박… 일본에서 오신 김영수 선생님과 미국에 갔다 오신 김용환 선생(코주부) 두 분을 모시고 영화 전반에 걸친 좌담회를 개최하고자 합니다. 우선 우리나라에서 생산되는 영화보다 외국 영화가 많이 상영되는데, 그렇다면 그 영화를 우리가 감상하고 받아들이는 데 대해서 어떠한 방법이 서 있으면 어떨까 하는데 기(其) 문제에 대해서 김영수 선생이 말씀하여주십시오.

외화를 받아들이는 방법

김(영)… 이것은 하나의 커다란 문화 정책이 설립된 다음에 논의되어야 할 문제라고 생각합니다. 왜 그런가 하니 가령 일례로 일본에서의 신조사 (新潮社), 개조사(改潮社) 여기에서 책을 발행하고 외국 문화를 받아들일 때에는 이와 같은 문화적 체계를 세웁니다. 예를 들어서 불란서의 사르트르나 카뮈가 책을 쓰면 그 사람의 어떤 단편적인 서적이 들어오는 것이 아니라 그 사람의 전체적인 사상적 조류가 들어오는 것이다, 그래서 외국을 이해 못하는 사람이 외국 문학을 공부하게 되는 때에는 하나의 단편적인 하나의 필구(筆具)를 공부하는 것이 아니라 작자의 사상을 알게 되고 또 그 나라 문학의 조류 혹은 문학의 흐름을 알게 되는 것입니다. 이런 점에 있어서의 이와 같은 외국 영화를 들어올 때에는 가령 서부극, 연애극, 멜로드라마 이것을 무계획적으로 수입하지 말고 좀 더 거기에는 어떤 체계를 세워 가지고 미국 영화이면 미국 영화에 현재에 있어서의 어떤 조류, 이태리 영화이면 이태리 영화로서의 어떠한 조류, 이태리 영화를 얼추 개념적으로 체계를 세워 가지고 들어왔으면 좋겠습니다. 함부로 들어옴으로써의 그릇된 문화의 소개, 그것은 도리어 해독을 끼쳤으면 끼쳤지 우리나라의 문화에는 기여되는 바가 없다고 생각됩니다. 또 정부에서도 좀 더 개인 개인의 영화 수입자가 좀 더 문학적 양심을 보전할 것 이런 점은 어떠한 정책을 세워 가지고 뚜렷한 지시, 지도 이것이 다시 말하면 하나의 한국 영화를 옹호하는 하나의 간접적인 원호 방법으로 생각합니다.

김(코주부)… 그렇다면 그것은 자본 문제가 아닐까 생각합니다. 무계획적으로 들어오라고 하지 말고 이쪽에서 어떤 필요한 영화에 있어서도 값

이 비싸서 못 들어온다든지 결국 그 영화 수입자들의 자본 문제라고 생각합니다. 그런데 그 말씀에 나도 일면적으로 이해합니다.

박… 그러나 가령 오락물 또는 우리가 보아서 과히 이롭지 못한 영화들 갖다가 수입한다는 것보다는… 〈Gone With The Wind〉 이런 것 일편(一編) 들어오는 것이 좋을 줄 압니다. 예를 들어 보통 오락물은 싸게 들어오면 1,000불 내지 1,500불, 비싼 것은 5,000불입니다. 그래서 못 들여온다는 것입니다. 그런 것이 여기서 보고 싶어 하는 사람도 많고…… 또 그런 것은 시시한 것보다도 큰 것을 들여오면 수지를 맞을 줄 알고, 그런데 예산도 과히 어긋나지 않을 줄 압니다.

김(코주부)… 아… 그것은 옳은 말이에요. 내 말은 잡지로 치면 『아리랑』 잡지 그것이 제일 많이 나간다고 하는데…… 이것이 대중성을 노리는 잡지라고 하는 것인데 결국 우리가 좀 모양이 좀 잡지 같고 좀 읽을 만한 것은 안 나간다는 것입니다. 그런데 우리가 보통 영화도 그렇다고 생각하지만 그것은 범위가 작을 줄 생각합니다. 그러니까 일반 대중적인 이것은 일반 영화업자가 다 알고 있어요. 그리하여 장사가 잘 된다, 주판이 맞는다 하는 그것은 역시 포인트. 그런데 좀 낮고 오락적인 이러한 축에 들지 않나. 그러니깐 사람들이 주산을 맞게 하기 위해서는 그러한 좋은 영화, 정말 유익한 영화를 가져올 때는 정부에서 세금을 좀 어떻게 완화해준다든지. 그런 방법을 안다는 이상 영화업자들은 영원히 일을 못하게 될 것입니다.

박… 그런데 저 저번에 모 영화업자가 스탕달의 〈적과 흑〉을 수입하려다가 우리나라의 문교부에서 그것을 보이콧 당했다 합니다. 그런데 그것 아마 김 선생님은 일본에서 보셨을 것입니다. 그것이 과연 우리나라의 현재 처지에서 마이너스 될까요. 어떻게 될까요?

김(영)… 제가 여기에 와서는 한국 영화를 하나밖에 못 봤습니다. 그 외에는 못 보았고 글쎄…… 영화의 윤리 규정 면을 모르니깐 말할 수 없지만, 가령 요즘 일본에서는 D. H. 로렌스의 〈채털리 부인의 사랑〉이 상영되는데 제가 보기에는 스탕달의 〈적과 흑〉이 그렇게 일반에게 보이어서는 해독을 끼치리라는 생각 아니하는데…… 그런데요 우리나라에서 그 영화를 통제하는 윤리 규정 면을 말씀해주셨으면 좋겠습니다. 만약 심하다면 기(其) 부분적 면을 커트하고 될 수 있지 않은가요……?

박… 그다음 외국 영화는 이 정도 말씀하시고 그다음에 우리나라 영화가 작년에 10여 편 생산되었고 금년 들어서는 적어도 제가 생각하기에는 한 20여 편 나올 것 같은데요. 소위 인제 미국 영화에 있어서의 웨스턴물, 일본에 있어서의 찬바라(칼싸움), 불란서에 있어서의 문예 작품의 경향, 이런 것을 볼 때 우리나라에서도 어떤 하나의 스타일, 어떤 양식을 만들었으면 좋겠는데 우리나라에서는 앞으로 어떤 양식을 만들면 좋을까요?

한국 영화의 양식

김(영)… 저도 그 점에 있어서 많이 생각해보았습니다. 지금 말씀하신 게 퍽 좋은 타이틀이라고 생각합니다. 우선 우리나라 영화는 요즘에 제일 제가 느낀 것은 양식의 상실이라고 생각합니다. 왜냐하면 우선 이태리 영화이면, 전후 이태리면 말하자면 세계적으로 보아서 세계적 코멘터리의 확립, 뚜렷이 업적을 남겼습니다. 또 재즈 영화면 미국, 이와 같은 어떤…… 그 나라 독특한 양식이 있다고 생각합니다. 우리나라 영화에 있어서는 나는 하나 보았습니다마는 전부 어떠한 이상한 멜로드라마적인 것으로 전체적이 되고 흐르고 있지 않나? 또 제가 모 영화인을 만나서 시나리오 이야기를 들었지만 이것이 아니면 아니 되겠다고 그런데 그것을 지금 말씀드린 바와 같이 저속된 흥행적인 오락적인 멜로드라마가 되어 보입니다. 이러지 말고 우리나라도 좀 더 스튜디오도 완비 안 되고 전기 사정도 좋지 않으니까 어떻게 우리가 오픈세트를 가지고 이태리적인 반기록적인 양식을 갖추면 어떨까 생각합니다. 오늘의 한국 영화가 그전에 나운규(羅雲奎) 시대의 〈아리랑〉 작품을 능가할 수 있는 하나의 기반이 되지 않을까 생각합니다.

박… 그런데 우리나라 영화가 지난번 세계에서도 없는 무세(無稅)라는 것이 되었지 않습니까. 도리어 이 무세 바람에 영화업자들은 대체적으로 전연 논의되지 않는 영화를 만들어 가지고 도리어 무세를 악용하는 경향이 있습니다. 최근 가까운 예로는 〈양산도〉야말로 참 볼 수가 없었어요. 나운규 이전의 활동사진'입니다. 〈젊은 그들〉이라는 것이 있었는데요. 그것은 자꾸만 이런 게 있는데 즉 과거로서 소재를 잡는 것, 소위 이조 말엽이라든가 최근에 만든 영화를 보면 〈춘향전〉〈단종 애사〉〈젊은 그들〉또 이 〈양산도〉 그다음에 〈왕자 호동〉 전부 이런 데에서 하는데 과연 이것이

---

1 원본에는 '활동실진(活動實眞)'으로 표기됨.

우리나라 영화의 스타일이 될까요.

김(코주부)… 그런데 〈춘향전〉 이후에 시대극을 많이 했는데 대개 보면 〈단종 애사〉 같은 것을 그 시대가 이조 초기인데 이왕 그렇게 만들 바에는 스타일은 조금 다를지 모르지만 이조 말엽 한참 거꾸러져가는 한국에서 그때의 이준 열사든지 이완용 역적들이든지 이조 말엽 한참 일본과 대적하는 것, 그 정변 등 뭐 그 당시의 민비가 살해당하고, 갑오경장 그런 것을 만들었으면 오히려 그것이 퍽 좋은 것 같아요…….

박… 지금 코주부 씨가 말한 것은 제일 중요한 영화 제작 태도를 채택할 겁니다. 현재에 있어서는…….

김(영)… 영화를 만드는 태도부터 고쳐야 하겠습니다. 또 조금 전에 말한 바와 같이 세금이 없으니깐 막 만든다 하는 그런 리(理)야 없겠지만 혹시 있다고 하면 우리나라 영화의 큰 마이너스예요. 그 때문에 참 아까 사회자가 말한 바와 같이 볼 수 없는 영화, 〈아리랑〉 이전의 영화가 제작된다는 것은 이것은 우리 영화인 전체가 부끄러움을 느껴야 될 줄 압니다. 그러면 이런 한 면을 어떻게 제거하느냐. 여기서는 한국 영화가 가질 수 있는 양식을 확고히 수립하지 않으면 안 됩니다. 지금 우리가 감독이 혹은 시나리오 라이터가, 연기자, 카메라맨이 우선 일을 하기 전에 먼저 자기들이 만들 수 있는 영화 스타일, 한국 영화의 하나의 새로운 형식을 확고히 가지지 않으면 한국 영화는 영원히 이대로 질식 상태에 빠지지 않을까 생각합니다.

김(코주부)… 그것은 대개 과거의 우리의 기성 영화인, 좀 기초 있고 배운 사람들이 없어지고 남은 사람도 얼마 없고 대개 신인들이 많이 나와서 하기 때문에 아직 기초적인 지식도 없고 기술적인 빈약과 자본 빈약으로써 할 수 없는 일도 일종의 과도적 시기로 보아서는 할 수 없는 일이 아닐까 생각합니다.

김(영)… 하면… 거기에 또 문제가 한 가지 발생합니다. 왜 그러냐 하면 신인이 나올 때는 어떤 패기가 있어야 됩니다. 과거에 우리 영화사를 볼 때 어떠한 걸작이 나왔다고…… 그러면 이것을 잡아먹을 만한 어떤 패기나 어떤 의욕을 나타내야 될 줄 압니다. 가령 영화를 볼 때 어떤 장면이나 스토리가 미완성하여도 어떠한 그 신인으로써 패기가 보인다는 데서 그를 평가할 수 있습니다. 그러나 처음부터 끝까지 참 그야말로 우리가 타개하지 않으면 알 될 만한 만약 그러한 졸렬한 장면과 사상이 흐르고 있다면 이런 영화는 지금 말한 세금이 없기 때문에 만든 것이라고 밖에 볼 수 없어요. 마…… 이런 말을 들어도 어떠한 항의는 없으리라고 생각합니다.

김(코주부)… 마 세금이 없어졌으니깐 다행이고 또 많이 만드는 것은 좋은데(일동 웃음) 한 가지 것은 3년 걸려서 하였다니깐 3년을 계속해서 했으면 좋을 텐데 결국 하다가 말다가 이렇게 끌어서 3년을 하였는데도 그래도 그것이 하나의 영화가 된다는 것은 기적이라고 생각합니다. 그런 의미에서 〈양산도〉가 잘못되었더라도 생각되었다는 데 대해서는 오히려 우리는 치하를 해야 하지 않을까 합니다.

김(영)··· 말하자면 퍽 휴머니티한 말씀인데 코주부의 좋은 말씀이고······ 하나 3년 걸린 작품이 석 달 걸린 작품보다 반드시 좋다는 것은 비평의 극론(極論)을 할 수 없는 것입니다.

김(코주부)··· 그렇지만 3년이 걸렸다지만 실지로 일한 것을 하면 두 달밖에 안 걸렸으니까요. (웃음)

우리 영화 해외 진출 문제

박··· 그다음에 말씀입니다. 저 한국 영화의 시장을 넓혀야 되겠다는 말씀입니다. 칸느에도 내보내고 동남아시아에도 내보내야겠다······ 이런 얘기들이 있는데 김영수 선생, 현재 한국 영화의 수준으로 예술적 가치, 흥행적 가치로 보아서 한국 영화도 해외로 나갈 수 있을까요?······

김(영)··· 전··· 뭐··· 한국 영화를 다 못 봐서 얘기할 수 없는데 어떻습니까. 이 점은 저 코주부 선생이······.

김(코주부)··· 저도 잘 모릅니다만 뉴욕에 가보니깐 실지로 본 이야기인데 일본 영화 〈지옥문〉 말이오. 천연색인데 이것을 일류 극장에서 1년을 계속해서 상영되었는데 그 마지막 날 내가 보았는데 이것은 천연색으로 기술이 괜찮다고 보는데 스토리는 시원치 않다고, 보는 사람이 다 이야기하는데 이것은 일본이 외적으로 선전하기 위하여 특별히 기술 면만을 중점을 두어서 만들어서 좋다지만 그렇지만 스토리는 우리가 역사를 보아서도 아는 바와 같이 재미가 없어요. 일본의 평안조(平安朝) 시대 것입니다. 임(林) 대사[2] 이야기가 한국에서 20세기폭스 사장이 한국에 오지 않았소. 그 이유로 그것은 한국에 대한 계기로 해서 한국에 본격적인 영화 발전을 한국 사람의 작품을 쓰고 본격적인 한국과의 타협하는 영화를 만들 기회가 아닐까 하는 이야기를 해요. 그래서 그 원작을 한국 작가들에게 부탁하겠다, 그리고 실지로 촬영하게 될 때에는 배우도 한국 배우를 써서 합작을 해서 일하겠다, 이렇게 폭스 사장이 본격적으로 하기 위해서 한미재단에 일을 일임했답니다. 그런 모든 일을 한미재단의 책임자가 임 대사를 찾아와서 몇 번 원작에 대해서, 우선 첫째 원작이니깐 교섭을 했는데 도무지 진척[3]이 아니 됩니다. 소식이 없고 그런데 그전에 재빨리 아는 사람은, 아직 두어 사람 그것을 직접하고 있는 사람도 있는데 그런데 결국 거기서 절실히 느낀 것도 한국 영화를 절실히 요망하고 있대요. 우리가 한번 가보아도 자꾸 왜놈들은 상영을 잘 하고 있는데 우리들 것은 아무것도 없더군요.

김(영)… 지금 말씀하시는 것에 한미 합작에 말씀이 나오시는데 그것은 다음으로 밀고 코주부가 직접 해외에 나가서서 그저 우리 영화를 요구하는 것을 보고 듣고 오셨으니까 우리 영화도 응당 해외에 나가야 되겠지요. 또…….

김(코주부)… 로스앤젤레스 일본 타운에 잠깐 가서 보았는데 거기에는 극장이 두 곳이 있는데 일본 사람이 경영하는 일본 극장으로 전부 일본의

---

2 임병직 주 유엔 대사(1951~1960).
3 원본에는 '進涉'으로 표기됨.

흑백영화들이오. 모두가 현대물 같은 것인데 일본 사람을 위해서 오는 모양인데 다이얼로그는 모두 영어로서 넣고, 일본 사람 중에서도 일본 말을 모르는 사람이 있으니깐. 그런데 이것을 내가 한두 편 보았는데 한국보다 무엇 그렇게 잘된 것 없는 것도 들어올 거요. 그런 의미에서 일본 사람을 주로 해서 그렇겠지만 그것도 외국에서 보면 아주 헌 영화, 옛날의 것, 한국에서 1년 전에 본 것을 뉴욕 한복판에서 다시 하는 것을 보았는데 그러니깐 그것은 역시 영화가 부족한 것 같으니깐 우리나라도 원만한 수준만 올라가면 그것을 외국에 보내도 되지 않을까 생각합니다.

김(영)… 좋습니다. 대단히 희망적인 말씀입니다. 지금 말씀하신 한국 영화가 해외로 진출할 가능성이 있느냐? 해외로 진출해야 되겠다고 생각합니다. 그것은 그 점에 그치지요. 지금 현상을 가지고 해외에 진출 가능성이 있느냐 하는 것은 영화인, 새로 나온 신인한테는 너무나 부담이 과한 우리의 요구가 아닐까요?

박… 좀 싹이 나왔으면, 싹이 커서 꽃이 피고 열매를 맺는 것을 기다리는 것이 어떨까요?

김(영)… 그러니 우리는 문화의 성숙을 너무 조급히 기다리면 왕왕이 실수가 있다고 생각합니다. 가령 지난번 본 모 영화의 감독과 시나리오 라이터를 위해서는 이름을 밝히지 않았는데 하여간에 영화 문법은 우리가 알아야겠어요. 그리고 그 영화의 스토리도 크리시스도 몰랐습니다. 이 영화는 어떻게 만드나 저도 의구를 가지고 보았습니다. 그래서 3분지 1이라는 영화 스토리는 벌써 우리들의 관객과 스크린의 호흡은 긴밀히 계속되는 감정은 3분지 1 필름은 그냥 돌아갔습니다. 이런 영화가 한국에서 좀 더 완전하고 성숙된 영화로 성장하길 바라서, 그다음에 우리는 해외로 나갈 시장을 찾는 것이 우리들의 하나의 길이라고 생각합니다.

합작영화의 가능성

박… 이… 저… 조금 전에 코주부 선생께서 합작영화에 관한 말씀이 나왔는데 저도 코주부 선생이 미국에서 누구에서 편지를 보낸 것 때문에 합작영화에 관한 것을 알았습니다. 20세기폭스의 스커러스 사장이 한미재단을 통해서 100만 불을 기증했다는 말을 들었는데 최근 20세기폭스와 일본하고 〈죽가(竹家)〉 등의 문제 때문에 많은 물의를 일으켰는데요. 앞으로 합작영화의 소위 우리나라와 외국과의 합작영화의 가능성이 있느냐 없느냐에 대해서 말씀하여 주십시오.

김(영)… 한미 합작영화가 성립될 조건을 세계에서 지금 특히 동남아시아에서는 우리 한국보다 절대성이 있는 나라는 없습니다. 우리는 직접으로 전쟁을 체험하고 있고 현재 제일 중요한 지구상의 반도를 차지하고 있습니다. 그러니까 우수한 기술자가 우리나라와 합작영화를 만든다는 것은 이것은 새로운 영화 세계에 하나의 방법이라고 생각합니다. 그런데 제가 체험한 바에 의하면 한미 합작영화 혹은 이러한 성질의 영화는 과히 그 출발 스타트는 퍽 좋습니다. 하나 이것이 결과를 맺을 때 다시 말하면 그 작품이 되었을 때 볼 것 같으며 우리가 의외에 느끼지 않았던 불합리성이 많습니다. 가령 예를 들면 일본에서 제가 본 몇 개의 일본과 외국과의 합작영화를 보았어요. 예를 들면 가령 일본의 그 예식 때 입는 옷 같은 것을 잠옷으로 입는다든지 혹은 실내에서는 신을 벗는 것을 신을 신고 방으로 뛰어들어간다든지 이런 것은 그 나라의 생활 풍속을 완전히 무시하고 혹은 무지한 데서 나왔다고 봅니다. 그러니깐 우리는 어떤 스토리만 제공함으로써 한미 합작영화가 된다고 생각하는 것은 속단[4]입니다. 좀 더 우리는 적극성을 띠어서 여기서도 어떤 발언권을 가지고 여기서도 협조할 수 있는 감독이 나가고 또 여기서도 연기자가 나가서 직접 우리 생활 풍속이 완전히 포함된 영화가 되어야만 비로소 한미 합작영화는 된다고 생각합니다.

김(코주부)… 그러나 그것은 영원히 안 될 것입니다. 왜 그러냐 하면은 진짜로 합작영화라면 자본도 같이 내고 발언도 같이 하여야 될 터인데 지금 일본과의 합작영화를 보더라고 자본은 모두 미국이 내고 또 우리 한미 합작도 물론 그렇게 될 테니깐 그것은 마…… 그 사람도 영리적으로 하는 만큼 또 관객층도 어디로 두느냐 하면 대부분 10분지 8이 외국 사람일 테니까 즉 미국이니깐 미국에서 대부분 그 수지를 맞춘 다음에 그 몇 번째가 한국에 맨 끝으로 돌아올 터이고 그 사람은 그런 견지에서 만드니깐 그건 우리가 정말 반 이상의 자본을 내고 그렇게 안 하는 이상 그것은 고칠 수 없어요. 그러나 역시 우리 한국 배우가 나오고 한국 무엇이 나온다면 한국의 선전이 되느니 만큼 다소 그런 것이 있더라도 우선 첫째 한미 합작이니 이런 합작영화를 만들어야 좋은 것 같습니다.

박… 한미 합작이 잘되면 이제 대체적으로 세트 같은 것은 미국에서 하

---

4 원본에서는 '속담(俗談)'으로 표기됨.

고 현재 로케이션은 한국에서 하게 되는데요. 사실 우리나라에서 영화 제작을 한다는 금액하고요 소위 미국 사람이 만든 것은 천양지판이 아닙니까? 그러기 위해서는 앞으로 우리나라에서도 무슨 합작영화를 할 때에는 단순히 미국 자본에 의해서 하지 말고 미국에서 하는 것은 미국 사람이 내고 국내에서 하는 것은 국내 사람이 자본을 내서 영화를 만든다고 하면은 좀 나아지지 않을까요?

김(영)… 물론 훨씬 나아지겠죠?

김(코주부)… 그런데 내가 뉴욕에서 들은 이야기인데 그때 최순주(崔淳周) 씨가 왔을 때 하는 이야기가 임 대사랑 모두 있을 때에 폭스 사장이 한국에 왔을 때 대통령을 만났대요. 그때 물론 영화업자들도 모두 있었는데 대통령께서 여러 가지 이야기를 했을 때 대통령의 말씀이, 그때 폭스 사장이 이렇게 말씀한 모양이에요. 합작영화를 만들려도 한국에는 아무것도 없다 하니깐 이 대통령께서 우리도 영화에 대한 중요성을 느끼고 있다. 그래서 정부에서 큰 영화를 만들겠다는데 정부에서 대통령 자신이 10만 불을 내겠대요. 10만 불을 낼 터이니깐 민간에서 10만 불을 낼 사람이 있으면 반관반민으로 영화 회사를 하나 만들자 이렇게 결정이 됐대요. 그래서 홍찬(洪燦) 씨가 관계하고 있는 모양으로 미국을 가게 되었는데 그것이 그렇게 되느냐가 문제입니다.

김(영)… 그런데 아까 코주부 하신 말씀 가운데 여하간 방대한 자원으로 만들고 거기서 또 돈 내는 자가 외국이고 하느니만큼 우리가 한국 스토리만 제공하고 또 한국 옷을 입은 배우가 나갔다고 해서 우리는 국내의 손님이 든다고 말씀하셨는데 나는 거기에 반대합니다. 왜 그런가 하니 만약 그렇다면 우리가 그릇된 선전을 함으로써 다시 말하면 우리 옷이 그대로 스크린에 있고 또 그 이야기가 벌어지는 것이 우리 한국이라고 해서 우리가 어떠한 만족을 느끼게 된다면 이것은 우리가 너무나 참 열등적인 졸렬한 일이라고 생각합니다. 좀 더 우리는 여기서 우리가 자본은 없지만 우리가 감독을 협조로 내가 배우를 제공한다, 어떤 보수도 그만 바라지도 않고, 우리 과거 전부 우리 영화에는 그야말로 가난했으니까. 그러나 미국 사람에는 몇만 불 몇 10만 불을 받는 것은 바라지 않습니다. 하나 정신적인 면, 또 문화적인 면은 우리가 강경히 발언해야 될 줄 생각합니다. 만약 그릇된 선전 영화인 경우에는 우리 한국 영화인들은 이것을 거족적으로 항거하고 발언해야 할 줄 생각합니다.

김(코주부)… 물론 그래야겠지요. 그런데 한국을 전혀 모욕하거나 그것을 우리가 상식적으로 생각해 봐도 되지 않을 줄 알아요. 그 사람들의 계획하는 것은 그 사람들의 실제대로 하는 것이니까 그 계획을 이동해서 우리가 나가자는 것이지 무엇이던지 그 사람들의 이야기를 듣자는 것이 물론 아니지요.

김(영)… 제 생각엔 이렇습니다. 개인적으로 문총(文總)에서 스토리를 모집했는데 그런 형식을 취하지 말고 제 희망을 문총해서 한미 합작영화를 제작할 때면 스토리 집필 위원이 나가지고 그 사람들의 여러 우수한 두뇌가 모여서 어떤 훌륭한 스토리를 꾸며가지고 이것을 그야말로 한미 합작영화 즉 그 글자가 주는 인상 그대로 한국과 미국이 국가를 대표한 문화인끼리 집단적 교유, 집단적인 양식의 교류가 필요할 줄 압니다.

김(코주부)… 물론 그것은 이상적이고 좋은데 가령 미국에서 벌써 한국의 스토리를 작가들에게서 부탁하겠다 해서 그것이 한국에 통지해서 작가들의 손에 들어올 때까지 두 달이나 걸렸어요. 그런데 거기서는 대단히 급했거든요. 두 달이 걸리니까 거기서도 생각을 하고 이게 두 달이나 걸리니까 이런 걸 제대로 밟아서는 안 되겠다 해서 그러니까 아무라도 빨리 오는 것을 많이 해서 한국 사람이 만든 걸 어떻게 하자 이런 게 있어요. 그런데 요새 알다시피 이런 것은 대단히 힘들 거요.

박… 그런 다음에 우리나라 영화인, 시나리오 라이터, 감독 또는 배우들에게 아픈 소리 한마디 해주십시오.

한국 영화 작가에게 진언(進言)

김(영)… 아픈 이야기는 코주부가 하시지. (웃음)

김(코주부)… 뭘…….

김(영)… 과거에 그전에 모두 주먹구구식으로 의장 또는 우정, 의리에 의하여 만들던 영화는 이제는 다 영화 제작 정신은 버리고 좀 더 세련된 문화인의 감정을 가지고 영화를 만들겠다는 제작자가 나서야 될 줄 압니다. 그다음 시나리오 라이터에게 제가 말씀드리고 싶은 것은 지금은 북한에 납치되어 가서 소식을 모릅니다마는 최인규 군에게 이런 재미있는 에피소드가 있습니다. 제가 그때 무슨 시나리오를 갔다가 400자 원고지로 200매 써 간 적이 있어요. 이 친구가 하룻밤을 읽고 나더니 저하고 만나서 저 보는 데서 그 친구가 20매를 떼어냈습니다. 하구 그 친구 말이 이 20매가 있게 되면 이 전체 시나리오의 템포가 바꾸어진다고 말했어요. 그래서 저는 그 즉시로서는 불쾌했습니다마는 그런 것을 다시 읽어보고 또 떼어낸 시나리오를 읽어볼 때는 과연 그것은 템포가 지루했습니다. 이러한 자신 있는 감독, 중간의 한 페이지를 자신 있게 빼낼 수 있는 감독이, 또 자신 있게 첨가할 수 있는 감독이 있어야 할 줄 알아요. 이것은 단순히 영화를 아무거나 만들어서 팔아먹겠다는 말하자면 장사치의 상업심을 떠나서 좀 더 커다란 영화 예술가로서의 교양과 지식이 있어야 할 줄 압니다. 이러한 개인심 또는 말하자면 그 영화를 만들겠다는 열의와 의지가 불타는 무서운 신인이 많이 나와주셔야 할 줄 압니다.

김(코주부)··· 나는 별로 할 말은 없는데 저 지금 요새의 감독의 이미지가 부족하다고 생각해요. 가령 배우를 선정하는데 〈춘향전〉도 그러했고 〈꿈〉이란 것도 그렇게 봤는데 그 성격에 전혀 맞지 않는 이런 배우가 많이 나온 것 같아요. 그리고 그 카메라맨들의 카메라아이 결정하는 걸 말이에요. 가만 보면 전혀 그 회화적인 그림의 구도가 아주 안 되게 있고 어떤 건 순전하게 앗품[5]을 해가지고 해석하는 게 있고 뭐 그뿐이오.

김(영)··· 저 일전 본 영화에서 얻은 감상 또 하나 있습니다. 제목은 둘째 쳐 놓고 카메라 앵글이 틀려요. 하여간 본래 그 배우는 키가 작아요. 될 수 있으면 키를 크게 뵈기 위해서는 카메라는 언제든지 통 앵글에 삼각대를 벗어나야 합니다. 그런데 전부가 하이 앵글 말하자면 머리 위에서

---

5 원문대로 표기함.

카메라를 대기 때문에 전부 난쟁이로 보여요. 더군다나 층대를 내려갈 때 카메라가 위에서 파트업하기 때문에 여배우는 아주 난장이로 뵙니다. 그 여배우에게는 아주 치명적인 소행입니다. 또 하나는 가령 바스트 숏을 찍을 때 이것이 전부 이마부터 갈라집니다. 이것은 카메라 파인더를 볼 줄 모르는 카메라맨 또 카메라가 그저 장면이 롱숏에서 미디엄 숏 혹은 바스트 그리고 업으로 들어갈 때는 어떤 영화적인 문법 순서가 있습니다. 이것을 전부 파악해서 떼어버리는데 이러한 카메라맨, 이러한 감독은 많이 앞으로 공부해야 할 줄 압니다.

영화와 만화

박… 그다음에 말씀입니다. 우리나라에 비로소 월트 디즈니의 만화영화가 들어오는 모양인데 그러한 문제에 대해서는 김용환 선생이 이번 우정 월트 디즈니의 스튜디오도 찾아보고 했으니까 만화영화와 그 영화가 주는 어떤 차이점, 문제, 그 다음에 우리나라에서 만화영화의 제작 문제에 대해서…… 좀.

김(코주부)… 지금 우리나라든지 일본에서도 그런 것 같은데 일본에서 전전(戰前)에는 그렇지 않았는데 결국은 작가가 없다는 건데 이건 이번 돌아올 때도 봤는데 일본 천연색 만화영화를 봤는데 그림이 아주 형편이 없어요. 움직이는 것은 다소 괜찮은데. 요새 장편을 안 만드는 것은 왜 그러냐 하니까 요새 작가가 없대요. 그전에 그리던 작가가 모든 수입 면으로 봐서 현재 책에 그리는 만화가 수입이 좋다고 해서 모두 그리로 전환을 해버리고 그리지 않는다고 그래요. 그런데 미국 같은 데 보면 장편도 물론 많이 나오고 단편도 각 영화에 소요물(所要物)로 나오지 않아요? 그런데 그 월트 디즈니의 스튜디오를 낱낱이 다 봤는데 우리나라에서 그것을 만들자면 미국에서 만드는 것과 일본에서 만드는 내용의 3분지 1이면 될 것 같아서, 뭔고 하니 제일 돈 드는 것은 인건비에 돈이 드는데 단편짜리 하나 만드는 데는 3개월이 보통 걸리는데 어떤 장편을 만들려면 2년, 3년 이렇게 걸린단 말이에요. 그런데 외국에서는 그 한 사람의 만화가를 써서 하기 위해서는 당당한 보수를 줘야 하는데 그러니 우리나라에서는 재주는 많이 있지만 만화를 소화시킬 만화 출판물이 없고 하니 만화가들이 그냥 놀고 있다고 볼 수 있어요. 놀고 있는 것은 아니지만 만화가를 양성시켜서 이 사람들을 전부 포섭해서 다 재주들이 있는[6] 사람들이니까요. 얼마든지 인건비를 싸게 해서 만화영화를 만들 수 있어요. 그리고 극영화도 많이 만들면 좋지만 만화영화는 국제적 성격을 많이 띠고 있으니까 잘만 되면 외국 수출하기도 퍽 수월하고 하니까 좌우간 하나 만들어 보고 싶어.

박… 제가 보기에요 소위 영화에서 만화영화 같은 건 말씀입니다. 우리가 언어를 몰라도요. 만화영화를 보면 즐길 수 있잖아요. 그런 의미에서 우리나라에서도 만화영화가 가능성이 있을까……?

김(영)… 현재에 경제 상태를 보아서는 당분간은 절망 상태입니다. 왜 그런가 하니 지금 말씀하신 코주부가 한 장편 영화를 만들려면 한 만화가한테 2년이나 3년 동안의 생활 보장을 하여야 합니다. 자유롭게 그림을 그릴 수 있는 환경을 만들어 주어야 되고 또 충분한 자료를 요하며 그 사

---

6 원본에는 '있ㅁ'으로 표기됨.

람이 자유롭게 일할 수 있는 자유로운 환경을 주어야 합니다. 이런 것은 멜로드라마만이 상영하고 있는 현 우리나라 영화계에 저는 당분간 절망이라고 생각합니다. 그러니깐 이러한 준비는 해두어야겠죠. 그런데 이런 것을 더군다나 언어가 다르고 풍속이 달라도 그 나라의 인종을 이해할 수 있고 풍속을 이해할 수 있는 것은 음악이나 만화나 직접 시각적인 면 이런 것을 제일 강점을 둡니다. 이런 것은 한 개인의 영업 심리만을 의존하지 말고 좀 더 국가적인 어떠한 해외 선진 정책 같은 것이 수집되어가지고 여기에 좀 더 희생적으로 경비를 주자는 것이 제일 바른길이라고 생각됩니다. 그런데 그 장편을 만들려고 지금 별안간 어린[7] 단편도 안 되었는데 그 장편을 만들라는 것은 안 될 말이고 단편부터 단편을 하면 사실 얼마 안 드는 이 만화의 수료(手料)가 단편이라도 좋을 것이지만 외국으로도 갈 수 있으니까 수지 타산이 맞을 게고, 그리고 만화영화는 지금 만화영화뿐만 아니라 외국에서도 텔레비전에 굉장히 만화를 쓰고 있습니다. 일본도 그렇고 우리나라도 되면 조금씩 써 가지고 이 교육영화, 어떠한 과학영화든지 이것에 있어서는 반드시 그림이 필요하거든요. 그리고 만화적으로 이렇게 설명하는 것입니다. 그래서 선화(善畵)의 연구소 이런 것을 하나 만들어서 그곳에서 만화영화도 만들고 선화로서 의원(依願)하는 여러 가지 해부 관계든지 이런 것이 있지 않소. 그런 것도 할 수 있고 이런 무엇이 될 줄 알아요? 이런 것을 모두 몰라서 기업가 같은 이가 그 방법을 착안 안 하고 있는데 역시 이것이 하나 되면 괜찮습니다. 코주부 빨리 그 선화라는 것을 만드시고 일을 시작하십시오.

---

7 원본에는 '어리운'으로 표기됨. 문맥상 의미는 '비교적 쉬운'으로 보인다.

김(코주부)… 내가 저 독지가가 있으면 한 얼마나 필요할까. 얼마 좀 필요하면 되겠어요?

박… 한 20만 불쯤 있으면?

김(코주부)… 한 10만 불만 누가 투자하면 머 국제에 내놓아도 부끄럽지 않을 것을 만들 자신이 있습니다.

박… 그런데 저 김영수 선생께서 앞으로 많은 시나리오를 써가지고 그 시나리오를 혼자 이용해 잡수시지 마시고 그것을 어떻게 좀 달러를 확보해 가지고 코주부 김용환 선생과 같이 그 선화 연구소랄까 이런 것을 설치하실 용의는 없으십니까?

김(영)… 물론 있습니다. 뭐 코주부가 발 벗고 나선다면 그저 물론 우리는 다 그저 총동원 태세를 하고 있습니다.

좌석제의 문제

박… 그다음 말씀입니다. 최근 우리나라 영화계에서는 좌석제 문제 때문에 굉장히 물의를 일으키고 있는데 제가 보기에는 미국도 일본도 별로 좌석제를 하지 않는 것 같은데요. 이 문제에 대해서 어디 저 코주부 선생께서 한번 말씀해주십시오.

김(코주부)… 좋은 영화관에서만이 좌석제가 되고 있어요. 그리고 보통

삼류 극장에서는 좌석제가 없는 것 같아요. 역시[8] 많을 때는 서로 야단들입니다.

김(영)… 하루 온종일 좌석제입니까? 아침부터 저녁까지?

박… 그렇습니다.

김(영)… 그런데 일본만 보더라도 일류 영화관도 처음에 가령 오전에 돌리는 영화는 자유석을 합니다. 표 사가지고 아무 데나 가서 앉을 수 있어요. 그런데 여기는 첫번부터 좌석제이니까 어떻게 좋은 자리가 텅 비어 있는데도 저 구석에 가서 영화를 49도의 각도에서 보게 되니까 얼굴이 찌그러지고 이상하더군요. 그러니까 첫번에 사람이 들어올 때는 자유석으로 하고 그다음 사람이 밀리고 들어올 때는 지정석을 하는 것이 합당하지 않을까 생각합니다.

박… 대단히 좋은 말씀입니다. 이것으로 끝마치겠습니다. 대단히 고맙습니다.

(『영화세계』 9호, 1956년 3월 1일)

---

8 원본에는 '亦足'으로 표기됨.

〈격노한 바다〉[1]

명화 해설

이 작품의 원작은 53년에 발표되자 베스트셀러가 되고 13개 국어로 번역되어 20여 개 국에서 출판되었다.

전기(戰記) 문학의 걸작이며 원작자 니콜라스 몬사라트[2]는 제2차 대전 중 5년 반 동안이나 코르벳함[3](선단 호송과 경계용의 소형 쾌속함)의 합장을 지냈으며 그 당시의 항해 일지를 기초로 해서 이 소설을 썼다. 그러나 그것은 위기에 직면한 인간성의 약점을 주제로 한 것이었기 때문에 영화화란 지나친 것으로 생각되어왔다.

---

1 찰스 프렌드(Charles Frend) 감독의 〈잔인한 바다〉(The Cruel Sea, 1953).
2 Nicholas Monsarrat(1910~1979) : 영국의 소설가.
3 corvette : 수송선 호송용 고속 경장의 소함선.

최초의 적

1939년 제2차 세계대전이 발생하였을 때 에릭슨은 상선(商船)의 선장으로부터 소집되어 수송용 호위선의 합장으로 임명되었다. 이 함정의 이름은 컴패스 로즈라고 불렀다.

에릭슨은 클라이드강(江)에 있는 조선소에 부임하여 배의 의장을 감독하고 있을 때 런던 또는 리버풀에서 연이어 새로운 부하들이 착임했다.[4] 즉 이들은 이 군함과 함께 장차 운명을 함께할 사람들이었다. 에릭슨을 제외하고서는 바다에서 생활한 경험을 가진 사람은 한 사람도 없고 전원이 대도시 또는 시민 생활에서 갑자기 소집되어온 사람들뿐이다. 그들의 부분은 킹 알프레드 해군학교에서 5주일간의 단기 훈련을 받았을 뿐이며 이제부터 바다의 사람이 되어 독일의 용맹한 급강하 폭격기와 잠수함을 상대로 싸우려고 하고 있는 것이다.

에릭슨이 처음 만났을 때부터 호감을 갖게 된 록하트는

"신문기자를 했습니다. 한 사에 전속된 것이 아니라 자유로운 입장에서 집필 기고를 했습니다."라고 말한다.

파라비는

"은행의 사무원 노릇을 했다."고 대답한다.

그 후 얼마 후 컴패스 로즈호는 동해안을 순항하면서 전투 훈련을 실시했다. 때로는 웃지 못할 실패도 있었다. 어느 날 해가 질 무렵에 레이더실 당직원으로부터 흥분된 소리로

"전방 6천 야드 확실히 적의 잠수함 같습니다. 레이더에 반향이 있습니

---

4 착임 : 부임할 곳에 도착함.

다."라는 보고가 있었다.

함장은 급히 레이더실에 뛰어들어 갔다. 확실히 잠수함이다. 대담하게 도 해안 가까이 잠입하여 수송선을 노리고 있는 것이다.

"공격 준비 전속력 전진!"

승무원들은 흥분하려 왔다갔다 한다. 에릭슨도 긴장하여 전성기(傳聲器)로 레이더실과 연락한다. 컴패스 로즈호는 좌우로 맹렬히 진동하면서 파도를 헤치고 있다.

"투하 준비!"

"투하!"

발사된 어뢰는 파도를 뚫고 전속력으로 목표물을 향하여 날리고 있다.

컴패스 로즈는 또 한 번 크게 선회하면서 해면을 돌진한다. 그때 무전실에서 계원이 큰소리를 내면서 함장에게 왔다. 에릭슨은 전문을 읽었다.

"폭격 중지 엔진 중지."

전문은 그들이 목표로 삼고 돌진하고 있는 상대의 잠수함으로부터 온 것이다.

"컴패스 로즈의 폭격의 실력은 충분히 배견5했으나 다행히 본함에는 아무 손해가 없었다. 귀함의 왕성한 공격 정신은 영국 군함에 대해서 하지 말고 독일 군함에 대해서 발휘해줄 것을 바란다."

에릭슨은 진땀이 흐르고 갑자기 창피해졌다. 연안 경비를 하고 있는 우군의 잠수함을 레이더가 포착하고6 그것을 공격한 것이다. 공격이 불성공

---

5 拜見 : 남의 물건 따위를 공경하는 마음으로 봄.
6 원본에는 '포촉하고'로 표기됨.

에 끝난 것은 다행이나 에릭슨을 비롯하여 전 승무원이 열중한 활동도 상대에게는 아무 충격[7]도 주지 못한 것을 생각하니 이것은 참으로 부끄러운 일이며 큰 실망이었다. 컴패스 로즈호는 이렇게 하여 최초의 훈련 항해를 끝마치고 기지에 돌아왔다.

불타는 바다

서부 지구 사령부 명령이 전달되었다.

"컴패스 로즈호는 2월 16일 수송선 호위 선단 AK[8]에 참가해라."

비로소 전투에 참가할 시기가 도래했다. 선단은 40여 척으로 되어 있고 대형의 유조선도 들어 있다. 그러나 그들의 선체가 크기 때문에 U보트(독일의 잠수함)에겐 좋은 적이 된다. 그래서 유조선을 될 수 있는 한 중앙부에 둘러싸고 그 주위에 보통 화물선을 배치하고 또 그 주위를 호위선이 항행했다. 하늘에는 얇게 구름이 덮이고 파도는 거세고 거기에 북부대서양 특유의 가스가 해면을 내려 덮었다. 겨울의 햇빛은 곧 어두워지고 시야는 갑자기 곤란해졌다.

"U보트가 이 근해에 출몰하고 있다. 엄중 경계하라!"

그러나 실제 독일은 많은 잠수함을 당시에는 아직 이 근해에는 배치하고 있지 않았다. 하나 용감한 적의 함정은 대서양 방면에 소수이나마 출몰하고 있다. 그 증거로서는 컴패스 로즈는 그 처녀 전투에서 요함(僚艦)[9]

---

7 원본에는 '통격'으로 표기됨.

8 AK : 수송선(Cargo Ship). 사람이나 물건 따위를 실어 나르는 배.

9 요함 : 같은 작전의 임무를 수행하는 다른 군함.

봐이파라스호[10]가 격침되는 것을 목격하였다.

밤 8시가 지났을 때 사령함에서 신호가 있었다.

"호위함 봐이파라스로 급행하여 승무원을 구조해라. 함체가 침몰을 면했을 때에는 밤이 새도록 봐이파라스호의 부근을 순행하면서 경계하라!"

컴패스 로즈가 급행하였을 때에는 이미 불덩어리가 된 봐이파라스가 침몰하고 있을 때였다.

"이럴 줄 알았으면 육군에 지망한 편이 좋았을 건데."

에릭슨은 이렇게 말하는 수병의 얘기를 듣고 미소를 띠었다.

그러나 이날 밤의 사건은 그 후의 전국의 상징이었다. 불란서가 항복하고 독일 해군이 기지를 부르간디 지방에 두자 U보트의 활약은 급격히 활발해졌다. 시체로 덮여진 바다.

그 후에도 컴패스 로즈호는 대형 유조선이 격침된 현장을 보았다. 거기에 이것은 백주에 일어났으며 컴패스 로즈로부터 500야드밖에 떨어져 있지 않은 유조선 현측(舷側)[11]에서 불이 터져 나왔다. 그리고 불과 2분도 되지 않아 선체는 끝에서 끝까지 불덩어리가 되고 폭발되는 기름 속에서 선원들은 바다에 뛰어내렸다. 그들이 컴패스 로즈를 향해 헤엄치는 속도와 가라앉아가는 유조선의 주위에 확대되어가는 지금은 불로 된 중유(重油)의 포위와의 싸움이었다.

컴패스 로즈도 중유의 불덩이가 무서워서 유조선에 접근할 수가 없었다. 그래서 군함에 가까이 온 인간도 때로는 돌보지 못하고 버리며 중유의 포위를 피해서 이동하여야만 되었다.

---

10 원본대로 표기함.

11 현측 : 배의 양쪽 가장자리 부분.

컴패스 로즈는 수중에서 끌어올린 최초의 한 사람이 갑판에서 그대로 숨을 끊을 때 유조선에 작별을 하였다.

20마일 30마일 떨어져 가도 그 불은 뵈었다. 해가 지고 얼마 후 어두운 밤이 되어도 아직 수평선 상에는 그 맹화가 보였다.

침묵의 바다

휴가가 왔다.

승무원은 고향을 향해 휴가를 얻은 상륙 지점에서 가까운 곳에는 가정에도 돌아갔다.

돌아가지 못하는 자는 거리의 술집이나 요리점에서 보냈다. 요리점도 전시하였으므로 부자유롭고 어딜 가든지 한 접시의 레이션[12]밖에 주지 않았다. 급사들은 해군 군인에겐 시민에게 대하는 것보다 친절하게 호의를 보냈다. 그러나 그렇다고 해서 더 많이 먹을 것을 얻을 수는 없었다.

폭격을 받은 비참한 거리를 거닐 때마다 마음이 아팠다.

록하트는 런던에 가서 우선 음악회에 가고 또 전전에 친교가 있던 잡지 편집자를 찾고 그리고 나서 토이기 목욕탕에 들어갔으나 어느 곳을 가든지 웬일인지 불만하며 마음에 들지 않았다. 그 이유는 그는 자기가 컴패스 로즈호와 불가불의 인간으로 되어 있는 때문이라고 생각했다.

전투와 바다와 함정에서 떨어진 도회 속에 있는 것이 이상스럽게 생각이 드는 것이다.

에릭슨은 휴가가 되니깐 갑자기 피로를 느꼈다. 이것은 나이 관계라고

---

12 (군인 등에게 나눠주는) 배급 식량

알면서도 그는 그것을 믿고 싶지 않았다. 아내인 그레이스도 오랜 그와의 생활에서 그의 마음을 잘 알고 있다. 그레이스는 가정의 안락의자에 앉아 있는 남편을 보고 있는 것으로서 만족하였다. 해군 군인의 대부분이 휴가를 얻고 가정에 돌아갔을 때의 즐거움과 흥분이 에릭슨에게서 뵈이지 않는다고 그가 아내를 사랑하지 않는 것이 아니라는 것을 그레이스는 잘 알고 있다.

짧은 휴가가 끝나자 컴패스 로즈는 또다시 임무에 종사했다. 그때 에릭슨을 비롯해 전 승무원은 공포와 전율의 수 시간을 맛보았다. 그것은 선단을 호위하고 항해하는 도중에 갑자기 엔진이 고장이 되어 적 잠수함이 있는 수역에 정지되었기 때문이다.

"귀함을 남겨두고 전 선단은 목적지에 항해를 계속한다. 다행을 바란다."

전쟁이라는 것의 엄격함이 몸에 스며드는 지령이다. 컴패스 로즈는 야밤중에 해상에 혼자 남았다.

기관장은 수리에 6시간이 걸린다고 한다. 에릭슨은 전 기관을 정지할 것과 소등을 명하고 더욱 승무원에게 소리를 내지 못하도록 명령했다. 그는 함교[13]에 서서 아무것도 보이지 않는 바다를 내다보았다. 담배도 금지이다. 아주 작은 불빛이라도 이 어두움 속에서는 공격의 목표가 된다.

"수리가 끝났습니다."

함교에 웨츠 중위가 와서 보고했다. 군함이 자유롭게 움직인다는 것이 얼마 즐겁고 또 안도감을 주는 것이라는 것을 그는 알게 되었다.

---

13 艦橋 : 군함의 상갑판 중앙부에 높게 만든 지휘 통제 시설.

"기관 준비! 전진!"

함 전체가 생색을 다시 찾고 전속력으로 선단의 뒤를 따랐다.

격노한 바다

4척의 수송선을 컴패스 로즈가 단독으로 호위하고 지금 서남을 향해 아이스 랜드의 연안을 항행하고 있을 때 갑자기 함체에 큰 충격을 받았다. 오후 4시경이다. 마스트에 가까운 곳에 대폭음과 함께 갑판이 파열되고 동시에 해수가 침입했다.

에릭슨은 보트와 뗏목을 내리라고 명령했다. 수병실엔 벌써 사람의 키만큼 침수했고 보트를 내리는 것도 용이하지 않으며 함체의 형세는 점점 심해졌다.

"뗏목을 내리는 것이 편한 걸."

"바닷물은 차겠지."

이렇게 누가 말했다.

컴패스 로즈는 외격을 맞고 7분 후에 완전히 격침되고 말았다.

뗏목에는 50여 명의 생존자가 전부 탈 수는 없었다. 어떤 자는 뗏목 맨 끝을 잡고 있고 천천히 헤엄치는 자도 있었다. 그러나 그것도 잠시뿐이며 헤엄을 치다가 중유를 먹고 질식할 것 같으면 갑자기 뗏목에 달려들었다.

한쪽 뗏목에는 에릭슨이 있었고 다른 뗏목에는 록하트가 앉았다. 두 사람은 주위의 전우들을 힘 돋기 위하여 노래도 합창시키고 마음에도 없는 우스운 이야기를 하기도 했다. 승무원 속에는 죽은 사람도 많았다. 에반스 기관병은 평소부터 아내 외에 두 여자와 가까이하고 있었는데 그러나 이러한 위급한 시에 초인적인 체력과 저항이 필요한 때에 그의 평소의 난행(亂行)은 젊은 그의 육체의 힘을 좀먹고 있었다. 거기에 또 하나는 그는 필히 살아가겠다는 기력이 결핍되었다. 뗏목을 잡고 있던 손이 무슨 일로 떨어지자 그는 그냥 그대로 바닷물 속에 슬슬 빠지고 말았다. 모렐은 단혼자 구명구를 걸치고 헤엄쳤다. 뗏목까지 올 기력이 없었다. 모렐은 막연히 하늘과 물을 바라다보면서 그러는 동안에 죽었다.

뗏목 위에서도 체온을 유지하는 데 애를 썼다.

"저쪽 뗏목에는 몇 사람이 탔어?"

"바람이 불기 시작하는데."

"우리들을 이렇게 한 놈을 그냥 두지 않을 걸!"

"구원을 받을 수 있을까?"

"졸면 죽는다. 일어나 앉아 눈을 꼭 뜨거라!"

"윌슨이 죽었습니다. 차디찹니다."

"불쌍하지만 할 수 없으니 바다에 내던지게!"

다음날 새벽 요함이 급행해 와서 뗏목 위의 생존자는 함상[14]에 구조되었다.

에릭슨은 런던의 해군성에 출두하여 보고를 끝내자 전원에게 다음 명령이 내릴 때까지 휴가를 주었다.

에릭슨은 해군성으로부터의 명령으로 또다시 크라이드[15]의 조선소로 갔다.

---

14 艦上 : 군함의 위.

15 Clyde.

이번 그가 탈 배는 컴패스 로즈보다는 대형이 솔타시 캐슬[16]이란 명칭의 호위함이었다.

"생각했던 것보다 큰 배구만."

에릭슨은 혼자 말을 했다. 승무원도 컴패스 로즈의 배나 된다.

중령으로 승진한 에릭슨은 컴패스 로즈와 두 개의 뗏목의 주위에 매달려 있던 그 날 밤의 승무원의 기억에 고민하였다.

에릭슨은 호송함대의 사령관에 임명되었다. 항해에 나가는 아침 그는 휘하에 7척의 호송함의 함장을 자기 방에 소집하고 회의를 열었다. (끝)

(『향학(向學)』 4호, 1956년 4월 1일)

---

16 Saltash Castle.

이태리 영화와 여배우

이 원고는 고 박인환 씨가 작고 직전 본사의 청탁에 의해서 집필한 것이다. 지금은 유고가 된 글을 여기에 실으면서 다시금 그의 명복을 빈다. (편집부)

최근의 이태리 영화의 성공은 절반은 여배우들의 힘이고, 그들은 하룻밤에 세계적인 스타가 되었다. 이태리 영화가 성공한 이유의 다른 절반은 아름다운 여성을 발견하고 카메라[1] 앞에서 그들의 동작을 하나하나씩 지도하고 그리고 여러 번에 걸쳐서 다른 더 매력이 있는 여성의 목소리를 애프터 레코딩(후에 녹음한다는 뜻)하는 영화감독의 수완이다.

그러한 감독의 한 사람인 에마누엘 카스트 씨는 다음과 같이 말하고 있다.

"우리들은 아름다운 꽃이라면 보자마자 꺾어둡니다. 오피스에서도, 상

---

1 원문에는 '아메리'로 표기됨.

점에서도, 공장에서도, 농원으로부터라도 또는 길거리에서라도 꺾습니다."

이러한 정도로 이태리 영화에서는 여배우가 소중하여 세계 영화 수출에 있어 영국, 불란서를 능가하고 아메리카의 다음가는 제2위에 약진했다.

숫자상으로 말하면 이태리에서는 1948년에는 극영화 54편을 만들었는데 1953년에는 극영화 145편, 기록영화 400편, 뉴스 영화 370편으로 약진하고, 1,700편 이상의 프린트를 85개국에 수출했는데 그중의 3분지 1은 색채 영화이다.

숫자는 이 정도로 하고 이태리 영화를 성공시킨 일반의 이유 즉 아름다운 여배우는 어떻게 탄생되는지를 살펴보자.

이태리는 미인 콘테스트의 나라이다. 젊은 여성의 대부분이 미스 이태리가 아니면 적어도 미스 로마가 되고 싶다고 꿈꾸고 있다.

미인 콘테스트라는 것은 세계 일반으로 특히 영화감독들에게 여성의 재색(才色)의 전부를 나타내는 찬스를 준다. 1946년의 미스 로마는 참으로 아름답고 신체가 튼튼하였다. 이것이 그 후 유명하게 된 실바나 망가노이다.

그를 비롯해서 지나 롤로브리지다, 실바나 팜파니니, 소피아 로렌, 루시아 보세, 지안나 마리아 카날레, 폴비아 프란코 등도 미스 이태리가 아니면 미스 로마의 영관(榮冠)을 받은 후 스타로 된 사람들이다. 오늘의 이태리 여배우들 중에서 미인 콘테스트의 우승자가 아닌 사람은 겨우 엘레오노라 로시 드라고, 로산나 포데스타, 레아 파도바니의 세 사람밖에 없다.

지금 참고삼아 바스트, 웨스트, 히프 등으로써 이태리 여배우를 미로의

비너스와 비교하여 보면 다음과 같이 된다. (단위─인치)

	비너스	망가노	팜파니니
바스트	37	36	37
웨스트	26	25	24
히프	38	35	36
신장(피트)	5.4	5.6	5.8

미인 콘테스트는 별도로[2] 하더라도 이들 스타들은 어떻게 해서 최고의 지위를 얻게 되었을까.

실바나 망가노

25세, 자색 눈, 밤색 머리. 시칠리아의 철도 공안관을 아버지로, 어머니는 영국인이다.

1946년 미스 로마의 영관을 획득한 후 영화계에 들어가 잠시 동안 바이 플레이어(단역)을 하고 있다가 〈쓰디쓴 쌀〉에서 일약 스타로 되었다. 그의 특징은 곡선미, 그의 넘치는 것과 같은 육체감은 할리우드를 놀라게 했다. 그 후 〈율리시스〉에 출연.

---

2 원본에는 '별로'로 표기됨.

실바나 팜파니니

녹색의 눈, 검은 머리, 미인 콘테스트에서 우승하자마자 곧 영화계에 들어갔다. 그가 어떻게 영화계에서 성공했는지는 비너스와의 비교표를 보면 명확하다.

지나 롤로브리지다

구라파 제일의 미녀라고 하는 그는 길거리를 걸어가다가 감독의 눈에 발견되어 어떤 영화에 단역을 얻고 배우로서의 스타트를 시작했다. 그러나 그가 오늘에 이르른 것은 1947년 미스 로마가 된 이후의 일이다. 당년 27세 유고슬라비아 인의 의사와 결혼하고 있다.

이태리 영화를 성공시킨 다른 절반의 이유, 훌륭한 감독을 이해하기 위해서는 전쟁 말기까지 소급[3]하지 않으면 안 된다. 당시 큰 스튜디오는 파괴되어 있지 않으면 군에 등용되어 쓸 수 있는 영화 시설은 시대에서 뒤떨어진 낡아 빠진 것밖에 없었다. 세트를 만들려고 해도 손쉽게 돈이 없다. 그래서 감독들은 그들의 영화의 대부분을 야외에서 촬영하고 자연의 세트를 쓰고 통행인을 엑스트라로 했다.

이 때문에 제작비는 참으로 쌌고 또 그들은 거액의 샐러리를 요구하는 유명한 여배우를 쓰지 않고 무명의 아름다운 여성을 사용했다.

그런데 그들에게 연기가 없으면 어떻게 하느냐, 그래서 숙련한 감독의

---

3 원본에는 '삭급'으로 표기됨.

훌륭한 수완과 훈련에 의해서 연기를 극복해 나갈 수가 있었다.

진실을 그리는 영화를 억압하고 있었던 파시스트의 검열에서 해방된 감독들은 사회의 부정과 이태리가 제2차 세계대전에서 한 역할을 나타내려고 노력했다.

그래서 나타난 것이 〈무방비 도시〉 〈구두닦이〉 〈자전거 도둑〉 같은 훌륭한 것이며, 그들의 작품은 신선하고, 그 자연스러운 리얼리즘은 돈을 많이 들인 온실에서 자란 할리우드의 작품과는 대조적인 것이었다.

아메리카에서는 간혹 작품의 내용보다도 그 작품을 만드는 데 얼마만 한 비용이 들었다는 것이 선전상에서는 중요시되고 있다.

오늘날 이태리 영화는 날로 약진하고 있다. 불과 10년 동안에 그들의 영화는 세계 제2위의 자리를 잡고 우리나라에서도 몇 사람의 이태리 영화감독과 망가노, 팜파니니, 지나 롤로브리지다의 이름을 모르는 사람이 없다.

지중해에 임하고 남부에 자리 잡은 기후 청명, 풍물 가경인 이태리에는 많은 미인들이 속출되고 이들은 이태리 영화를 장식한다.

물론 작년의 눈[雪]이 금년의 눈으로 될 수는 없으나, 각지에서의 미인 콘테스트가 계속되고 훌륭한 감독이 그 역량을 발휘하는 동안 이태리 영화는 약진할 것이다.

(『여원』 2권 6호, 1956년 6월 1일)

J. L. 맨키위츠[1]의 예술[2]

— 〈맨발의 백작 부인〉을 주제로

　스페인 마드리드의 술집의 댄서였던 마리아(에바 가드너)는 영화 제작을 하겠다는 커크(워렌 스티븐스)의 교만한 태도에 분개하여 일축하였으나 과거에 저명했던 감독 해리의 솔직한 인간성에 끌려 〈어두운 새벽〉이라는 영화에 출연한다. 그 후 부친이 어머니를 살해한 사건에 증언대로 나서 어머니의 비행(非行)을 말하고 부친의 정당방위를 항변했기 때문에 이것이 도리어 선전이 되어 스타로서 이름을 떨치게 된다.

　커크의 편집적이며 이기적인 사랑에 싫증을 느낀 그는 파티 석상(席上)에서 커크를 욕지거리한 남미의 3대 부호인 브라바노(마리우스 고링)와 유람 여행을 떠난다. 브라바노의 현금을 집어 가지고 집시에게 던져준 것이 문제가 되어 마리아는 죽은 동물과 같은 여자라는 욕설을 받았다.

　이때 나타난 이태리의 백작(로사노 브라지)의 구애를 계기로 그와 결혼하

1　조셉 리오 맨키위츠(Joseph Leo Mankiewicz).

2　필자가 '고 박인환'으로 표기됨.

고 만다. 그러나 이상의 남편으로 믿었던 그는 2차 대전의 부상으로 성적 행위가 불능하였기 때문에 마리아는 그 육욕의 관능을 만족시키기 위하여 다른 남자(백작가의 하인)와 관계를 맺었다. 헌데 어느 날 그 밀회의 현장을 목격한 백작은 증오의 격분으로 마리아와 남자를 사살했다.

우리나라에서는 〈줄리어스 시저〉로 알려졌고 또한 〈이브의 모든 것〉(미공개)으로 뉴욕 브로드웨이의 극단의 생활을 풍자한 다채로운 표현력을 가진 맨키비츠가 1954년 그 독립 제1회 작품으로 스스로 시나리오도 써서 자유롭게 만든 것이 이 작품이다. 자기의 자유의사대로 제작하게 된 그는 그 풍자의 화살을 할리우드에 향한 것은 당연한 일이며 이 작품의 무대가 직접 할리우드는 아니지만 영화 제작계를 비롯하여 현 사회의 이면을 통렬하게 비판하고 있는 것은 지금까지의 할리우드의 자본가의 손에서만 움직이고 있는 다른 작가들에 비할 때 참으로 이채로운 반역자이며 레지스탕스라고 하겠다.

마리아는 가난한 댄서로부터 일약 대스타가 되는, 말하자면 동화에 나오는 신데렐라인데…… 물론 이것은 현실에서 유리되어 있고 너무나도 달콤한 성질이긴 하나…… 이 신데렐라는 구두보다도 맨발을 좋아한다.

즉 빈곤하게 전쟁(스페인 내란)의 혼란 속에서 자라난 그는 진흙에 덮였던 맨발의 안심감을 잊을 수 없었고 또한 진흙 속에서 맛본 남자의 냄새를 잊을 수 없었다.

이러한 과거와 마음의 노스텔지어가 비극으로 된다.

스토리는 일곱 개의 나라타주(회상) 형상으로 전개되는데 맨키위츠의 연출은 그 하나 하나를 이채롭게 구상하였으며 〈밀회〉의 작가 데이비드 린과는 다른 다이나믹한 극적인 분위기의 표현에 잘 성공하고 있다.

여기서 조금 생각되는 것은 영화는 문학작품과 달라서 사상적 내용이 주체가 되지 않고 시각적인 호소가 훨씬 앞서야 되는데 너무도 나라타주 형식에 소설적인 해설을 했기 때문에 영화로서는 도리어 설명이 부족한 데가 눈에 띄는 것이다.

하나 어디까지나 맨키위츠만의 재기에 넘치는 현대 감각의 극치이며 영화적인 모든 기법을 훌륭히 구사하고도 남음이 있는 것이다.

다시 한번 트집을 잡자면 인간의 논리적인 입장이라고 할까. 남자로서의 도의적 면으로 볼 때 남녀 생활의 토대가 될 성생활이 임포텐츠[3]된 백작이 여자를 사랑할 권리를 가졌다는 것은 좀 고려되어야 할 문제이다. 백작은 "운명을 거역할 수는 없다"고 항시 말하면서도 그것을 자기에만 그치지 않고 여자에게까지 비극을 초래시키게 하였다는 것은 이율배반적인 것이다.

아마도 맨키위츠는 시나리오를 구성할 때부터 출연자의 개성과 이 작품의 등장 인물의 성격을 합치시키고 제작한 모양이다. 에바 가드너는 실생활에 있어 적어도 어렸을 때 빈농의 딸로 태어났을 때부터 '맨발'이었고 스타가 된 이후에도 가정에서는 '맨발'이라는 것이 외신으로 알려져 있다. 그 때문인지 마리아로 분(扮)한 그의 매력과 맛은 영화를 떼놓고는 다른 데서 찾지 못할 것이며 별로 움직임이 없는 연기이긴 하지만 험프리 보가트도 오래 인상에 남을 수 있는 심리 표현을 하고 있다. 에드먼드 오브라이언의 선전가는 이 작품으로 1954년도의 아카데미 조연상을 받았으며 다른 출연자도 훌륭히 자기의 역을 해나간 것도 맨키위츠의 탁월한 연기 지도의 힘이라고 하겠다.

끝으로 맨키위츠에 관한 약력을 소개하기로 한다.

---

3 Impotenz : 발기 불능.

그는 1909년 2월 11일 펜실베니아 주 윌키스 바레에 태어났다. 컬럼비아대학을 졸업하고 시카고 『트리뷴』지의 백림(伯林) 특파원을 거쳐 29년 표기뜀트사에 입사하여 시나리오 라이터가 되었다. 32년에는 M · G · M사에 입사 〈남자의 세계〉(34)에 의해 아카데미 각본상을 받고 35~43년까지 프로듀서로 겸하여 〈세 사람의 친우〉(38), 〈필라델피아 스토리〉(41), 〈여성 NO 1〉(42) 등을 제작했다. 46년 처음으로 감독이 되어 〈저주받는 성(城)〉을 발표 그 후 〈보스턴 이야기〉(47), 〈유령과 미망인〉(47), 〈세 사람의 아내에게 보내는 편지〉(49), 〈타인의 집〉(49년), 〈이브의 모든 것〉(50)을 감독. 〈세 사람의 아내에게 보내는 편지〉로서는 49년도 아카데미 감독 각본상, 〈이브의 모든 것〉으로서는 50년도 아카데미 감독상을 받았다. 그 후의 작품으로서는 〈나갈 문이 없다〉(50), 〈다섯 개의 손가락〉(52), 〈줄리어스 시저〉(53)가 있으며, 근작으로는 〈가이스 앤드 돌스〉가 있는데 이것은 M.G.M.의 55~56년의 대작이며 마론 부란도와 진 시몬즈가 출연하는 뮤지컬 영화이다. 그는 〈맨발의 백작 부인〉에서도 볼 수 있는 바와 같이 훌륭한 작극술(作劇術)과 교묘한 회화(會話)로서 아메리카의 시민 생활을 경쾌한 터치로 리얼하게 비판하고 표현하고 있다. 40년대에 진출한 감독으로서 명실공히 할리우드의 제일선에 있으며 현재 아메리카 영화감독협회 회장의 자리에 있다. (영화평론가 · 시인)

(『예술세계』 2호, 1956년 6월 1일)

회상의 명화[1]

― 〈백설 공주〉 〈정부(情婦) 마농〉

토키 시대

〈백설 공주〉(1937년 월트 디즈니의 작품)

아주 옛날에 눈과 같이 흰 피부와 장미와 같은 붉은 입술과 흑단(黑檀)과 같은 까만 머리를 가진 공주가 있었습니다. 그는 참으로 아름다웠으며 백설 공주라고 불리었습니다. 그의 아름다움을 시기한 계모인 여왕은 그에게 다 떨어진 옷을 입히고 궁전의 소제를 시켰는데, 어느 날 그 앞을 지나가던 왕자님은 아름다운 공주를 보고 사랑을 느꼈습니다.

허영심이 강한 여왕은 매일처럼 마법의 거울을 보며 "이 세상에서 가장 아름다운 사람은 누구지?" 하고 묻고 "그것은 당신이오"라고 대답하는 것을 제일 낙으로 삼아 왔는데, 어느 날 거울은 "백설 공주만이 세상에서

---

1 필자가 '고 박인환'으로 표기됨.

가장 아름다운 사람이오"라고 대답했기 때문에 몹시 화를 낸 여왕은 부하들에게 백설 공주를 죽이도록 명령했습니다. 그러나 부하들은 아름다운 공주를 차마 죽일 수 없어서 공주를 깊은 숲으로 도망치도록 하였습니다.

어둠침침한 숲속에서 하룻밤을 새운 공주는 다음 날 아침 친절한 동물들의 안내로 작은 집에 도착했습니다. 그곳은 일곱 명의 난쟁이들이 살고 있는 집이었습니다.

잠시 후 그날의 일을 끝마치고 돌아온 난쟁이들은 공주의 지난날의 서러운 이야기를 듣고 몹시 동정하여 공주를 끝까지 감추어주기로 했습니다.

공주가 숲속에서 난쟁이들과 함께 즐거운 날을 보내며 살고 있던 어느 날 궁전에 사는 여왕은 마법의 거울로부터 "난쟁이들의 집에서 살고 있는 백설 공주만이 세상에서 가장 아름다운 분입니다"라고 또다시 들었습니다.

더욱 화를 낸 여왕은 흉계를 꾸며 지하실에서 능금에 독을 쳐가지고 보기도 흉한 노파의 모습으로 변장하여 숲속으로 들어갔습니다.

난쟁이들이 일을 하러 나간 후 집에 혼자 있던 공주는 독이 든 줄도 모르고 능금으로 파이를 만들어 한 입 먹자마자 그 자리에서 쓰러져 죽고 말았습니다. 이것을 보고 껄껄거리며 웃던 여왕은 신이 나서 궁전을 향하여 돌아갔습니다.

한편 참새들로부터 위급한 소식을 들은 난쟁이들은 두 손에 방망이를 들고 여왕의 뒤를 추격했습니다. 참새는 여왕이 도망친 방향을 가리켰습니다. 높은 산의 절정에서 더 도망칠 길이 없어 여왕은 떨어져 죽었습니다. 악의 보답은 곧 끝났습니다.

하지만 백설 공주는 죽고 말았습니다. 집에 돌아온 난쟁이들은 눈물을 흘리며 매장하려고 했으나 너무도 그의 죽은 얼굴이 아름다워 땅에 묻을 수 없어서 황금으로 만든 관 속에 입관시키고 꽃으로 장식했었습니다.

어느 날…… 왕자님이 지나가다 사랑했던 공주가 죽었다는 것을 알고 너무도 슬퍼 불연지중 공주에게 키스를 했습니다. 바로 그때입니다. 공주는 깊은 잠에서 깨어나듯이 홀연히 일어나 왕자님의 품 안에 안기었습니다. 독이 든 능금은 가장 사랑하는 사람의 키스로서만 풀릴 수 있습니다. 난쟁이들에게 작별을 한 두 사람은 왕자님의 궁전에 돌아가 오래도록 행복하게 살았습니다.

미키 마우스, 도널드 덕을 창조해낸 월트 디즈니는 1937년 주위의 반대를 무릅쓰고 이 〈백설 공주〉를 제작하여 만화영화의 장편화라는 위업을 성취했다. 유명한 '그림'의 동화는 그에 의하여 훌륭히 시각화되고, 모든 사람이 함께 즐길 수 있는 아름다운 한 편이 되었다. 실리 심포니스[2] 이후의 음악과 동작의 일치, 일곱 명의 난쟁이와 동물들의 묘사 방법 등은 참으로 보는 사람으로 하여금 놀라지 않을 수 없게 한다.

그는 그 후에 〈밤비〉 〈신데렐라 공주〉 등의 만화와 〈판타지아〉와 같은 음악 영화, 〈남부의 노래〉와 같이 배우와 만화를 혼합시킨 영화를 속속 발표하여 아메리카뿐만 아니라 세계 영화계에서 독자적인 지위를 차지하고 있다. 최근에 우리나라에 소개된(해방 후 처음으로) 〈사막은 살아 있다〉는 순전히 동물만을 취급한 장편 기록영화이다.

---

2 Silly Symphonies : 월트 디즈니사(社)에서 제작된 단편 애니메이션 영화 작품 시리즈.

제작…… 월트 디즈니
각색…… 시어즈[3]
음악…… 프랭크 처칠
미술…… 찰스 필리피

전후 작품

〈정부(情婦) 마농〉(1949년 불(佛) 아르시나사(社) 작품)

마르세유의 항구. 구라파의 전화[4]를 피해 조상의 성지 이스라엘로 향하
는 유태인을 실은 화물선에서 두 사람의 젊은 밀항자가 발견되었다. 선장
앞에 끌려 나온 로베르 데 그리외(미셸 오클레르)와 마농 레스코(세실 오브리)
의 두 사람은 그들의 심문에 대답하면서 말했다. ―1944년 노르망디 전
선에서 마기(반나치 부대)에 가입해 있던 로베르는 독일 병에게 정조를 팔
았다는 이유로 촌민들로부터 사형(私刑)을 받을 뻔한 마농을 구원해주었
다. 첫눈에 그 야생적인 매력에 빠져버린 그는 역시 그를 사랑하게 되었
던 마농과 함께 지프차를 훔쳐 가지고 탈주했다(이 신은 감독 클루조의 예민한
감각이 유감없이 발휘되어 있으며, 시가전이나 폭격의 묘사에 더욱 참혹한 사형의 표현
에 놀랄 만한 박력을 보여 주고 있다).

파리에는 마농의 오빠 레옹(세르주 레자니)이 있었다. (해방 직후의 혼란한 파
리의 생활이 클루조의 능란한 짧은 숏으로서 생략적으로 소개된다.)

로베르를 사랑하면서도 화려한 생활에 동경한 마농은 여러 번 그를 반

---

3 테드 시어즈(Ted Sears).
4 戰禍 : 전쟁으로 말미암아 입은 재화.

역했다. 그리고 로베르는 이러한 마농의 행실에 깊은 마음의 상처를 입어 가면서도 암만해도 그에게서 떠날 수가 없었다.

오빠 레옹은 마농을 아메리카에서 온 갑부에게 다시 보내려고 계획하고 방해자인 로베르를 교묘한 방법으로 끌어내 와 그를 영화관 사무실에 잡아 가둔다. 그러나 먼저 사정을 눈치 차린 로베르는 틈을 보아 레옹을 전화선으로 교살시키고 도망쳐 나온다. (이 장면의 영화 신은 훌륭한 분위기를 나타내고 있다.)

로베르로부터 도망쳤다는 전화를 받은 마농은 그를 버릴 수가 없어서 바로 뒤를 따라 혼잡한 정거장의 밤 기차 속으로 뛰어들어가 로베르의 품에 안긴다. —

이야기를 다 들은 선장은 그들을 유태인들 속에 숨겨준다. 해변가에 상륙한 그들은 트럭의 고장 때문에 걷지 않으면 안 된다. 아름다운 오아시스에서 한시름을 잊었으나, 전도에 사막과 암산(岩山)이 가로막혀 있다. 하도 피곤하여 찬미가의 합창도 끊어지려고 한다. 그때 돌연 기묘한 소리와 총성이 일어났다. 숙명적인 적인 아라비아 병의 습격이다. 짐을 버리고 그들은 도망친다. 기관총을 연사(連射)하면서 낙타를 몰고 달려드는 아라비아 병…… 완전 전멸의 운명이다.

기병대가 개가를 올리며 떠나간 후 유탄에 부상을 입은 마농은 로베르의 품속에서 숨을 끊었다. 절망 속에 혼자 남은 로베르는 마농의 시체를 생전 그가 사랑했던 오아시스까지 옮겨 주려고 쳐들어 올린다.

빛으로 줄을 만든 사구(砂丘) 그 절정에서 시체를 끌어내리고 두 발을 잡고 거꾸로 끌고 나간다. 그 동요에 또다시 뜬 흰 눈동자의 무서움……. 피로와 환상에 기진맥진한 로베르는 하는 수 없이 시체를 버리고 쓰러지고 만다. 최후로 있는 힘을 다하여 마농을 모래 속에 묻고 이별의 입을 맞추자 **뺨**은 댄 채로 움직여지지 않았다. (격정적인 작품에 알맞은 처절과 미(美)의 라스트 신이다.)

아베 프레보의 유명한 소설 『마농 레스코』가 이 작품으로서 훌륭히 현대화되어 있다. 그러나 이처럼 보는 사람에 따라 좋고 나쁘다는 차이가 많은 작품도 보기 드물다. 그것은 감독 앙리 조르주 클루조의 작가로서의 성격에 의한 것이라고 생각된다. 클루조는 이 영화를 만들기 전에는 〈밀고〉〈범죄 하안〉의 명작을 발표했고 최근에는 〈공포의 보수〉〈악마와 같은 여자〉를 제작했는데 이들 작품은 모두가 전후 불란서 영화에 있어 대표작으로 되어 있다. 절박한 상태에 놓여 있는 인간의 심리 묘사, 박력적인 숏, 분위기의 조성 등 그는 영화가 갖고 있는 모든 기능을 충실히 구사하고 있는 불란서 전후파 감독의 제일인자이다.

각색······ 클루조, 장 페리[5]
감독······ H. G. 클루조
촬영······ 아르망 티라르
음악······ 폴 미스라키

---

5 앙리 조르주 클루조(Henri Georges Clouzot), 장 페리(Jean Ferry).

〈신영화〉[6]

〈자유부인〉 – 연재소설 『자유부인』의 영화화(각색 김성민, 감독 한형모)

지난해 『서울 신문』에 연재되어 물의를 일으켰던 장편소설 『자유부인』
의 영화화 –.

대학교수의 아내를 이렇게까지 모욕해도 좋으냐? 하는 문제를 갖고 서
울대학교의 황산덕(黃山德) 교수를 비롯한 여러 방면의 항의가 있었음을
비롯하여 문인들 사이에서도 이 소설이 취급했던 도덕 문제를 위요하고
여러 가지 시비가 벌어졌던 만큼 작가 정비석(鄭飛石) 씨의 이 연재소설은
아직도 우리들의 기억에서 사라지지 않고 있거니와 영화인들 사이에서는
벌써부터 이 소설의 영화화를 계획해 오던 중 김성민 씨 각색, 한형모 씨
감독으로 드디어 완성을 보게 되었다.

지금까지 우리 국산 영화는 많은 경우에 시대물로 고정되어 온 느낌을
주는 차제에 있어서 삼성영화사(三星映畵社)의 이번 계획은 적지 않은 흥
미를 끌고 있는 듯하다.

한 감독은 이미 〈성벽을 뚫고〉 〈운명의 손〉 등의 작품에서 현대 사회의
암흑 면을 충실하게 묘사해내는 데 성공을 보인 분이고 촬영을 맡은 이성
휘(李星輝) 씨는 이것이 첫 작품이니만큼 있는 힘을 다 기울였다고 한다.

과연 이 영화가 원작 – (『자유부인』)이 자아내었던 광범위한 인기를 다시

---

6 〈자유부인〉은 1956년 6월 9일, 〈유전의 애수〉는 1956년 7월 25일 개봉되었다. 박인환 시
인이 타계(1956년 3월 20일)한 뒤이다. 따라서 이 글은 박인환이 쓰지 않은 것으로 볼 수
있지만, 글의 내용이 영화가 상영된 것을 보고 쓴 것이 아니라 제작이 완성된 것을 소개한
것으로 박인환의 글로 볼 수 있다. 영화 제작이 완성되면 상영 전에 많은 홍보를 하기 때
문에 영화평론가인 박인환에게 영화 정보가 제공되었을 가능성이 충분히 있는 것이다.

금 자아내어서 또다시 세간의 화젯거리가 될는지 그것은 영화를 보는 많은 관객이 스스로 결정지을 일이지만 나오는 사람들을 살펴보면 소설의 인물을 비교적 잘 살릴 수 있는 역량과 지성을 가진 남녀 배우들이라고 하겠다.

[스태프]

오선영… 김정림, 한태석… 김동원, 장태연… 박암, 백광진… 주선태,
신춘호…이민, 형사…정영, 상인…최남현, 경수…방수만,
최윤주…노경희, 박은미…양미희, 이월선…고향미, 오명옥…안나영,
자유부인 A… 윤금자, 미스 김… 신미미, 미스 윤… 배선희
특별출연… 백설희, 나복희, 박주근과 그의 악단.

〈유전(流轉)의 애수〉 - 갈등과 비련에 우는 청춘의 애수(한성영화사 제작)

여기 두 여성이 있다. 하나는 사랑하기 때문에 사랑하는 이를 죽이지 않으면 안 되었던 여인 경숙(백성희)이가 있고 사랑하기 때문에 헤어지지 않으면 안 될 운명의 선희(문정숙)가 있다.

여기 두 남성이 있다. 주검의 심연에서 헤어나 새로운 생활을 찾는 선희의 순정에 아름다운 꽃을 피우려는 용수(최무룡)가 있고 옛사랑을 그리다 죽는 인구(최남현)가 있다.

이러한 복잡한 갈등과 혼란 속에서 향수와 순정과 악과 비련에 우는 인간상을 그린 이 영화는 종래의 우리 영화에서 보기 드문 리얼리즘(사실주의)을 보이고 있다.

시나리오는 조남사 씨가 담당하였고 제작에는 유성재, 기획에 윤석영 씨며 감독에는 유현목, 촬영에는 김명제 제 씨인 바 나오는 배우들은 최

근의 영화계에서 눈부신 활약을 하는 아래의 제씨들이다.

〈주검의 상자〉〈젊은 그들〉의 최무룡

〈악야(惡夜)〉〈젊은 그들〉의 문정숙, 〈젊은 그들〉〈단종애사〉의 최남현, 〈왕자
호동〉〈출격명령〉의 백성희, 〈젊은 그들〉의 강계식

〈자유전선〉〈교차로〉의 노재신, 〈단종애사〉〈자유부인〉의 주선태, 〈푸른 언덕〉
의 장민호, 〈파시〉〈왕자 호동〉의 황정순, 〈교차로〉의 강명, 〈양산도〉〈자유부인〉
의 박암, 〈젊은 그들〉의 나옥주, 〈구원의 정화〉의 이용, 그리고 이성일, 장×호,
조해원 등의 색채로운 배역이다.

(『아리랑』 2권 7호, 1956년 7월 1일)

절박한 인간의 매력

영화에 나오는 주인공이나 바이 플레이어(by-player) 중에서도 내가 좋아하는 성격은 건실한 또는 애정 문제에 얽힌 사람보다는 역시 인간의 정기적인 형태에서 벗어나 다소 부정의 길을 걷고 있는 것이 마음에 든다. 물론 이러한 상태에 있어서 영화 속의 인물들은 자신이 저지른 과거와 현재에 대하여 무척 고민도 하고, 그것을 숨기려고 애도 쓰니깐 관객인 우리들은 이들을 동정할 경우도 많은데, 그것을 동정이나 찬성의 입장을 떠나서라도 나는 지극히 좋아하는 것이다.

지금은 죽고 스크린에서 사라진 존 가필드의 영화 〈사랑의 공포〉를 볼 때 나는 한없이[1] 그에게 매력을 느낀다. 영화는 별로 우수한 것은 아니었으나, 경찰관을 실수로 죽이고, 마침 숨은 집이 범죄 후 풀(pool)에서 만난 여자의 집이다. 그 집에서 지낸 2일간 그는 어떻게 하든지 도망치려고 애

---

1 원본에는 '한ㅁ이'로 표기됨.

를 쓰는데, 여기에 어떤 절망 속에서도 희미한 생에 대한 '희망'을 그려보는 인간의 발악적인 마지막 고뇌가 나의 가슴을 찌른다.

〈제3의 사나이(The Third Man)〉에서도 '해리 라임(Harry Lime)'으로 나오는 '오슨 웰스(Orson Welles)'도 잊을 수 없는 주인공의 하나다. 모순과 무질서, 그리고 강하고 남을 속이는 자만이 잘 살 수 있는 현대를 축소한 듯한 것도 비엔나(Vienna)에서 라임은 돈을 벌기 위해서는 페니실린을 위조하여 그것을 사용한 여러 부녀자가 생명을 위태롭게 한들 무슨 상관이 있겠느냐고[2] 자신의 행동을 긍정하면서도 옛날 친구에 대한 우정에는 변함이 없다. 대차륜(大車輪)에서 친구와 만나기 위해 위험함도[3] 겁내지 않고, 웃음을 띠고 태연히 걸어오는 라임의 모습이나 어두운 언덕에서 담배를 피워 물고 레스토랑을 내려다보는 라임은 오랫동안 내 마음에 그 인상적인 표정을 투영해주는 것이다.

마지막 그가 두 손을 '맨홀'에서 내밀고 아래서 총을 겨누고 있는 조셉 코튼을 바라볼 때의 냉정한 체념에 가까운 얼굴은 모든 불길했던 인생의 최후적인 순간의 모습을 그가 혼자서 상징해주는 것이 아닐까.

〈황금의 관(冠)〉에서의 루카(클라우드 도판)와 만다(세르주 레지아니)도 근래에 본 중 가장 인상적인 인물이다. 나는 이 영화를 볼 때 마치 그들과 함께 그룹이 되어 19세기 말엽의 파리의 뒷골목을 함께 걸어 다니고 행동하는 것과 같은 느낌을 받았다. 정욕과 음울이 지배하는 분위기 속에서 서로 갈등하는 인생의 어느 한 단면을 언제나 잊을 수 없는 나의 마음 한구석의 세계이다. 이 영화의 피날레(finale), 즉 경찰서 내에서 추격해온 루카

---

2 원본에는 '잇겠느냐가'로 표기됨.
3 원본에는 '위협함도'로 표기됨.

를 향하여 총을 쏘는 만다, 그리고 그가 쓰러진 후 모자를 벗고 땀을 씻는 만다의 얼굴……, 이것은 오랜 동안 다른 영화가 묘사치 못한 훌륭한 장면이라고 할 수 있는 것이다.

이 외에도 많은 감명적인 장면이 있으나, 여기에 그것을 다 적을 수도 없고 단지 몇 가지의 예만 들었으나, 앞으로 내가 보고 싶은 것은 〈공포의 보수(報酬)〉이다. 그 시나리오를 읽은 후 나는 오랫동안 정신이 없었다. 모두[4](원문대로. '모다' 즉 '모두'의 오식인 듯함—편집자) 등장하는 인물은 다른 세상에서 버림받고, 인간의 마지막 토지를 찾아온 사람들이며, 그들은 그곳에서 또다시 떠나기 위하여 갖은 최선을 노력했으나, 끝끝내 그 절박된 것을 뛰어넘지 못하고 죽고 마는 것이다. ──이런 인물의 등장은 내가 지금까지 기다리고 바라던 영화의 세계인 것이다.

(『세월이 가면』, 근역서재, 1982년 1월 15일)

---

[4] 원본에는 '보다'로 표기됨.

박인환 영화평론의 실제

맹문재

1

박인환은 1948년 1월 「아메리카 영화 시론」(『신천지』)을 발표한 이후 59편의 영화평론을 발표했다. 동시대의 그 어떤 영화평론가보다도 활발한 평론 활동을 펼쳤다. 앞으로 박인환은 동시대의 모더니즘 시 운동을 주도한 시인일 뿐만 아니라 영화평론가로서도 지위를 확고하게 가지게 될 것이다.

박인환이 영화평론을 본격적으로 쓰기 시작한 것은 1953년 7월 27일 한국전쟁이 휴전된 뒤부터, 특히 1954년 1월 한국영화평론가협회를 결성한 뒤부터였다. 영화평론이라는 장르가 제대로 정립되지 않은 상황이었기 때문에 박인환이 주도한 이 조직활동은 한국 영화평론의 토대를 마련했다는 의미를 갖는다. 박인환은 이 단체의 상임 간사를 맡을 정도로 적극적이었다. 한국전쟁이 휴전된 뒤 물밀 듯이 들어오는 서구의 문화 중에서 영화는 단연 앞장선 것이었으므로 박인환의 영화평론 활동은 시대의 흐름을 적극적으로 수용한 것으로 볼 수 있다.

물론 박인환은 그 이전에도 영화에 지대한 관심을 가지고 있었다. 「아메리카 영화에 대하여」(『신천지』, 1948. 1), 「전후(戰後) 미·영의 인기 배우」(『민성』, 1949. 11), 「미·영·불에 있어 영화화된 문예 작품」(『민성』, 1950. 2), 「로렌 바콜에게」(『신천지』, 1950. 6), 「그들은 왜 밀항하였나?」(『재계』, 1952. 8) 등이 그 예이다. 특히 박인환은 미국의 영화배우이자 모델인 로렌 바콜(Lauren Bacall)을 모더니즘 시 운동을 추구한 동인지 『신시론』의 표지 사진으로 쓸 정도로 관심을 보였다. 근대문명의 불안과 황폐함을 직시하는 그녀의 눈빛을 포착한 것이었다.

2

박인환은 한국전쟁이 휴전된 뒤 한국영화평론가협회를 결성하고 본격적으로 영화평론 활동을 시작해 1953년에 2편, 1954년에 15편을 발표했다. 1953년에 발표한 영화평론은 「자기 상실의 세대―영화 〈젊은이의 양지〉에 관하여」(『경향신문』, 1953. 11. 29), 「〈종착역〉 감상―데시카와 셀즈닉의 영화」(『조선일보』, 1953. 12. 19)였다.

1954년 상반기에 발표한 영화평론은 「〈제니의 초상〉 감상」(『태양신문』, 1954. 1. 9), 「로버트 네이선과 W. 디터리 영화 〈제니의 초상〉의 원작자와 감독」(『영화계』 창간호, 1954. 2), 「1953 각계에 비친 Best Five는?」(『영화계』 창간호, 1954. 2), 「한국 영화의 현재와 장래―무세(無稅)를 계기로 한 인상적인 전망」(『신천지』, 1954. 5), 「한국 영화의 전환기―영화 〈코리아〉를 계기로 하여」(『경향신문』, 1954. 5. 2) 등 5편이다. 하반기에 발표한 영화평론은 「앙케트」(『신태양』, 1954. 8), 「영국 영화」(『현대여성』, 1954. 8), 「몰상식한 고증―〈한국동란의 고아〉」(『한국일보』, 1954. 9. 6), 「물랭루주」(『신영화』 창간호,

1954. 11), 「존 휴스턴」(『신영화』, 1954. 12), 「〈심야의 탈주〉」(『신영화』, 1954. 12), 「〈챔피언(CHAMPION)〉」(『영화세계』 창간호, 1954. 12), 「일상생활과 오락 −최근의 외국 영화를 중심으로」(『중앙일보』, 1954. 12. 12), 「인상에 남는 외국 영화−〈심야의 탈주〉를 비롯하여」(『연합신문』, 1954. 12. 23), 「100여 편 상영 그러나 10여 편만이 볼만」(『중앙일보』, 1954. 12. 19) 등 10편이다.

한국전쟁의 상흔이 채 가라앉지 않았는데도 불구하고 1954년에 들어 『영화계』(2월), 『신영화』(11월), 『영화세계』(12월) 등의 영화 잡지들이 창간 된 데서 볼 수 있듯이 한국 영화는 희망의 빛을 보이기 시작했다. 영화 전 문 잡지가 발간되어 대중들의 영화에 대한 관심을 이끈 것이다. 박인환은 영화 잡지들을 비롯해 다양한 언론 매체에 영화평론을 발표함으로써 외 국 영화와 영화배우를 독자들에게 소개하는 것은 물론 한국 영화의 상황 을 진단하고 전망했다. 제작자, 감독, 시나리오, 배우 등 영화 제작과 관 계된 문제뿐만 아니라 영화 정책에도 관심을 갖고 그 나름대로 발전 방안 을 제시한 것이다.

3

박인환의 영화평론 활동은 1955년에 들어 더욱 왕성하게 전개되었다. 외국의 명화 및 시네마스코프 영화를 소개하거나 국내의 영화 상황을 진 단했다. 외화 본수를 제한하는 문제며, 영화의 사회의식과 역할에 대해서 도 의견을 나타내었다. 1955년에 발표한 영화평론은 다음과 같다.

1) 「영화의 사회의식과 저항−M. 카르네의 감독 정신을 중심으로」 (『평화신문』, 1955. 1. 16)

2) 「외화(外畫) 본수(本數)를 제한− '영화심위(映畫審委)' 설치의 모순성」(『경향신문』, 1955. 1. 23)

3) 「최근의 외국 영화 수준」(『영화세계』, 1955. 3)

4) 「최근의 국내외 영화」(『코메트』, 1955. 4)

5) 「1954년도 외국 영화 베스트 텐」(『신태양』, 1955. 6)

6) 「영화예술의 극치−시네마스코프 영화를 보고」(『평화신문』, 1955. 6. 28)

7) 「악화(惡畫)는 아편이다」(『중앙일보』, 1955. 7. 12)

8) 「시네마스코프의 문제」(『조선일보』, 1955. 1. 24)

9) 「문화 10년의 성찰−예술적인 특징과 발전의 양상」(『평화신문』, 1955. 8. 14)

10) 「〈피아골〉의 문제−모순 가득 찬 내용과 표현」(『평화신문』, 1955. 8. 25)

11) 「산고 중의 한국 영화들−〈춘향전〉의 영향」(『신태양』, 1955. 9)

12) 「회상의 명화선(名畫選)−〈철로의 백장미〉〈서부전선 이상 없다〉〈밀회〉」(『아리랑』, 1955. 9. 1)

13) 「서구와 미국 영화−〈로마의 휴일〉〈마지막 본 파리〉를 주제로」(『조선일보』, 1955. 10. 9)

14) 「내가 마지막 본 파리−어째서 우리를 감명케 하는 것일까」(『평화신문』, 1955. 10. 17)

15) 「예술로서의 시네스코−〈스타 탄생〉과 〈7인의 신부〉」(『중앙일보』, 1955. 10. 25)

16) 「영화 감상을 위한 상식」(『희망』, 1955. 11. 1)

17) 「회상의 그레타 가르보−세계를 매혹케 한 그의 영화적 가치」(『평화신문』, 1955. 11. 27)

18) 「비스타 비전」(『주간 희망』 창간호, 1955. 12)

나치의 폭압으로부터 해방된 뒤 프랑스에서는 반(反)나치즘 및 레지스탕스 영화가 많이 제작되었는데, 마르셀 카르네 감독도 그중의 한 사람이었다. 박인환은 「영화의 사회의식과 저항-M. 카르네의 감독 정신을 중심으로」에서 마르셀 카르네 감독의 〈인생유전〉을 소개하면서 그와 같은 면을 조명했다.

「외화 본수를 제한- '영화심위' 설치의 모순성」에서는 외국 영화 수입을 1년 동안 100본으로 제한하고, 수입의 가부를 정할 수 있는 영화심사위원회의 설치에 대해 비판적인 의견을 제시했다. 열악한 한국 영화 시장에서 외국 영화의 배급이 수월하지 않을 것은 물론 시나리오와 촬영 대본에 대한 지식과 이해가 없는 이들로 구성된 영화심사위원회에 대해 우려를 나타낸 것이다.

「최근의 외국 영화 수준」, 「최근의 국내외 영화」에서는 국내외 영화를 소개하고 있다. 이규환 감독의 〈춘향전〉, 존 휴스턴 감독의 〈아프리카 여왕〉, 스탠드 크레이머 감독의 〈탐정 이야기〉 등이었다. 「1954년도 외국영화 베스트 텐」은 한국영화평론가협회가 선정한 것인데, 〈제3의 사나이〉가 가장 선호하는 영화로 선정되었다. 다음으로 〈파리의 아메리카인〉〈오르페〉 순이었다.

「영화예술의 극치-시네마스코프 영화를 보고」, 「시네마스코프의 문제」에서는 새롭게 등장한 시네마스코프 영화를 소개하고 있다. 시네마스코프 영화는 1953년 '20세기폭스'가 개발한 와이드 스크린 상영 방식으로 관객들은 이전보다 넓고 디테일한 화면으로 영화를 볼 수 있게 되었다. 박인환은 최초의 시네마스코프 영화인 〈성의〉를 보고 난 뒤 소감도 밝히고 있는데, 예술성에서는 아직 한계가 있지만 영화사 차원에서는 혁명적인 기술 발전이라고 큰 의미를 부여하고 있다.

「문화 10년의 성찰-예술적인 특징과 발전의 양상」에서는 외국 영화

를 중심으로 예술적 특징과 발전 양상을 정리했다. 반(反)나치주의 작품,
뉴로티시즘 경향, 장 콕토의 예술, 마르셀 카르네 작품들, 영국의 색채 영
화, 데이비드 린과 캐롤 리드의 작품들, 이탈리안 리얼리즘, 미국 영화 등
을 소개하고 있다.

「산고 중의 한국 영화들─〈춘향전〉의 영향」에서는 관객들에게 인기를
끌고 있는 〈춘향전〉 전반에 대해 살펴보고 있다. 한국 영화가 제작되더라
도 손해를 보지 않고 이익을 낼 수 있다는 사실을 주목하면서, 그 영향으
로 고전을 소재로 제작 중인 〈왕자 호동〉〈단종애사〉〈양산도〉 등도 소개
했다.

박인환은 「회상의 명화선(名畵選)」, 「서구와 미국 영화」, 「예술로서의
시네스코」에서 〈철로의 백장미〉〈서부전선 이상 없다〉〈밀회〉〈로마의
휴일〉〈마지막 본 파리〉〈스타 탄생〉〈7인의 신부〉 등 명화 소개에도 열
성을 보였다.

4

1956년에 들어 박인환이 발표한 영화평론 중에서 '영화 상식'이란 주
제로 『주간희망』에 연재한 것이 주목된다. 「비스타 비전」(창간호, 1955. 12.
26)을 시작으로 「금룡상을 제정」(2호, 1956. 1. 2), 「영화 법안」(3호, 1956. 1.
9), 「영화 구성의 기초」(4호, 1956년. 1. 16), 「몽타주」(5호, 1956. 1. 23), 「아메
리카의 영화 잡지」(6호, 1956. 1. 30), 「시나리오 ABC」(8호, 1956. 2. 13), 「다
큐멘터리영화」(11호, 1956. 3. 5), 「세계의 영화상」(12호, 1956. 3. 12), 「옴니
버스영화」(13호, 1956. 3. 19) 등이다. 대중들에게 영화에 대한 이해를 돕기
위해 기획한 것으로 보인다.

박인환은 「1955년도의 총결산과 신년의 전망」에서 유두연(영화평론가), 이봉래(문학평론가)와 함께 좌담회를 마련해 1955년의 영화 전반에 대한 평가를, 「한국 영화의 신구상」에서는 김영수(작가), 김용환(만화가)과 함께 영화 전반에 대한 의견을 나누었다.

1956년 3월 20일, 박인환은 자택에서 심장마비로 타계했다. 그 누구보다도 왕성한 영화평론 활동을 펼치고 있는 상황이어서 그의 급작스러운 비보는 큰 아쉬움을 남겼다. 박인환이 타계한 이후 발표한 영화평론은 「〈격노한 바다〉」, 「이태리 영화와 여배우」, 「J.L. 맨키위츠의 예술—〈맨발의 백작 부인〉을 주제로」, 「회상의 명화—〈백설 공주〉 〈정부(情婦) 마농〉」, 「절박한 인간의 매력」 등이다.

▪▫▫ 작품 연보

연번	제목	발표지	발표 시기	비고
1	아메리카 영화 시론	신천지(3권 1호)	1948.1.1	
2	아메리카 영화에 대하여	신천지(3권 1호)	1948.1.1	
3	전후(戰後) 미·영의 인기 배우들	민성(5권 11호)	1949.11.1	
4	미·영·불에 있어 영화화된 문예 작품	민성(6권 2호)	1950.2.1	
5	로렌 바콜에게	신경향(2권 6호)	1950.6.1	
6	그들은 왜 밀항하였나?	재계(창간호)	1952.9.1	
7	자기 상실의 세대 – 영화 〈젊은이의 양지〉에 관하여	경향신문	1953.11.29	
8	〈종착역〉 감상 – '데시카' 와 '셀즈닉'의 영화	조선일보	1953.12.19	
9	〈제니의 초상〉 감상	태양신문	1954.1.9	
10	로버트 네이선과 W. 디터리 영화 〈제니의 초상〉의 원작자와 감독	영화계(창간호)	1954.2.1	
11	1953 각계에 비친 Best Five는?	영화계(창간호)	1954.2.1	
12	한국 영화의 현재와 장래 – 무세(無稅)를 계기로 한 인상적인 전망	신천지(9권 5호)	1954.4.1	
13	한국 영화의 전환기 – 영화 〈코리아〉를 계기로 하여	경향신문	1954.5.2	
14	앙케트	신태양(3권 4호)	1954.8.1	
15	영국 영화	현대여성 (2권 7호)	1954.8.1	
16	몰상식한 고증 – 〈한국동란의 고아〉	한국일보	1954.9.6	
17	물랭루주	신영화(창간호)	1954.11.1	
18	존 휴스턴	신영화(2호)	1954.12.1	
19	〈심야의 탈주〉	신영화(2호)	1954.12.1	
20	〈챔피언(CHAMPION)〉	영화세계 (창간호)	1954.12.1	
21	일상생활과 오락 – 최근의 외국 영화를 중심으로	중앙일보	1954.12.12	

22	인상에 남는 외국 영화-〈심야의 탈주〉를 비롯하여	연합신문	1954.12.23	
23	100여 편 상영 그러나 10여 편만이 볼만	중앙일보	1954.12.19	
24	영화의 사회의식과 저항-M. 카르네의 감독 정신을 중심으로	평화신문	1955.1.16	
25	외화(外畫) 본수(本數)를 제한-'영화심위(映畫審委)' 설치의 모순성	경향신문	1955.1.23	
26	최근의 외국 영화 수준	영화세계(4호)	1955.3.1	
27	최근의 국내외 영화	코메트(13호)	1955.4.20	
28	1954년도 외국 영화 베스트 텐	신태양(4권 6호)	1955.6.1	
29	영화예술의 극치-시네마스코프 영화를 보고	평화신문	1955.6.28	
30	악화(惡畵)는 아편이다	중앙일보	1955.7.12	
31	시네마스코프의 문제	조선일보	1955.7.24	
32	문화 10년의 성찰-예술적인 특징과 발전의 양상	평화신문	1955.8.13/14	
33	〈피아골〉의 문제-모순 가득 찬 내용과 표현	평화신문	1955.8.25/26	
34	산고 중의 한국 영화들-〈춘향전〉의 영향	신태양(4권 9호)	1955.9.1	
35	회상의 명화선(名畵選)-〈철로의 백장미〉〈서부전선 이상 없다〉〈밀회〉	아리랑(8호)	1955.9.1	
36	서구와 미국 영화-〈로마의 휴일〉〈마지막 본 파리〉를 주제로	조선일보	1955.10.9/10	
37	내가 마지막 본 파리-어째서 우리를 감명케 하는 것일까	평화신문	1955.10.17	
38	예술로서의 시네스코-〈스타 탄생〉과 〈7인의 신부〉	중앙일보	1955.10.25	
39	영화 감상을 위한 상식	희망(5권 11호)	1955.11.1	
40	회상의 그레타 가르보-세계를 매혹케 한 그의 영화적 가치	평화신문	1955.11.27	
41	비스타 비전	주간희망 (창간호)	1955.12.26	
42	금룡상(金龍賞)을 제정	주간희망(2호)	1956.1.2	
43	영화 법안	주간희망(3호)	1956.1.9	

44	영화 구성의 기초	주간희망(4호)	1956.1.16	
45	몽타주	주간희망(5호)	1956.1.23	
46	아메리카의 영화 잡지	주간희망(6호)	1956.1.30	
47	시나리오 ABC	주간희망(8호)	1956.2.13	
48	다큐멘터리영화	주간희망(11호)	1956.3.5	
49	세계의 영화상	주간희망(12호)	1956.3.12	
50	옴니버스영화	주간희망(13호)	1956.3.19	
51	1955년도의 총결산과 신년의 전망	영화세계(7호)	1956.1.1	엄동섭 외, 『박인환 문학전집 2』(소명출판) 수록
52	현대 영화의 감각-착잡한 사고와 심리 묘사를 중심하여	국제신보	1956.1.27	
53	회상의 명화선(名畵選)-〈선라이즈〉 〈어느 날 밤에 생긴 일〉 〈자전거 도둑〉	아리랑(2권 3호)	1956.3.1	
54	한국 영화의 신구상-영화 전반에 걸친 대담	영화세계	1956.3.1	
55	〈격노한 바다〉	향학	1956.4.1	
56	이태리 영화와 여배우	여원(2권 6호)	1956.6.1	
57	J.L. 맨키위츠의 예술-〈맨발의 백작 부인〉을 주제로	예술세계(2호)	1956.6.1	
58	회상의 명화-〈백설 공주〉 〈정부(情婦) 마농〉	아리랑(2권 7호)	1956.7.1	
59	절박한 인간의 매력	세월이 가면	1982.1.15	근역서재 간행

1926년(1세)	8월 15일 강원도 인제군 인제면 상동리 159번지에서 아버지 박광선(朴光善)과 어머니 함숙형(咸淑亨) 사이에서 4남 2녀 중 맏이로 태어나다. 본관은 밀양(密陽).
1933년(8세)	인제공립보통학교 입학하다.
1936년(11세)	서울로 이사. 서울시 종로구 내수동에서 거주하다가 종로구 원서동 134번지로 이사하다. 덕수공립보통학교 4학년에 편입하다.
1939년(14세)	3월 18일 덕수공립보통학교 졸업하다. 4월 2일 5년제 경기공립중학교에 입학하다. 영화, 문학 등에 심취하다.
1940년(15세)	종로구 원서동 215번지로 이사하다.
1941년(16세)	3월 16일 경기공립중학교 자퇴하다. 한성중학교 야간부에 다니다.
1942년(17세)	황해도 재령으로 가서 기독교 재단의 명신중학교 4학년에 편입하다.
1944년(19세)	명신중학교 졸업하고 관립 평양의학전문학교(3년제)에 입학하다. 일제강점기 당시 의과, 이공과, 농수산과 전공자들은 징병에서 제외되는 상황.
1945년(20세)	8·15광복으로 학교를 그만두고 상경하다. 아버지를 설득하여 3만 원을 얻고, 작은이모에게 2만 원을 얻어 종로3가 2번지 낙원동 입구에 서점 '마리서사(茉莉書舍)'를 개업하다. 초현실주의 화가 박일영(朴一英)의 도움으로 세련된 분위기를 만들고 많은 문인들이 교류하는 장소가 되다.
1947년(22세)	5월 10일 발생한 배인철 시인 총격 사망 사건과 관련하여 중부

경찰서에서 조사받다(김수영 시인 부인 김현경 여사 증언).

1948년(23세) 입춘을 전후하여 마리서사 폐업하다. 4월 20일 김경린, 김경희, 김병욱, 임호권과 동인지 『신시론(新詩論)』 발간하다. 4월 덕수궁에서 1살 연하의 이정숙(李丁淑)과 결혼하다. 종로구 세종로 135번지(현 교보빌딩 뒤)의 처가에 거주하다. 겨울 무렵 『자유신문』 문화부 기자로 취직하다. 12월 8일 장남 세형(世馨) 태어나다.

1949년(24세) 4월 5일 김경린, 김수영, 임호권, 양병식과 동인시집 『새로운 도시와 시민들의 합창』(도시문화사) 발간하다. 7월 16일 국가보안법 위반 혐의로 내무부 치안국에 체포되었다가 8월 4일 이후 석방되다. 여름 무렵부터 김경린, 김규동, 김차영, 이봉래, 조향 등과 '후반기(後半紀)' 동인 결성하다. 12월 17일 한국문학가협회 결성 준비에 추진위원으로 참여하다.

1950년(25세) 1월 무렵 『경향신문』에 입사하다. 6월 25일 한국전쟁 일어남. 피란 가지 못하고 9 · 28 서울 수복 때까지 지하생활하다. 9월 25일 딸 세화(世華) 태어나다. 12월 8일 가족과 함께 대구로 피란 가다. 종군기자로 활동하다.

1951년(26세) 5월 육군종군작가단에 참여하다. 10월 『경향신문』 본사가 부산으로 내려가자 함께 이주하다.

1952년(27세) 2월 21일 김광주 작가를 인치 구타한 사건에 대한 45명 재구(在邱) 문화인 성명서에 서명하다. 5월 15일 존 스타인벡의 기행문 『소련의 내막』(백조사) 번역해서 간행하다. 6월 16일 「주간국제」의 '후반기 동인 문예' 특집에 평론 「현대시의 불행한 단면」 발표하다. 『경향신문』 퇴사하다. 12월 무렵 대한해운공사에 입사하다. 6월 28일 66명이 결성한 자유예술연합에 가입해 사회부장을 맡다.

1953년(28세) 3월 후반기 동인들과 이상(李箱) 추모의 밤 열고 시낭송회 가지다. 여름 무렵 '후반기' 동인 해체되다. 5월 31일 차남 세곤(世崑) 태어나다. 7월 중순 무렵 서울 집으로 돌아오다. 7월 27일 한국

전쟁 휴전 협정 체결.

1954년(29세)   1월 오종식, 유두연, 이봉래, 허백년, 김규동과 '한국영화평론가협회' 발족하다.

1955년(30세)   3월 5일 대한해운공사의 상선 '남해호'를 타고 미국 여행하다. 3월 5일 부산항 출발, 3월 6일 일본 고베항 기항, 3월 22일 미국 워싱턴주 올림피아항 도착, 4월 10일 귀국하다. 『조선일보』(5월 13, 17일)에 「19일간의 아메리카」 발표하다. 대한해운공사 사직하다. 10월 1일 『시작』(5집)에 시작품 「목마와 숙녀」 발표하다. 10월 15일 시집 『선시집』(산호장) 간행하다. 시집을 발간했으나 제본소의 화재로 인해 재간행하다(김규동 시인 증언).

1956년(31세)   1월 27일 『선시집』 출판기념회 갖다(문승묵 엮음 『사랑은 가고 과거는 남는 것─박인환 전집』 화보 참고). 2월 자유문학상 최종 후보에 오르다. 3월 시작품 「세월이 가면」 이진섭 작곡으로 널리 불리다. 3월 17일 '이상 추모의 밤' 열다. 3월 20일 오후 9시 자택에서 심장마비로 타계하다. 3월 22일 망우리 공동묘지에 안장되다. 9월 19일 문우들의 정성으로 망우리 묘소에 시비 세워지다.

1959년(3주기)   10월 10일 윌러 캐더의 장편소설 『이별』(법문사) 번역되어 간행되다.

1976년(20주기)   맏아들 박세형에 의해 시집 『목마와 숙녀』(근역서재) 간행되다.

1982년(26주기)   김규동, 김경린, 장만영 등에 의해 추모 문집 『세월이 가면』(근역서재) 간행되다.

1986년(30주기)   『박인환 전집』(문학세계사) 간행되다.

2000년(44주기)   인제군청과 인제군에서 활동하는 내린문학회 및 시전문지 『시현실』 공동주관으로 '박인환문학상' 제정되다.

2006년(50주기)   문승묵 엮음 『사랑은 가고 과거는 남는 것─박인환 전집』(예옥) 간행되다.

2008년(52주기)   맹문재 엮음 『박인환 전집』(실천문학사) 간행되다.

2012년(56주기)   강원도 인제군에 박인환문학관 개관되다.

2014년(58주기) 7월 25일 이정숙 여사 별세하다.

2019년(63주기) 맹문재 엮음 『박인환 번역 전집』(푸른사상사) 간행되다.

2020년(64주기) 인제군, (재)인제군문화재단, 박인환시인기념사업추진위원회, 경향신문 공동주관으로 '박인환상'(시 부문, 학술 부문) 제정되다. 맹문재 엮음 『박인환 시 전집』(푸른사상사) 간행되다.

2021년(65주기) 박인환 『선시집』(푸른사상사) 복각본 간행되다.

엮은이 맹문재

편저로『박인환 시 전집』『박인환 번역 전집』『박인환 전집』『박인환 깊이 읽기』『김명순 전집-시·희곡』『김규동 깊이 읽기』『한국 대표 노동시집』(공편)『이기형 대표시 선집』(공편)『김후란 시전집』(공편),『김남주 산문전집』, 시론 및 비평집으로『한국 민중시 문학사』『패스카드 시대의 휴머니즘 시』『지식인 시의 대상애』『현대시의 성숙과 지향』『시학의 변주』『만인보의 시학』『여성시의 대문자』『여성성의 시론』『시와 정치』등이 있음. 고려대 국문과 및 같은 대학원 졸업. 현재 안양대 국문과 교수.

박인환 영화평론 전집

초판 인쇄 2021년 9월 27일
초판 발행 2021년 9월 30일

지은이_박인환
엮은이_맹문재
펴낸이_한봉숙
펴낸곳_푸른사상사

주간 · 맹문재 | 편집 · 지순이 | 교정 · 김수란
등록 · 1999년 7월 8일 제2-2876호
주소 · 경기도 파주시 회동길 337-16(서패동 470-6)
대표전화 · 031) 955-9111~2 | 팩시밀리 · 031) 955-9114
이메일 · prun21c@hanmail.net
홈페이지 · http://www.prun21c.com

ⓒ 맹문재, 2021

ISBN 979-11-308-1825-2   93810
값 32,000원